AF209870

Jove Viller

# König Frosch

## Paargeschichten

novum ⬗ pro

Dieses **Buch ist** auch als
# e-book
## erhältlich.

www.novumverlag.com

Bibliografische Information
der Deutschen Nationalbibliothek:

Die Deutsche Nationalbibliothek
verzeichnet diese Publikation in
der Deutschen Nationalbibliografie.
Detaillierte bibliografische Daten
sind im Internet über
http://www.d-nb.de abrufbar.

© 2022 novum Verlag

ISBN 978-3-99131-125-6
Lektorat: Alexandra Eryiğit-Klos
Umschlagfotos: Oksanaok, Frizzantine,
Aridha Prassetya | Dreamstime.com
Layout & Satz: Jove Viller

**www.novumverlag.com**

**Climate neutral**
Print product
ClimatePartner.com/16547-2201-1002

Die in diesem Buch erzählten Geschichten sind fiktiv. Ähnlichkeiten mit lebenden oder verstorbenen Personen sind rein zufällig und nicht beabsichtigt. Allerdings gibt es bei einigen Erzählungen einen realen Hintergrund, der mir von lieben Menschen erzählt wurde.

# Inhaltsverzeichnis

# Vorwort

In den Kurzgeschichten dieses Buches werden Menschen in diversen Situationen beschrieben, wie sie miteinander in Kontakt kommen, wo es knistert und wo sich etwas entwickelt oder auch nicht. Es handelt sich immer um andere Protagonisten, deren Namen nicht genannt werden. Es gibt aktuelle Ereignisse und solche aus der Vergangenheit und es gibt Erzählungen aus jeder Altersgruppe vom Teenager bis hin zum Senior. Immer stehen der Beginn, die Entwicklung oder das Ende einer Beziehung zwischen zwei Menschen im Vordergrund. Auf diese Weise erlebt der Leser ein Kaleidoskop des unergründlichen Wunders, wie, wo und wann Menschen zueinander finden.

# Das schüchterne Fröschchen

Sie kannte dieses Gefühl schon, dieses innere Aufge-
wühlt sein und diese Unruhe, wenn sich ihr Blick mit einem anderen traf und ihr Puls spürbar in die Höhe
schnellte. Sie spürte genau, wie ihr die Röte ins Gesicht
stieg, und wollte am liebsten im Boden versinken, weil
sie nicht wusste, wie sie reagieren sollte. Sie war vor
Kurzem 17 Jahre alt geworden und hatte bisher noch
nie mehr daraus werden lassen als Verliebtheit und
erste, vorsichtige körperliche Annäherungen.

Nun saß sie in dieser Straßenbahn, drei Sitzreihen hinter dem Fahrer. Sie war auf dem Heimweg von der
Schule und sehr hungrig. Daher hatte sie sich eine Leberkäs-Semmel gekauft, von der sie gerade genüsslich
abbiss, als sich der Straßenbahnfahrer in einer Haltestelle den Rückspiegel so einstellte, dass er sie sehen
konnte. Dann dieser Moment: Sie wollte eben abbei-
ßen, als ihr Blick auf besagten Spiegel fiel. Sie hielt in
der Bewegung inne und starrte in die lächelnden Augen.
Ewig, wie es ihr schien. Als sie zu sich kam, setzte sie
die Semmel ab und packte sie mit hastigen Bewegun-
gen ein. Sie war sich sicher, dass man in der Bahn essen durfte, aber es war ihr dann doch sehr peinlich.
Plötzlich drehte sich der Mann zu ihr um, lächelte
freundlich und sagte: „Essen Sie ruhig weiter, junge
Frau. Kein Problem. Es hat nur so gut gerochen und ich
hab einen Mordshunger." Sie konnte nicht mehr weiter-
essen. Aber ihr Blick schweifte immer wieder zu dem
Rückspiegel ab. Diese Augen! Er war sicher viel älter
als sie. Der dunkle Vollbart passte gut zu ihm, er ließ ihn

sehr sympathisch wirken. Wahrscheinlich erschien er durch den Lockenkopf noch etwas jünger, als er tatsächlich war.

Wie der Zufall es wollte, stieg sie genau da aus, wo der Fahrerwechsel vollzogen wurde. Er war entzückt, als er sah, dass das Mädchen mit dem blonden, langen Haar und dem schüchternen Lächeln zum selben Bus ging wie er. Er hatte Dienstschluss und war auf dem Heimweg. Er konnte nicht anders, er musste sie einfach fragen: „Fahren Sie weit mit dem Bus?" Wieder wurde sie rot und brachte knapp heraus: „Nein, nur zwei Stationen." „Dann haben wir ja Glück, dass hier die Endstation ist. So bleiben uns ein paar Minuten." Er spürte ihre Unbeholfenheit und ihre Unsicherheit. Das machte sie irgendwie interessant. In den wenigen Minuten des Gesprächs hatte er erfahren, dass sie ganz in der Nähe wohnte und dass sie die Strecke täglich fuhr. Eigenartig, sie war ihm noch nie aufgefallen. Er fragte sich, wie alt sie wohl sei. Er fürchtete, mit seinen 35 Jahren wäre er wohl jenseits von Gut und Böse für sie. Das Mädchen war sicher noch keine 20. Aber locker ließ er trotzdem nicht. Sie war anscheinend nicht abgeneigt, denn sie stellte sich im Bus gleich neben ihn. Als sie aussteigen musste, wusste er ihren Vornamen und dass sie noch zur Schule ging. „Ich würde mich freuen, wenn wir uns irgendwo wiedersehen!", rief er ihr noch nach. Dann ging die Tür zu und der Bus fuhr weiter. Sie winkte ihm im Weggehen zu.

Für sie war dieses Erlebnis sehr verwirrend. In ihrem Kopf ging es drunter und drüber. Sie war schon ein paarmal verknallt gewesen, dachte sie. Aber solche kör-perlichen Reaktionen waren neu. Sie war richtig nervös gewesen, brachte kaum ein vernünftiges Wort über die Lippen. Heiß war ihr geworden und die Röte stieg ihr ins Gesicht, wenn er sie nur ansah. Seine ruhige, ange-nehme Stimme wirkte noch nach. Sie schmolz dahin. Als sie zu Hause ankam, verkroch sie sich sofort in ih-rem Zimmer, mit der Ausrede, unheimlich viel zu tun zu haben.

In den nächsten Tagen beruhigte sie sich wieder und redete sich ein, dass sie ihn sowieso nie wiedersehen würde, außerdem war das letzte Schuljahr besonders wichtig. Sich jetzt dermaßen ablenken zu lassen, wäre suboptimal. Trotzdem erwischte sie sich immer öfter da-bei, wie sie in vorbeifahrende Straßenbahnen schaute, um zu sehen, wer fuhr. Es war eine sonderbare Mi-schung von Erleichterung und Enttäuschung zugleich, als sie jedes Mal ein anderes fremdes Gesicht erblickte.

Etwa eine Woche später durchfuhr es sie wie ein Blitz, als sie bei derselben Station einstieg wie beim ersten Mal, nur diesmal ohne Verpflegung. Da saß er! In seiner eleganten Uniform, mit dem Wuschelbart und dem treuen Blick eines Teddybären. Als er sie erblickte, blitz-ten seine Augen auf. „Hallo", hauchte sie und setzte sich auf denselben Platz wie vor einer Woche, den Rück-spiegel im Blick. Er grüßte mit einer lässigen Handbe-wegung zurück. Ein Wunder, dass er sich trotzdem noch auf die Straße konzentrieren konnte, so wie die beiden flirteten. Kurz vor der Fahrerwechselstation deu-tete er mit der Hand in Richtung Busstation und warf ihr noch einen fragenden Blick zu, nicht ohne ein Zwinkern hinterherzuschicken. Sie setzte ihr strahlendstes Lächeln auf und nickte.

Im Bus herrschte zuerst betretene Stille. Dann fasste er sich ein Herz und sagte zu ihr: „Das ist ja eine schöne Überraschung! Ich hab gehofft, dass wir uns wiedersehen!" „Ich auch … irgendwie …" „Warum irgendwie?" „Na ja, ich war mir nicht sicher, was das letztens war. Ich hab mir schon gedacht … hm …, aber dann auch wieder nicht." Er spürte erneut ihre Unsicherheit und fand sie dabei so süß. Dieses Mädchen hatte noch keine Erfahrung mit Männern, so viel war klar. Aber das war für ihn jetzt auch neu. Da musste er sehr vorsichtig sein. Nur nichts zerbrechen!

Wieder ergriff er die Initiative und wagte einen weiteren Vorstoß: „Hast du am Samstag ein Stündchen Zeit? Hättest du Lust, mit mir spazieren zu gehen? Dann könnten wir ein bisschen plaudern." Sie überlegte kurz. Hm, sie müsste sich für zu Hause eine passende Ausrede zurechtlegen … Sie sagte zu.

Nach diesem ersten Rendezvous trafen sie sich einige Wochen lang zum Spazierengehen und redeten miteinander über Gott und die Welt. Dabei tastete er sich ganz langsam und behutsam vor, erst mit zärtlichen Küssen, dann ein bisschen Streicheln. „Du bist etwas ganz Besonderes", flüsterte er ihr ins Ohr, als sie zum ersten Mal in enger Umarmung am Teichufer standen. „Du bist mein Fröschchen. Das passt zu dir!"

Was ihr trotz ihrer Unerfahrenheit höchst seltsam vorkam, war, dass sie nie zu ihm nach Hause fuhren. Er holte sie immer mit dem Auto vom selben Treffpunkt ab, dann fuhren sie zum nahen Wald, in einen Park oder manchmal sogar in das Tonstudio, in dem er mit seiner Band regelmäßig probte. Ein bequemes Kuschelnest gab es also nicht. Geschmust wurde im Auto, im Gebüsch oder auf der Holzbank im Studio. Hinzu kam, dass er sie manchmal lange warten ließ und zu den Treffen mit recht viel Verspätung erschien. Vermutlich hörte sie auf ihr Bauchgefühl, jedenfalls blockte sie immer ab, wenn es zu mehr kommen sollte, obwohl ihr die Zärtlichkeit guttat und sie ihn wirklich gern mochte. Er verstand es so, dass sie sich noch nicht traute, und wollte nicht zu unwirsch vorgehen. Daher gab er jedes Mal nach und sagte: „Das wird schon, mein Fröschchen. Ich habe so viel Geduld, wie du brauchst."

Irgendwann sprach sie ihn auf ihre Vermutung an, dass er womöglich zu Hause nicht allein sei. Anfangs stritt er das ab und fand tausend Ausreden, die sie zu glauben versuchte. Als sie aber darauf bestand, jetzt sofort mit ihm nach Hause zu fahren, bekannte er schließlich Farbe. Er war verheiratet, unglücklich zwar und schon länger eigentlich nur auf dem Papier, aber verheiratet. Das machte sie sehr traurig. Einerseits, weil er sie die ganze Zeit belogen hatte, andererseits, weil sie ihn wirklich sehr gernhatte und wusste, dass es nun vorbei war mit ihnen.

Bald darauf begegnete sie der wirklichen ersten Liebe ihres jungen Lebens und knüpfte dort an, wo sie mit dem einfühlsamen, vorsichtigen Kuschelbären aufgehört hatte.

# Drachenfels

„Machst du mal ein Foto von mir?", fragte sie ihn. „Am liebsten mit dem Drachenfels im Hintergrund." Er nahm ihre kleine Kassettenkamera und wollte sie knipsen. „Stell dich mal ein bisschen nach rechts, dann bekomme ich dich mitsamt der Ruine aufs Bild." Sie bewegte sich ein wenig in die angegebene Richtung und machte dann einen Kussmund, gerade als er auf den Auslöser drückte. „War der Kuss jetzt für mich?", fragte er. „Nein, natürlich nicht, das wird ein Foto für meine Eltern zur Erinnerung." „Wollen wir dann zur Sicherheit noch eins machen?" „Ja, das ist eine gute Idee, wo soll ich mich hinstellen?" „Komm mal mit."

Er nahm ihre Hand und zog sie zum Geländer am Rand des Platzes vor dem Restaurant. „Schau mal, wenn du hier stehst, sehe ich dich besser, deine Haare strahlen, deine Augen auch und im Hintergrund sieht man den Rhein." „Wo soll ich denn jetzt hinschauen?" „Na, zu mir natürlich. Denk dran, das Bild ist für deine Eltern. Wie schaust du sie denn sonst an? So musst du jetzt auch mich ansehen." „Ach du lieber Gott, ich glaub, das kann ich nicht, da muss ich lachen." In diesem Moment löste er aus und sagte: „Ich glaub, das war grad richtig. Zeigst du mir die Bilder mal, wenn der Film entwickelt ist, und bekomme ich vielleicht einen Abzug?" „Wieso willst du ein Bild von mir haben?" „Na, zur Erinnerung an diesen schönen Tag", erwiderte er und wurde auf einmal ganz rot im Gesicht, „und weil du mir gefällst." Sie prustete los: „Du Spinner, was willst du von mir? Ich bin erst zwölf. Und du bist viel älter, da kann ich mir schon vorstellen, was du im Sinn hast." „Blödsinn, mit 15 hat man noch nichts vor, ich hab nur gesagt, was ich empfinde. Deine braunen Augen sind wunderschön und deine in der Sonne schimmernden blonden Haare umrahmen dein Gesicht wie auf den Gemälden von berühmten Malern." Jetzt wurde *sie* ganz rot und wusste keine Antwort.

Auf der Rückfahrt vom Ausflug mit den Messdienern und Vorbetern saßen sie im Bus nebeneinander und redeten die ganze Zeit miteinander. Sie fragte ihn: „In welche Klasse gehst du?" „In die Obertertia, und du?" „Ich hätte gewettet, dass du aufs Gymnasium gehst. Ich bin in der Hauptschule in Klasse sieben." „Bist du eine gute Schülerin?" „Na ja, geht so, und du?" „Meine Mutter denkt, ja. Meine Lehrer sagen, ich bin zu faul. Wenn ich mehr machen würde, könnte ich bessere Noten haben." „Unsere Lehrer sagen zu mir immer, ich soll mehr mitmachen in der Klasse. Ich melde mich nie freiwillig, muss immer aufgefordert werden, was zu sagen." „Das ist bei mir genauso, in den Pausen quatsche ich stets mit den anderen Jungs, aber in der Stunde bin ich eher still. Der Lateinlehrer sagt immer: ‚Also, dann leg mal los'. Damit ziehen mich die anderen schon auf." „Ich krieg auch immer so Aufforderungen wie ‚Was meinst du denn dazu?'. Dann laufe ich knallrot an und stottere mir irgendwas zusammen." „In welchen Fächern bist du denn gut?" „In gar keinem, ich hab fast nur Dreien und Vieren." „Da sind wir uns sehr ähnlich. Ich hab nur in Erdkunde und Religion eine Zwei, den Rest kannst du vergessen. In Latein habe ich letztens sogar eine Sechs geschrieben, weil ich wieder mal keine Vokabeln gelernt hatte." „Schimpfen dann deine Eltern mit dir?" „Die wissen das gar nicht. Hab die Unterschrift meines Vaters unter der Arbeit gefälscht." „Ui, na du machst ja Sachen."

So verging die Fahrt für beide sehr kurzweilig und er fragte sie, kurz bevor sie wieder zu Hause ankamen: „Morgen ist Sonntag, gehst du auch in die Kirche?" „Ja, ich muss im Hochamt die Lesung vortragen." „Ach schön, dann sehen wir uns ja. Was hältst du davon, nach der Messe zusammen spazieren zu gehen? Hast du Lust?" „Hm, ja, aber da muss ich mir eine Ausrede ausdenken, meine Eltern erwarten mich sonst um elf zu Hause zurück." „Kannst du nicht mit einer Freundin verabredet sein?" „Doch, das könnte gehen. Ich frag Annemarie gleich mal." „Schön, dann bis morgen." Sie gaben sich zum Abschied nicht die Hand, weil keiner von beiden sich traute, und so ging jeder mit den Gedanken an den anderen nach Hause.

Seine Eltern wollten wissen, wie ihm der Ausflug gefallen hatte. Er antwortete nur kurz angebunden, dass es ganz nett gewesen sei, und verschwand in seinem Zimmer. Dort blieb er bis zum Abendessen und träumte sich zu ihr. Er stellte sich vor, dass er sie am nächsten Tag küssen würde, und hatte keine Ahnung, wie sich das anfühlte. Er küsste sich selbst auf seine Hand, schleckte dabei die Haut mit der Zunge ab. In einem Film letztens im Fernsehen hatte er gesehen, dass ein Liebespaar beim Küssen nicht nur die Lippen aufeinanderdrückte, sondern dass sie sich offensichtlich auch ihre Zungen gegenseitig in den Mund schoben und sich damit streichelten. Wie würde das sein? Würde sie das auch wollen? Oder war das heute nur ein einmaliges Erlebnis gewesen? Seine Mutter hatte ihm kürzlich ein Buch geschenkt mit dem Titel: „Woher kommen die kleinen Jungen und Mädchen?". Das hatte er sehr schnell ausgelesen, auch weil er das meiste schon vom Hörensagen kannte. Jetzt dachte er darüber nach, ob denn nach dem Küssen automatisch auch mehr folgen würde oder wie lange man damit warten musste. Im Buch stand, dass man nur mit Mädchen schlafen sollte, mit denen man sich auch vorstellen konnte, zusammenzubleiben. Das zu entscheiden, war nach einem halben Tag noch zu früh. Also wollte er es erst mal langsam angehen lassen. Aber küssen würde doch vielleicht gehen.

Sie kam freudestrahlend nach Hause und erzählte ihrer vier Jahre älteren Schwester, dass sie einen Jungen kennengelernt hatte. „Und, habt ihr schon geknutscht?", fragte Erika. „Bist du blöd, wir waren doch die ganze Zeit mit den anderen zusammen. Und der Pfarrer hat uns auch schon komisch angesehen. Aber morgen nach der Messe gehen wir spazieren. Vielleicht küssen wir uns dann." „Danach musst du mir erzählen, wie sich das für dich angefühlt hat. Ich war beim ersten Mal ganz hin und weg und konnte nachts nicht schlafen." „Du meinst beim ersten Kuss?" „Ja sicher. Inzwischen habe ich ja schon ein paar Jungs geküsst. Ernst, mein Erster, war dann doch nicht der Richtige. Freddy, mit dem ich grad gehe, ist ihm um Längen voraus. Aber der ist schon 18 und will immer mit mir ins Bett. Bis jetzt konnte ich das noch verhindern. Wir haben nur geschmust und uns gegenseitig ein bisschen gestreichelt. Aber ich glaube, lange wird's nicht mehr dauern, dann schlafen wir miteinander." „Das kann ich mir gar nicht vorstellen. Hab jetzt schon Bammel vor dem ersten Kuss."

Am Sonntag saß sie in der ersten Reihe und lächelte ihm zu. Als Messdiener saß er am Altar in einem der Chorstühle. Er schaute nur ganz kurz zu ihr hin, weil er befürchtete, dass es auffallen könnte. Schließlich waren seine Eltern und sein jüngerer Bruder auch in der Messe, allerdings viel weiter hinten. Er hoffte, sie würden es nicht sehen, wenn er heimlich zu ihr hinüber schielte. Nach der Messe machte er sich noch in der Sakristei zu schaffen, räumte den Kelch weg, redete noch ein paar Sätze mit dem Pfarrer und zog ganz langsam sein Messdienergewand aus, weil er hoffte, seine Eltern würden dann inzwischen schon auf dem Heimweg sein. Tatsächlich war der Platz vor der Kirche jetzt fast leer, nur drei ältere Damen debattierten vor dem Portal noch heftig miteinander. Anscheinend hatte es irgendwo einen Einbruch gegeben und sie redeten darüber, dass die Polizei viel zu langsam sei und dass alle jetzt Angst haben müssten, dass sich solche Vorfälle wiederholten. Dann sah er sie auf der gegenüberliegenden Straßenseite in einem Hauseingang stehen und winkte ihr zu.

„Du hast dir ganz schön Zeit gelassen, ich dachte schon, du wärst heimgegangen und hättest mich vergessen." „Wie könnte ich dich vergessen, wo ich mich doch so auf dich gefreut habe! Wollte nur sicher sein, dass meine Eltern weg sind. Wo wollen wir hingehen?" „Weiß nicht, irgendwo aus dem Dorf heraus, damit uns keiner sieht, oder?" „Okay, dann lass uns hier die Gasse langgehen, am Ende können wir dann in Richtung des Feldweges abbiegen, der zu dem kleinen Wäldchen führt. Kennst du das?" „Nein, du?" „Ja, ich fahre da oft mit dem Fahrrad hin, in der Mitte ist eine Lichtung mit einer Bank. Da könnten wir uns hinsetzen."

Sie gingen, ohne zu sprechen, und vor allem, ohne sich anzufassen, nebeneinanderher. Nach 20 Minuten kamen sie an der besagten Bank an. Er säuberte die Bank mit seinem Taschentuch, damit sie sich ihr hellblaues Kleid mit den braunen Punkten nicht schmutzig machte. Als sie dort saßen, fiel zunächst keinem von beiden etwas ein. Erst nach einigen Minuten fragte er: „Hattest du zu Hause ein Problem, wegzukommen?" „Nein, hab gesagt, ich gehe noch zu Annemarie, und sie weiß Bescheid. Aber um halb eins muss ich zu Hause sein." „Ja, ich auch, da wird auch bei uns gegessen." „Was hast du denn zu Hause erzählt?" „Nichts bisher. Ich werde nachher sagen, dass ich noch mit Freddy spazieren war, und auch noch hinzufügen, dass wir hierhergegangen sind. Das ist ja dann fast wahr."

Einige Minuten später fragte er sie: „Hast du schon mal einen Jungen geküsst?" „Nein, aber du hast sicher schon viele Mädchen gehabt." „Na klar, jede Woche eine andere", erwiderte er und lachte dabei. Sie wusste nicht, ob er das ernst meinte, und schaute ihn mit ihren rehbraunen Augen an. Er grinste immer noch und sagte: „Quatsch, natürlich habe ich nicht jede Woche eine andere. Tatsächlich hätte ich gern eine Freundin. Willst du mit mir gehen?" Dabei lief er puterrot an. „Oh, du fragst aber ganz schön schnell. Darf ich mir das noch überlegen?" „Magst du mich nicht oder gefalle ich dir nicht?"

„Doch, schon, aber ich bin sehr unsicher, was das bedeutet, mit dir zu gehen." „Na, dass wir uns häufiger treffen und so." „Was ist denn *und so?*" „Keine Ahnung, was wir eben beide gern machen. Darüber haben wir ja noch nicht gesprochen. Das müssen wir rausfinden."

Gegen zwölf machten sie sich auf den Rückweg und keiner von beiden wollte den ersten Versuch machen. So fassten sie sich nicht bei den Händen, sondern gingen wieder wortlos zusammen zurück. Kurz bevor sie das Dorf erreichten, fragte er sie: „Wollen wir uns morgen treffen?" „Morgen kann ich nicht. Montags komme ich erst um zwei aus der Schule und nachmittags habe ich Klavierstunden. Dann muss ich immer pünktlich zurück sein, weil ich danach meine Hausaufgaben machen muss und mein Vater die immer nachschaut." „Und am Dienstag?" „Das geht besser. Da hab ich nachmittags sicher ab drei Uhr Zeit." „Und möchtest du, dass wir uns sehen." „Ja, wenn du das auch willst." „Würd ich sonst fragen?" „Wo sollen wir uns treffen?" „Dienstags ist doch immer das Jugendheim offen, da spiele ich manchmal Tischtennis. Wir könnten uns dort treffen und dann zusammen weggehen." „Gute Idee. Also dann bis Dienstag um drei."

Ohne eine Berührung oder ein Wort gingen sie auf der Hauptstraße auseinander, jeder in die andere Richtung. Sie drehte sich nach 100 Metern noch mal um, winkte ihm zu und ging hüpfend nach Hause. Er bekam das Grinsen nicht aus seinem Gesicht und fragte sich: *„Wieso hab ich nicht wenigstens ihre Hand genommen?"* Von Küssen konnte ja schon gar keine Rede sein. Er war doch sonst nicht schüchtern, wenn er mit

Jungs zusammen war. Aber das hier war etwas anderes. Er hatte nicht den Mut gehabt, sie zu fragen beziehungsweise einfach ihre Hand zu berühren. Wieso war das so schwierig? Na, vielleicht beim nächsten Mal.

Der Montag verging für beide schleppend langsam. Sie ertappte sich dabei, dass sie in der Schule und auch nachmittags bei der Klavierstunde dauernd an ihn denken musste und falsche Noten spielte. *„Ob er mich morgen küssen wird?"*, dachte sie. Ich werde jedenfalls nicht den ersten Schritt tun, das muss schon er machen. Und er schrieb in der Englischstunde wieder mal eine Fünf, nicht weil er nicht gelernt hatte, sondern weil er in Gedanken dauernd bei ihr war.

Am Dienstag nach der Schule zog er seine Jeans aus und seine beste Hose an. Eine apricotfarbene Stoffhose mit weitem Schlag, wie sie gerade modern war. Dazu nahm er ein knallgelb-orange gestreiftes Hemd und machte seine Haare nass, damit sie nicht so widerspenstig vom Kopf abstanden. Seine Mutter fragte: „Wo gehst du denn hin, dass du dich so rausputzt wie ein Papagei?" „Ich geh ins Jugendheim zum Tischtennis." „Aber dann pass auf, dass die schöne Hose nicht schmutzig wird." „Mama, das musst du mir nicht sagen, ich werde jetzt erwachsen."

# Brief an einen Engel

*Weißt Du, dass ich noch heute an Dich denke? Es ist so lange her, und doch sofort wieder da, wenn ich es aus den Tiefen meiner Erinnerungen hervorhole, wenn ich es zulasse.*

So begann sie, einen Brief zu schreiben, an ihn, der schon viele Jahre nicht mehr da war, dem sie aber noch so viel sagen wollte. Sie hatte das schon lange vor, aber es kam nie dazu. Inzwischen war so viel geschehen und sie meinte, es wäre jetzt an der Zeit.

*Hast Du es auch so schade gefunden, dass uns die Silberhochzeit nicht gegönnt war, dass Du ein Jahr vorher gehen musstest? Wir waren damals gerade dabei, wieder zusammenzufinden. Ein paar harte Jahre lagen hinter uns. Wir hatten uns erfolgreich zusammengerauft und gemeinsam noch einiges vor. Das Schicksal hat es anders gewollt und mich allein auf den weiteren Weg geschickt. Mit dem Fortschreiten der Jahre haben sich meine Erinnerungen an unsere gemeinsame Zeit verändert. Anfangs, in den schlimmen Monaten der endlosen Trauer, der beklemmenden Träume und des Schocks, jetzt mit allem allein dazustehen, hatte ich nur daran gedacht, dass es gerade wieder begonnen hatte, schön zu werden. Du hattest endlich verstanden, was es heißt, „miteinander" zu leben. Ich hatte eingesehen, wie wichtig Dir Dein persönlicher Freiraum war. Nach einiger Zeit war alles dem Zorn gewichen. Ich war Monate beschäftigt mit Dingen, die ich noch für Dich erledigen musste. Deine Sammelleidenschaft war mir zum*

*Verhängnis geworden. In meinen Gedanken vermischten sich die guten und die schlechten Zeiten zu einem bunten Wirrwarr der Gefühle. Mit der Zeit kamen zwar immer seltener die Erinnerungen zurück, aber dafür immer schönere. Und heute, es ist ziemlich genau 40 Jahre her, dass wir uns kennengelernt haben, habe ich das Bild vor mir, wie das damals war.*

Sie trank einen Schluck von ihrem Kaffee und ließ alles noch einmal an sich vorüberziehen. Und sie schrieb sich alles von der Seele.

*Ich war noch nicht ganz 18 Jahre alt. Da kamen meine Schwester und ich auf die Idee mit dem CB-Funk. Jede hatte ein Funkgerät, und in jeder freien Minute waren wir am Breaken, so sagte man, wenn man ein Funkgespräch führte. Weißt Du noch, mein Nickname war Laubfrosch, meine Schwester war schon damals die Eule. Mit der Zeit kamen wir in einige CB-Runden hinein, die regelmäßig auf dem Band waren. Und so brachten wir manchen Abend mit mehr oder weniger sinnigen Gesprächen herum, bis uns die Augen zufielen. Eines Abends war es dann so weit. Ein Funker mit einer Stimme zum Dahinschmelzen mischte sich ins Gespräch, gerade als wir uns zum Schlafengehen verabschieden wollten. Ich glaubte sofort zu erkennen, dass er nicht in unserem Alter war. Durch und durch ging diese männliche Stimme: „Das geht nicht. Ihr könnt jetzt nicht auf zwei Meter gehen! Jetzt wird's erst lustig!" Das warst Du. Dein Nickname sorgte bereits für den ersten Lacher: „Ich bin der Nasenbohrer." Du lieber Himmel, war das komisch! Als ich Deine Frage beantwortete, ob* wir eine Handgurke (Handfunkgerät) oder eine Feststation hätten, warst Du mit Lachen an der Reihe, denn Du wusstest gleich, dass unsere Geräte eine Reichweite von etwa 200 Metern hatten, wenn keine Wand dazwischen ist. Das hieß aber, dass Du nicht weit weg sein konntest. Das war damals richtig aufregend. Irgendwann mussten wir aber doch die noch immer fröhliche Runde verlassen, uns „abklemmen", denn am nächsten Tag hieß es früh aufstehen. Die Schule rief. Von da an hörten wir uns täglich und bald begannen wir, auch allein zu funken. Dein Ruf „Laubfrosch, Laubfrosch, QRZ" klingt heute noch in meinen Ohren. Du hattest damals sehr viel Zeit, weil Du gerade von einem Arbeitseinsatz im Ausland zurückgekommen warst und Urlaub hattest. So konntest Du mich auch nach der Schule anfunken und mich heimbegleiten. Wir hatten schon unseren festen Kanal und wussten bald, wann wir erreichbar waren. Wochen später fragte ich Dich endlich, warum Du so oft in der Nähe seist. Ich kam mit meinem Gerät ja nicht weit. Da sagtest Du: „Weil ich gern mit dir plaudere. Es ist lustig und interessant. Macht einfach Spaß!" Das Kribbeln in meinem Bauch wollte gar nicht mehr aufhören. Es war wie eine Sucht. Ich fieberte jeden Tag unseren Gesprächen entgegen, konnte bald an nichts mehr anderes denken. Ich wollte wissen, wie Du wirklich heißt, wer Du bist, wo Du wohnst. Die Spannung stieg ins Unermessliche. Dann kam der Tag, an dem ich früher als üblich auf dem Heimweg war. Wir unterhielten uns wie gewohnt, doch als ich sagte, ich sei jetzt vor dem Haus, nahmst Du die Sache endlich in die Hand und fragtest: „Wenn du noch Zeit hast, dann könnten wir uns sehen. Möchtest du?" Mir wurde ganz heiß und ich war froh, dass Du nicht sehen konntest, wie rot ich wurde. Ein bisschen mulmig war mir schon zumute. Sollte ich mich wirklich darauf einlassen? Was, wenn ich dann enttäuscht wäre? Aber die Neugier hat gesiegt. „Das ist eine gute Idee!", sagte ich. „Wo bist du denn? Wie finde ich dich?" Deine Erklärung war sehr verwirrend, aber genauso spannend wie unsere Gespräche: „Geh die Straße hinunter. Dort stehe ich mit einem Ruderboot mit Scheibenwischern." Ich sah förmlich vor mir, wie Du Dich vor Lachen biegst, weil ich so langsam von Begriff war. Die Straße führte entlang der Donau. Das ließ mich natürlich im ersten Moment wirklich an ein Boot denken. Also hielt ich Ausschau nach einem solchen. Nach ein paar Minuten konntest Du mich schon beschreiben. Du sagtest mir, welches Kleid ich trage, wie ich aussehe und was für eine Schultasche ich habe. „Das kann doch gar nicht sein! Du musst doch da irgendwo stehen!", brummte ich schon leicht verzweifelt. Und plötzlich standest Du vor mir. Neben einem dunkelbraunen Saab 99. „So sieht also der kleine Laubfrosch aus!", sagtest Du leise und ich war sprachlos.

So hat das damals mit uns angefangen. Niemand konnte wissen, was sich daraus entwickeln würde. Auch dass Du 15 Jahre älter warst als ich, konnte man damals nicht als gut oder schlecht für uns werten. Es war, wie es war. Ich habe vieles genossen und manches hat mich gestört. Aber so wie Du gewesen bist, als Mensch, als Kumpel für Deine Freunde und zuletzt auch als Vater für Dein Kind, hast Du für mich zu den Guten gehört. Daher bin ich ganz sicher, dass Du jetzt ein Engel bist, wahrscheinlich sogar einer meiner fleißigen Schutzen-

*gel. Darum möchte ich auch nur mehr die guten Erinnerungen behalten und danke Dir für die schöne Zeit, die wir miteinander hatten!*

Als sie die letzten Zeilen schrieb, sah sie ihn vor sich und erinnerte sich, was er zwei Wochen vor seinem Tod gesagt hatte. Er hatte sie in den Arm genommen und geflüstert: „Ich würde dich sofort wieder heiraten, wenn ich noch einmal die Wahl hätte." Sie spürte, wie er sie fest an sich drückte. Und sie erinnerte sich, dass sie in dem Moment nachgedacht hatte, ob sie auch noch einmal diesen Schritt mit ihm machen würde. Es tat ihr jetzt leid, dass sie diesen Satz nicht erwidert hatte. Jetzt tropfte eine Träne auf den Brief, den sie gerade zusammenfaltete und in ein Kuvert steckte.

Dann fuhr sie zum Friedhof und stellte eine Kerze in die Laterne. Es wurde diesmal ein langes Gespräch mit dem Engel. Sie las ihm den Brief vor und wartete irgendwie auf eine Antwort.

# Counting the stars

Die Jugendherberge in Bakkum in Holland war ein sehr altes Gebäude. Er war mit seinen beiden Freunden Erwin und Benno vor drei Tagen mit dem Fahrrad hier angekommen. Der Hintern tat ihm immer noch weh, denn die mehr als 300 Kilometer waren für ihn ungewohnt. Auch wenn er zu Hause immer mit dem Fahrrad in die circa zehn Kilometer entfernte Stadt zur Schule fuhr, so waren doch jeweils etwa 100 Kilometer an drei Tagen hintereinander ein heftiger Ritt gewesen. Beim Frühstück konnte er kaum ruhig sitzen und war froh, dass er danach zum Strand laufen konnte. Dort breitete er sein Handtuch aus, legte sich darauf und schaute in den Himmel. Die Wellen der Nordsee kamen seinen Füßen ziemlich nahe und er verlegte seinen Standort weiter weg. Benno und Erwin hatten nicht mitkommen wollen. Sie hatten sich gestern einen Sonnenbrand geholt. Er drehte sich auf die Seite und beobachtete eine Gruppe Mädchen, die etwas weiter weg auch im Sand lagen oder saßen. Sie waren ihm schon gestern Abend in der Jugendherberge aufgefallen, als sie alle aus einem Bus gestiegen waren. Etwa 20 Engländerinnen, die scheinbar mit einem Lehrer oder Betreuer hierhergekommen waren.

Jetzt am Strand konnte er erkennen, dass nur etwa die Hälfte der Gruppe hier war. Es war kein Begleiter dabei und entsprechend ausgelassen und kichernd unterhielten sich die Mädels. Manchmal hörte er Wortfetzen zu ihm herüberwehen. „Hey, let's go swimming." „No, it's too cold." „Come on, you frozen turkey, let's give it a try."

Er beobachtete, wie drei Mädels eine andere an Armen und Beinen packten und zum Wasser schleppten. Sie wehrte sich heftig, konnte aber nicht verhindern, dass die drei sie in die erste ankommende Welle warfen. Dabei waren die drei nur bis zu den Oberschenkeln im Wasser und lachten sich krank, als die Untergetauchte wieder aufstand. „You silly bitches", prustete diese, „I will kill you." Sie stapfte langsam zurück zu ihrem Platz und fing an sich abzutrocknen. Die anderen schauten ihr feixend und kichernd zu.

Er hatte Mitleid mit ihr und wollte zu ihr hingehen, um ihr zu helfen, aber er traute sich nicht. Immerhin waren es acht Mädels und wer weiß, was sie mit ihm anstellen würden. So schaute er dem Treiben der Gruppe weiter zu. Zwei andere Mädchen gingen jetzt zum Wasser und tauchten ihre Füße ein. Weiter als bis zu den Knien wagten sie sich nicht vor und standen bibbernd da. Kurz darauf stakten sie zu den anderen zurück und es dauerte nicht lange, da bewarfen sich alle mit Sand. Die kleine Dunkelhaarige, die sie zuvor ins Wasser geschleppt hatten, saß immer noch zitternd am Rand der Gruppe. Als die anderen begannen, auch sie mit Sand zu traktieren, wurde es ihr zu bunt und sie nahm ihre Sachen und lief davon. „Hey, are you still angry with us?", rief ein anderes Mädchen hinter ihr her. Sie schaute sich um und rief zurück: „No, I am only very cold and want to take a hot shower."

Er folgte ihr. Kurz vor der Jugendherberge holte er sie ein. „Hi, I saw the girls threw you into the sea. Can I help you somehow?" „No, thanks. I need a hot bath only. Then I'll be fine." „Can we meet after dinner?" „Maybe, let's see. Do you also live here in the hostel?" „Yes, upstairs, with the other boys. So, shall we meet around eight outside the building?" „Okay, but now I need to run to get warm again."

Nach dem Abendessen wartete er vor dem Haupteingang, aber sie kam nicht. Nach einer halben Stunde ging er zurück ins Haus und als er durch die Eingangshalle spazierte, sah er, dass im Hof viele Leute saßen und standen und er hörte auch Musik von dort. Der Betreuer der englischen Mädchen hatte eine Gitarre dabei und spielte die letzten neuen Songs von den Kinks. „Sunny Afternoon", grölten gerade alle mit und er ging langsam zu den anderen.

Sie saß im Halbdunkel in der Ecke bei der Küche und schnatterte aufgeregt mit den anderen Mädchen. Dabei schaute sie in seine Richtung und er hatte das Gefühl, sie spreche über ihn. Das ließ seinen Blutdruck steigen und sein Gesicht lief rot an. Gut, dass es inzwischen fast dunkel war und nur ein wenig Licht vom Lagerfeuer auf ihn fiel, so konnte man nicht erkennen, woher die Farbe in seinem Gesicht kam.

Seine beiden Freunde kamen auch dazu und sie setzten sich zu den Übrigen auf den Boden. Als dann der Gitarrenspieler „You really got me" anstimmte, sprangen alle Mädels auf und tanzten wie wild dazu. Er kannte den Text nur zum Teil, aber er hatte das Gefühl, das Stück würde für ihn gespielt. Beim Refrain sang er laut mit und schaute dabei in ihre großen, strahlenden Augen. *„You really got me, you really got me, you really got me, so I can't sleep at night ..."* Sie sah ihn an und lächelte.

Später, als der Mann mit der Gitarre aufhörte zu spielen, legte jemand die Platte der Kinks auf und es wurde wieder getanzt. Er hörte die Musik und den Text:

*Dandy, where you gonna go now?*
*Who you gonna run to?*
*All your little life you're chasing all the girls*
*They can't resist your smile*
*Oh*
*They long for. Dandy …*

Er fühlte sich komisch, als er diese Worte mitsang, denn er meinte nicht, dass er ein solcher Dandy sei. Sie kam zu ihm herüber und fragte: „Do you listen to these songs in Germany as well?" „Sure, we do. We don't have something similar in German, so English and American pop music is what most of us listen to. Are the Kinks your favorite group?" „Not really, but I like them. I prefer the Beatles. What about you?" „At the moment, my favorites are the Rolling Stones. Their latest single, ‚Paint it black', is running all day on my recorder. I think it is a great piece of music." „Hm, the Stones are a bit too rough for me; I prefer the softer style by John Lennon and Paul McCartney. Do you know ‚Paperback Writer'?" „Yes, sure, that is also nice."

So tauschten die beiden sich rege miteinander aus und Erwin und Benno gingen nach einiger Zeit weg, weil ihr Englisch nicht so gut war und sie nicht wirklich mitreden konnten. Ihm war das ganz recht und er trank ein paar Bier mit ihr. Nach einiger Zeit merkte er, dass sie leicht angetrunken war. Er fragte sie: „Shall we go for a walk somewhere?" „Ugh, I don't know. I think I better go sleep." „Oh, come on, you can sleep later. Let's go and have a look at the stars."

Er nahm sie bei der Hand und führte sie durch die Halle zum Haupteingang und dann nach draußen. Dort schlug er den Weg in Richtung eines kleinen Wäldchens ein und zog sie einfach mit. Er merkte, dass sie manchmal schwankte, und nahm sie in den Arm. „Hey, what are you doing?", rief sie. „I am just holding you so you don't stumble."

Nach ein paar Hundert Metern kamen sie an einen Platz, an dem er sie fester in den Arm nahm, ihr Gesicht zu sich drehte und sie vorsichtig küsste. Sie erwiderte den Kuss nicht wirklich und schaute ihn nur aus großen Augen an. Er fragte sie: „Do you feel sick?" „I think I am bit dizzy." „Let me hold you and let's have a look at the magnificent sky."

Sie schauten beide in den Himmel und sahen Zigtausende von Sternen, weil der Abend so wunderbar klar war, was in der dunklen Umgebung, in der sie sich befanden, umso mehr zur Geltung kam. „Oh, what a marvelous heaven!", rief sie plötzlich aus. „I think I have never seen so many stars at the same time!" „Can you count the stars?" „Not really. They are too many." „Look at the bright one there, it is sparkling like your eyes, I would like to remember this moment forever." Dann küsste er sie noch einmal und diesmal fühlte es sich richtig an. Etwas später gingen sie zurück zur Herberge.

Am nächsten Morgen machten die Mädels alle zusammen einen Ausflug nach Alkmar und er sah sie erst abends wieder. Es ergab sich aber keine Gelegenheit für ein Gespräch. Erst am folgenden Morgen beim Frühstück ging er wie zufällig an ihrem Tisch vorbei und flüsterte ihr ins Ohr: „Hey darling, it is such a wonderful day today. You want to join me to the beach?" „Sure, the other girls also want to go. We will meet there."

Eine halbe Stunde später trabte er zum Strand. Kurz darauf hörte er das Gebrabbel der Engländerinnen und sie kam direkt zu ihm hin. Sie zeigte ihm eine Postkarte, die sie an ihre Eltern geschrieben hatte. Er las:

*Dear Mom and Dad,*

*We have a great time here in Holland. The weather is fantastic and we have a lot of fun with the other girls. I also met some boys from Germany. One of them is really very nice.*

*Love, L.*

Er blickte sie an, sah das Strahlen in ihren blauen Augen und sagte: „The star from the other night is again in your eyes. I have never seen this before. You really got me."

# Mocambo

Er sah sie zum ersten Mal auf dem Kastell. Er war mit seinem Freund von Taormina auf ihrem Roller nach Castelmola gefahren. Sie war mit ihrer Freundin zu Fuß die steilen Treppen hochgekommen. Als er genauer hinschaute, entdeckte er ihre Sommersprossen, ihre braunen Augen, die kleinen Schweißperlen auf der Stirn und es traf ihn wie der Blitz. Er lächelte sie an, sie schaute ihn nur aus ihren dunkelbraunen Augen an und er beobachtete ein leichtes Zittern ihrer Lippen.

Am nächsten Tag waren er und sein Freund am Strand von Naxos. Er holte gerade zwei Bier von der Bar, als er an den Liegestühlen vorbeikam, in denen sie und ihre Freundin lagen. „Mögt ihr auch ein Bier?" Sie kicherte und meinte: „So früh am Tag trink ich noch kein Bier. Aber du kannst mir eine Cola bringen." Das machte er und sie unterhielten sich ein wenig übers Wetter und Italien. Sie fragte ihn, ob er noch woanders hinwolle. Er erzählte, dass sie morgen mit dem Roller zur Alcantara-Schlucht fahren wollten. Sie sagte, dass sie in drei Tagen mit ihren Bekannten den Ätna auf dem Plan hatten.

Abends ging er allein in die „Mocambo"-Bar im Zentrum von Taormina. Sein Freund war müde und wollte nicht mit. Zufällig traf er sie zum dritten Mal, denn sie war mit ihrer Freundin auch in der Bar. Er fragte, ob er sich dazusetzen dürfe, und sie unterhielten sich lange. Die Freundin merkte, dass sie überflüssig war, und ging ins Hotel. Sie blieb noch und dann erzählten sie sich vieles aus ihrem Leben und von ihren Träumen. Sie erklärte ihm, dass sie mal heiraten wolle und am liebsten zwei

Kinder hätte. Er sagte, dass er noch verheiratet sei, aber von seiner Frau getrennt lebe und schon eine Tochter habe.

Später begleitete er sie ins Hotel. Vor der Tür verriet sie ihm, dass sie am nächsten Tag für vier Tage nach Syrakus fahren würde. Er musste in zwei Tagen nach Hause fliegen. Zum Abschied küssten sie sich und das schmeckte nach mehr.

Im Hotel konnte er nicht schlafen und fing an zu lesen. Sein Freund maulte, er solle das Licht ausmachen, so könne er nicht schlafen. Er löschte das Licht und war dennoch die ganze Nacht wach, spürte ihre Lippen auf seinen und wollte sie wiedersehen. Da fiel ihm ein, dass er nichts von ihr wusste, nicht einmal wie sie hieß. Wie sollte er es also anstellen, sie wiederzusehen? Er zermarterte sich das Hirn und plötzlich hatte er eine Idee.

Am nächsten Morgen ging er um sechs zur Busstation. Die Bar nebenan machte gerade auf und er holte sich einen Espresso. Als er die vierte Tasse trank, kamen die Mädels die Straße entlang. „Was machst du hier?" „Wir haben vergessen, Adressen und Telefonnummern auszutauschen." „Wieso, was willst du damit?" „Na, dir schreiben und dich anrufen, wenn du wieder zu Hause bist." „Aha, dann schreib mal schön." Er notierte sich ihre Kontaktdaten und fragte: „Wie lange bleibt ihr noch hier?" „Zehn Tage", antwortete sie. Dann wünschte er den beiden noch einen schönen Urlaub.

Zurück in Deutschland, dachte er ein paar Tage nach. Immer war sie in seinen Gedanken, nachts träumte er von ihr. Dann schrieb er ihr einen Brief.

*Hallo meine Liebe, wie geht es Dir? Waren die restlichen Urlaubstage noch schön für Euch? Jetzt wieder zu Hause, muss ich Dir was gestehen. Ich habe mich schon auf dem Castello in Dich verknallt und die weiteren Treffen haben mein Gefühl bestätigt. Ich konnte kaum was anderes denken als an Dich. Ich möchte Dich sehr gern wiedersehen und werde Dich am Mittwoch anrufen. Denk doch bis dahin mal bitte drüber nach, ob Du mich auch sehen möchtest.*

Sie fand den Brief, als sie zu Hause eintraf, und riss ihn gleich auf. Diese Liebeserklärung hatte sie nicht erwartet. Aber sie musste sich eingestehen, dass sie auch viel an ihn gedacht hatte. Sie überlegte kurz, ob sie ihn wiedersehen wollte. Auf alle Fälle wollte sie mehr von ihm wissen und ihn näher kennenlernen. Mal sehen, was er am Telefon vorschlagen würde. Sie malte sich schon aus, wo sie mit ihm hingehen wollte, wenn er sie besuchen käme, und ob sie ihn ihrer Mutter vorstellen wollte. *„Ach Quatsch"*, dachte sie, *„ich kenn ihn ja selbst kaum. Da muss er nicht gleich in die Familie eingeführt werden."* Das mit seiner Nochehefrau und der Tochter hatte er nur kurz erwähnt, und sie wollte mehr dazu erfahren. Ihre Neugier war schon sehr groß.

Als er am Mittwoch anrief, war sie ganz aufgeregt und plapperte zuerst nur wirres Zeug von Italien, wo sie noch gewesen waren, dass sie schönes Wetter gehabt hatten, dass es auf dem Ätna kalt gewesen war. Die letzten Tage der Woche habe sie noch Urlaub und wolle das schöne Wetter ausnutzen und sich im Freibad weiterbräunen. Er ließ sie geduldig ausreden und fragte dann: „Hast du drüber nachgedacht, ob du mich wiedersehen willst?" „Hm, eigentlich schon, aber ich hör an deinem Akzent, dass du doch ziemlich weit weg wohnst." „Ja, ich weiß, und ich kann schlecht zu dir kommen, weil ich noch ein paar Termine habe, die ich hier wahrnehmen muss. Was hältst du davon, wenn du am Freitag mit dem Zug herkommst und bis Sonntag bleibst?" „Oh, das sind gleich drei Tage. Darüber muss ich mal nachdenken." „Ich hab schon einen Zug rausgesucht, du könntest am Freitag um 10:07 Uhr abfahren und wärst dann planmäßig um 16:23 Uhr hier. Nur in Köln müsstest du einmal umsteigen. Also alles ganz einfach. Ich hol dich dann am Bahnhof ab." „Ja, verstehe, aber lass mich mal drüber nachdenken. Ich rufe dich heute Abend zurück und sag dir Bescheid. Okay?" „Du rufst an und sagst, dass du kommst?" „Vielleicht." „Vielleicht rufst du an?" „Nein, vielleicht komme ich." Na gut. Ich bin ab sieben zu Hause. Dann erwischst du mich sicher. Bis dann."

Kaum hatte sie aufgelegt, rief sie ihre Freundin an und fragte, was sie tun solle. „Hinfahren natürlich. Du hast doch in Sizilien schon viel an ihn gedacht. Jetzt musst du rausfinden, ob es passt." Sie war noch unsicher, denn sie war erst vor einem halben Jahr zu Hause ausgezogen. Deshalb rief sie ihre Mutter an. „Na, meine Liebe, wie war der Urlaub?" „Schön, Mama. Wir haben viel unternommen und viel gesehen. Ich hab etwas Farbe bekommen, fühle mich gut erholt und ich hab einen Mann kennengelernt. Wir haben uns aber nur ein paar Mal kurz gesehen und es ist nichts passiert. Er möchte jetzt, dass ich ihn besuche." „Wie sicher bist du dir denn mit ihm?" „Mein Gefühl sagt mir, ich soll fahren.

Mein Verstand sagt, du kennst diesen Mann doch gar nicht richtig und willst 700 Kilometer weit zu ihm hinfahren. Das ist ein ungewisses Abenteuer." „Kind, hör auf dein Gefühl und fahr hin. Dein Verstand wird dir helfen, den Weg zu finden. Es kann eine wunderbare Erfahrung oder eine Enttäuschung werden. Aber wenn du nicht fährst, wirst du es nie herausfinden."

Zwei Tage später saß sie im Zug und versuchte ein Buch zu lesen. „Liebe ist nur ein Wort" von Johannes Mario Simmel. Es ging um die Liebe zwischen einem 18-jährigen Schüler und einer verheirateten älteren Frau. *„Ähnlich wie bei uns, nur umgekehrt",* dachte sie. Zwischendurch schlief sie ein und träumte von der fremden Stadt, in die sie jetzt kommen würde. Sie lief orientierungslos durch die Straßen und er war nicht da. *Wo muss ich hin?,* fragte sie und wachte in dem Moment auf.

Der Zug kam pünktlich am Zielbahnhof an. Sie hatte zu Hause nur ein paar Kleinigkeiten in einen Korb geworfen. Den nahm sie jetzt und stieg aus. Am Bahnsteig wartete niemand. Also ging sie ins Bahnhofsgebäude. Auch hier war er nicht zu sehen. Sie fragte sich, ob sie hier auf dem richtigen Bahnhof war. Aber sie hatte sich doch die von ihm ausgesuchte Verbindung genau aufgeschrieben. Also musste sie richtig sein.

Sie ging zum Ausgang und suchte draußen nach ihm. Auch hier war er nicht zu sehen. Sie erinnerte sich an ihren Traum und dachte: *„Was, wenn er nicht kommt? Ich hab keine Adresse von ihm, nur eine Telefonnummer."* Neben dem Eingang befand sich eine Telefonzelle. Sie stiefelte hinein, suchte nach Kleingeld und wählte seine Nummer. Es klingelte zehn Mal, aber sie bekam keine Antwort. Also ging sie wieder zum Haupteingang zurück und wartete. Ihre Gedanken rasten. *„Was mache ich, wenn er nicht kommt? Soll ich schon mal einen Zug zurück suchen?"* Sie hatte ein Ticket für Sonntagnachmittag gekauft. Aber zum Umtauschen dieses Fahrscheins war es jetzt schon zu spät.

Nach weiteren 15 Minuten wollte sie ins Gebäude zurückgehen und bei der Auskunft nach einer Zugverbindung fragen, da kam ein alter, rostiger Mercedes um die Ecke und hupte. Das war er. Ihr fiel ein Stein vom Herzen. Sofort hastete sie die Stufen zum Parkplatz hinunter und stieg ein. „Hallo, bitte verzeih mir. Ich war mit meiner kleinen Tochter in einem Freizeitpark und musste sie zu ihrer Mutter zurückbringen. Dabei habe ich mich in der Zeit verschätzt. Hast du dir Sorgen gemacht?" „Grüaßdi, ja, ich wollte gerade nachschauen, wann ich zurückfahren könnte." „Oh, das tut mir echt leid. Ich bin sonst immer pünktlich und ausgerechnet heute komme ich zu spät." „Jetzt bist du ja da. Was machen wir denn?" „Ich dachte, ich zeig dir ein bisschen die Stadt und dann lade ich dich in ein Restaurant zum Essen ein. Hatte keine Zeit zum Einkaufen und habe nicht viel zu Hause zum Kochen. Außerdem sollte unser erstes gemeinsames Essen in einer schönen Atmosphäre stattfinden und von guter Qualität sein."

Sie fuhren ein kurzes Stück, er suchte einen Parkplatz und sie schlenderten kurz darauf durch die Innenstadt. Im Restaurant „Zur alten Post" waren alle Tische sehr schön eingedeckt, mit weißen Damast-Tischtüchern, edlen Gläsern und Meissner Porzellan. *„Ui"*, dachte sie,

*„das lässt der sich aber ganz schön was kosten. Oder will er nur Eindruck schinden?"*

Das Essen war köstlich und sie fuhren anschließend zu ihm nach Hause. Während des Essens hatte er ihr alle Fragen beantwortet, die sie zu seiner Frau und Tochter gestellt hatte. Er hatte ihr ein paar Bilder von der Kleinen gezeigt und sie spürte, dass er sie sehr gernhaben musste. Jetzt war sie ein bisschen aufgeregt, weil sie nicht wusste, wo und wie sie die Nacht verbringen würden. In einem gemeinsamen Bett? Oder jeder in einem Zimmer allein? Sie wünschte sich insgeheim, dass er sie bald mal richtig küssen würde, denn das hatten sie in der Aufregung am Bahnhof ganz versäumt und auch im Restaurant war es nicht dazu gekommen.

Als sie bei seinem Haus ankamen, nahm er sie in der Diele gleich in den Arm, küsste sie zärtlich und sagte: „Davon hab ich die letzten zehn Tage immer geträumt beziehungsweise dran gedacht. Wie ging es dir damit?" „Ich wollte dich wiedersehen und näher kennenlernen. Und dieser Kuss hat mir gut gefallen. Wo soll ich denn meine Sachen hinbringen?" Er zeigte ihr zunächst das Bad und dann das Schlafzimmer. Dort sagte er: „Wenn du es aushältst, schlafen wir hier. Wenn nicht, gibt es nebenan ein Gästezimmer. Dahin kannst du auch flüchten, wenn es dir zu bunt wird mit mir." „Schwarz-Weiß wär mir aber zu langweilig", erwiderte sie, während sie sich an ihn schmiegte. Und schon waren ihre Lippen wieder vereint, und dabei blieb es nicht.

Drei Jahre später machten sie Fotos vor dem Antiken Theater von Taormina mit dem Ätna im Hintergrund. Er im grauen Anzug, sie im knallgelben Kleid. Ein Dichter hatte diesen Blick auf den Vulkan und auf die Küste von Naxos einst die „schönste Theaterkulisse der Welt" genannt. Und dazu herrschte heute auch noch Traumwetter – ideal für Hochzeitsfotos an diesem wunderschönen Ort. Abends trafen die beiden in der „Mocambo"-Bar den Bürgermeister von Taormina, der zwei Tage vorher als Standesbeamter fungiert hatte. Er fragte: „Ciao, sei ancora così felice?" Und beide antworteten auch auf diese Frage gleichzeitig mit „Sì".

# Charlemagne

An einem Freitag fuhr er mit 32 Mitschülern und zwei Lehrern zu einem neuntägigen Schüleraustausch nach Nordfrankreich. Sie kamen am Nachmittag auf dem Bahnhofsplatz in Valenciennes an, wo sie schon von den Lehrern der lokalen Schule sowie von den Eltern und Schülern erwartet wurden, bei denen sie wohnen sollten. Nach einer Stunde hatte sich der Platz geleert und er stand ganz allein dort. Kein Lehrer, kein Mitschüler, keine Familie in Sicht, die ihn abholten. Langsam befiel ihn die Angst und er dachte: *„Was mach ich denn jetzt? Ich hab keine Telefonnummer von der Familie, wo ich hinsoll. Ich weiß auch nicht, wie ich zu Hause oder bei Herrn Treutler, unserem Französischlehrer, anrufen soll."* Er ging zu der Telefonzelle am Bahnhofsgebäude und versuchte zu verstehen, was zu tun sei. Er verstand so viel, dass man für ein Gespräch nach Deutschland eine 19 vorwählen musste, aber da fiel ihm auf, dass er kein französisches Geld hatte. *„Oh, wie blöd, daran hätte ich denken müssen!"* Also verließ er die Zelle wieder und setzte sich auf eine Bank vor dem Gebäude.

Eine halbe Stunde später kam ein knallgrüner R 4 um die Ecke und hielt mit quietschenden Reifen vor dem Bahnhof. Im Auto sah er eine Frau mit roten wilden Haaren und einen Jungen etwa in seinem Alter. Die Frau sprang aus dem Auto und rief: „Salut. Je suis désolée, j'étais en retard. Il y avait beaucoup de circulation et j'ai dû aller chercher Pierre." Ihm fiel ein Stein vom Herzen und er stieg zu den beiden ins Auto. Die Frau mit den roten Haaren fuhr wie eine Wilde und sagte ihm an einer roten Ampel, dass sie Nicole heiße und dass sie jetzt noch etwas einkaufen müsse. So kam er zum ersten Mal in einen lokalen Supermarkt und er staunte über die vielen frischen Fisch-, Fleisch- und Käsesorten, die dort angeboten wurden.

Zu Hause traf er zunächst auf den Vater der Familie. Er hieß Jean und begrüßte ihn sogleich mit: „Guten Tag, alles gut Kamerad?". Jean erklärte ihm, dass er am Ende des Krieges in deutscher Gefangenschaft gewesen war, und davon seien halt noch ein paar deutsche Worte übrig geblieben. Wenn die Familie langsam mit ihm Französisch sprach, konnte er sie ganz gut verstehen, aber wenn sie sich untereinander unterhielten, kam er kaum mit, fiel ihm auf. Und wenn er selbst etwas sagen wollte, musste er immer nach Worten suchen und es dauerte länger, bis ein ganzer Satz zustande kam. Pierre, der genau so lange Deutsch in der Schule gelernt hatte wie er Französisch, tat sich viel schwerer, mit ihm Deutsch zu sprechen. Offensichtlich war der Unterricht in Frankreich etwas anders aufgebaut und organisiert, wie er in der folgenden Woche in Pierres Klasse feststellen konnte. Deutsch war also für den Aufenthalt quasi gestrichen, aber er merkte, dass er selbst täglich besser Französisch reden konnte.

Das Abendessen fand erst gegen 20:00 Uhr statt, als er schon fast verhungert war, denn er hatte sein letztes Brot im Bus gegen 13:00 Uhr gegessen. Da lernte er auch die 17-jährige Tochter der Familie kennen. Sie hatte einen wohlklingenden Namen und war in seinen Augen eine echte Schönheit. Blonde lange Haare, strahlend blaue Augen, etwa so groß wie er selbst. Sie brachte die Vorspeise, einen Cocktail aus Muscheln und Shrimps, und dazu gab es einen Sherry. Da er so hungrig war, aß er den Cocktail in kurzer Zeit auf. Nicole fragte, ob er noch etwas möchte, und er sagte: „Oui, j'aimerais bien prendre un peu plus." Jean schenkte ihm etwas Sherry nach. Danach fühlte er sich schon besser und auch das Sprechen fiel ihm leichter. Beim zweiten Gang, Artischocken in Weißwein, bei dem auch Weißwein getrunken wurde, langte er kräftig zu. Dann war er satt und beim dritten Gang, zartrosa gebratenes Rindfleisch mit Salat, konnte er schon nicht mehr viel essen, aber den Rotwein kostete er.

Die Nachspeise, Mousse au Chocolat, die erst nach 22:00 Uhr serviert wurde, probierte er auch, und den Kaffee und den Portwein danach ließ er sich ebenfalls nicht entgehen. Darauf fühlte er sich einerseits sehr satt, andererseits hatte eine Leichtigkeit von ihm Besitz ergriffen, die er nicht kannte. Denn zu Hause durfte er keinen Alkohol trinken und er hatte außer ein paar Bier, die er mal heimlich bei seinem Onkel probiert hatte, keine Erfahrung mit edlen Tropfen.

Nach dem Essen holte die Tochter ihre Gitarre und spielte ein Stück von France Gall: „Sacré Charlemagne". Darin geht es um die Schulpflicht, die Karl der Große eingeführt hat, und das Mädchen konnte sowohl die Musik als auch den Text sehr gut. Beim dritten Refrain konnte er schon mitsingen:

*Qui a eu cette idée folle*
*Un jour d'inventer l'école*
*C'est ce sacré Charlemagne*
*Sacré Charlemagne*

Als sie aufhörte, applaudierte er ihr und fragte, ob sie ihm ein bisschen Gitarre spielen beibringen könne. Sie antwortete: „Bien sûr, demain on commence."

Als er später im Gästezimmer im Bett lag, hörte er sie noch weitere Lieder spielen und singen, und mit den Melodien im Ohr und beschwipst von den Getränken schlief er nach Mitternacht ein.

Am Samstag wachte er zu seinem Erstaunen nicht wie zu Hause gegen sieben, sondern erst um zehn Uhr auf. Er befürchtete schon, alle anderen wären längst aufgestanden. Aber im Haus war alles ruhig. Also nahm er sein Buch aus dem Rucksack und las ein bisschen, bis er die ersten Geräusche vernahm. Er suchte nach dem Bad, aber als er es fand, war die Tür verschlossen. Also ging er zurück in sein Zimmer und wartete. Nach einer halben Stunde hörte er, dass die Tür des Bades aufgeschlossen wurde und da er dringend zur Toilette musste, stürmte er sofort hinaus. Die blonde Schönheit kam ihm nur mit einem Handtuch bekleidet entgegen und flötete ihm ein fröhliches „Bonjour, mon cher" zu. Da er keine Schwester, sondern nur einen jüngeren Bruder hatte, war er von dem Anblick sehr überrascht. Er versuchte dann möglichst schnell mit seiner Morgentoilette fertig zu werden, damit er das Bad für die anderen nicht zu lange blockierte. Die ganze Zeit hatte er aber das Bild der Tochter des Hauses im Sinn. Er fühlte sich fast wieder so leicht wie gestern Abend und in seinem Bauch rumorte es ungewohnt.

Nach dem Frühstück schlug sie vor, ihm gleich die erste Gitarrenstunde zu geben, denn am Nachmittag wollten sie alle gemeinsam in die Stadt. Sie zeigte ihm, wie man die Gitarre hält und die ersten Akkorde zu dem Stück „House of the Rising Sun". Dabei ließ es sich nicht vermeiden, dass sich beide sehr nahekamen und sich gelegentlich berührten. Ihn traf dann immer ein kleiner elektrischer Schlag und ihr Parfum verzauberte ihn zusätzlich. Die ersten drei Akkorde hatte er nach einer Stunde halbwegs verstanden, allerdings klang es nicht immer ganz richtig, weil er die Finger nicht steil genug auf die Saiten drückte und so manchmal die danebenliegende Saite zwar berührte, aber nicht richtig herunterdrückte. Sie lobte ihn dennoch, dass er so schnell begriff, wie die ersten Griffe gingen, und sie überließ ihm ihre Gitarre, damit er später weiterüben konnte.

Nachmittags machten sie einen Ausflug in die Stadt. Sie zeigten ihm das Rathaus und den Tour de Dodenne. Am Bahnhof erinnerte er sich an seine Ankunft und er versuchte in holprigem Französisch zu erklären, wie sehr er sich geängstigt hatte, als er so mutterseelenallein auf dem Bahnhof gewartet hatte. Die Blondine hörte seine Geschichte, nahm ihn in den Arm und küsste ihn auf die Wangen. Das beförderte ihn erst recht in den siebten Himmel.

Am Sonntag gab es Verwandtenbesuch und Onkel und Tante sowie die beiden Nichten plapperten in Hochgeschwindigkeit mit der Familie, sodass er meist kaum mitbekam, worüber sie sich unterhielten. Er war sowieso überwiegend damit beschäftigt, sein Idol anzuschauen, was sie kaum zu bemerken schien. Als die Verwandten wieder weg waren, bot sie an, ihm noch zwei weitere Akkorde zu zeigen, sodass er damit halbwegs das erste Stück würde spielen können.

Die Lehrstunde war wieder ein bewegendes Erlebnis für ihn. Die junge Dame kokettierte auch ein wenig, denn inzwischen war sie eher belustigt von seiner Verliebtheit. Für sie kam natürlich ein Junge, der fast drei Jahre jünger war, nicht in Betracht. Aber das Gitarre spielen wollte sie ihm beibringen. Er gab sich auch große Mühe und passte gut auf alles auf, was sie ihm zeigte. Immer, wenn sie wieder seine Finger auf die richtigen Stellen am Gitarrenbund legte und sie dann fest aufdrückte, brachte sie ihn regelmäßig ins Schwitzen und er hätte sie am liebsten geküsst. Aber das traute er sich nicht.

Die gesamte Woche sah er sie tagsüber kaum, weil er mit Pierre in der Schule war, die immer bis 17:00 Uhr dauerte. Nur beim Abendessen war sie manchmal dabei. Und einmal ließ sie sich zeigen, wie gut er schon mit dem Musikstück zurechtkam. Sie lobte ihn für seinen Fleiß und für seine Ausdauer und sagte ihm, dass er sicher am Samstag zum ersten Mal der Familie demonstrieren könne, was für gute Fortschritte er gemacht habe.

Die Familie wünschte sich, dass er zeigte, was er in der Woche gelernt habe, und so spielte er am Samstagabend, diesmal mit weniger Alkohol und Essen als beim ersten Abend, das Stück vom Haus der aufgehenden Sonne vor. Alle klatschten wohlwollend, auch wenn er den einen oder anderen Akkord nicht ganz perfekt gespielt hatte. Jean sagte: „Serr gutt, mein Freund, Heil Hitler."

Am Sonntag mussten sie früh aufstehen, denn der Bus zurück nach Deutschland sollte gegen zehn Uhr abfahren. Die ganze Familie verabschiedete sich beim Frühstück von ihm und die Tochter überreichte ihm ein kleines Päckchen als Abschiedsgeschenk mit den Worten: „Veuillez ouvrir cela dans l'autobus." Nicole und Pierre brachten ihn zum Bahnhof und verabschiedeten sich sehr herzlich von ihm.

In dem kleinen Geschenkpäckchen fand er dann einen Button, den Fabienne selbst gebastelt hatte. Auf dem stand: „J'ai toujours soif." Stolz heftete er ihn sich an seine Jacke und dort sollte er für die nächsten Wochen bleiben.

Zu Hause ging er am Montag in den Plattenladen und kaufte sich die LP von France Gall. Danach lief „Sacré Charlemagne" immer in seinem Zimmer, wenn er dort war. Den gesamten Text konnte er bald auswendig und sang ihn mit. Dabei schaute er das Plattencover und ihre Bilder in der Bravo an. Er sah die Ähnlichkeit zu seiner französischen Traumfrau, hängte sich ein Bild von France Gall an die Wand und träumte sich regelmäßig wieder nach Valenciennes.

# Mr. Neckermann

Ende September hatte er drei Wochen Urlaub. Am ersten Tag regnete es, am zweiten auch, am dritten hatte er es satt und buchte sich telefonisch bei Neckermann zwei Wochen Flug und Hotel mit Frühstück. Er wollte auch weg, weil er sich von seiner Arbeit gestresst fühlte, und der Regen machte es nicht besser. Am nächsten Morgen ging der Flieger und etwa zwei Stunden später landete er in Ibiza. Dann noch eine Stunde Busfahrt und er erreichte seine Bleibe in San Antonio. Ein kleines familiäres Hotel mit etwa 25 Zimmern. Er bekam Zimmer 407 und traf dort auf einen anderen jungen Mann, der sich für die nächsten drei Tage das Doppelzimmer mit ihm teilte. Er hieß Wolfgang. Danach würde er es allein bewohnen, hatte die Rezeptionistin gesagt. Das versprach also sehr entspannt zu werden.

Der Zimmernachbar nahm ihn abends mit zum Essen in ein nettes kleines Restaurant, wo er zum ersten Mal in seinem Leben eine Paella probierte. Einen feinen Rotwein gab es auch dazu. Danach gingen sie in eine Bar und dort spielte ein lokaler Gitarrenspieler spanische Lieder und sang dazu. Das Publikum war sehr gemischt und er gehörte mit seinen 24 Jahren eher zu den Jüngeren. Sie kamen mit einem Spanier namens Guillermo ins Gespräch, der längere Zeit in Deutschland gearbeitet hatte und deshalb sehr gut Deutsch sprach. Er erzählte, dass er die Absicht habe, mit dem in Deutschland verdienten Geld demnächst auch eine Bar aufzumachen, so ähnlich wie die, in der sie waren. Er meinte, er schaue sich im Moment alle möglichen Lokale an und suche nach einem guten Standort.

Am Nachbartisch saßen drei deutsche Touristinnen, die immer mal wieder zu den drei jungen Männern herüberschielten. Guillermo sprach sie nach einigen Minuten an und kurz darauf saßen alle am gleichen Tisch und vernichteten einige Karaffen Rotwein. Gegen Mitternacht sagte Wolfgang, er sei müde und wolle ins Bett gehen. Er war total geschafft, aber Guillermo flüsterte ihm ins Ohr: „Du kannst mich jetzt doch nicht mit den Chicas allein lassen." Laut in die Runde sagte er: „Wie sieht's aus? Seid ihr auch alle so müde wie Wolfgang oder gehen wir jetzt in die Disco?" Die Mädels waren alle dafür, also stimmte er auch zu und los ging's.

Der Klub namens „Barón Rojo" hatte ab Mitternacht geöffnet und als sie hineinkamen, war es noch ziemlich leer. Die Musik war aber schon in vollem Gange und der Discjockey bemühte sich nach Kräften, den Musikgeschmack der Leute zu testen, damit auch getanzt wurde. So fing er mit den Rolling Stones an, wechselte zu Bob Dylan, dann zu den Beatles und als letztes zu Pink Floyd. Deren neuestes Album hieß: „Wish You Were Here" oder in Spanisch: „Ojalá estuvieras aquí". Bei dem Stück „Shine On You Crazy Diamond" füllte sich die Tanzfläche langsam und so spielte er weitere Songs der LP, die er noch nicht kannte, die ihn aber begeisterten.

Alle tanzten eine ganze Zeit lang und dann bot Guillermo an, ihnen einen Whisky auszugeben. Nach dem vielen Rotwein vorher war das fast schon ein Absacker, aber da die Mädels auch mittrinken wollten, konnte er schlecht ablehnen. Also bekamen alle einen großzügig eingeschenkten puren Whisky der Sorte Justerini & Brooks. Das war eine für ihn unbekannte Marke, die er aber als sehr weich empfand.

Guillermo fing an, mit der Blonden zu knutschen, und er überlegte, ob er es bei der Rothaarigen versuchen sollte. Vorsichtig nahm er zunächst ihre Hand, zog sie etwas näher zu sich her und flüsterte ihr ins Ohr: „Sag mal, ist es erlaubt, dich zu küssen, denn das würde ich gern tun." „Käme auf einen Versuch an", gab sie zurück und schon fanden sich ihre Lippen.

Gegen drei Uhr wurden die Küsse immer intensiver und er überlegte schon, wo das enden würde, als alle Mädels plötzlich meinten, sie müssten jetzt gehen. Guillermo wollte sie aufhalten und überreden, noch mit zu ihm zu kommen, was sie aber ablehnten. Die Rothaarige flüsterte ihm ins Ohr: „Wenn du magst, sehen wir uns morgen Abend hier wieder. Dann kommen Margit und ich allein. Denn sonst ist das ja für Rosi blöd."

Wolfgang brach auch auf, aber er blieb noch mit Guillermo bis fast sechs Uhr morgens und hatte Mühe, sein Hotel wiederzufinden. Zum Glück brachte Guillermo ihn bis in die Nähe und erklärte ihm den Rest des Weges. So kam er kurz nach sechs endlich in sein Bett. Das Frühstück am nächsten Morgen verpasste er, denn er schlief bis elf. Also suchte er sich eine Bäckerei, um dort ein Croissant und einen Kaffee zu nehmen. Gegen 14:00 Uhr war er wieder im Hotel, denn da gab es den Welcome-Cocktail von Neckermann.

Das entpuppte sich als eine kleine Verkaufsveranstaltung, denn die beiden Neckerfrauen priesen diverse Ausflüge und Sehenswürdigkeiten an. Ihm gefiel der angebotene Trip, der drei Tage später zu einer spanischen Finca mit Abendessen und Programm gehen sollte, und trug sich dafür ein.

Nach einem kleinen Nachmittagsschlaf ging er abends allein zum Essen, danach in eine andere Bar, um gegen Mitternacht wieder beim „Roten Baron" einzuchecken. Guillermo war auch schon da und sagte: „Diesmal trinken wir Bier, denn wer weiß, wo der Abend noch endet", und dabei zwinkerte er ihm zu.

Gegen eins kamen Margit und Petra und sie steuerten auch direkt auf die beiden zu. „Was wollt ihr trinken?", fragte er sie und sie entschieden sich für zwei Cocktails, Piña Colada und Caipirinha. Alle prosteten sich zu und gingen zum Tanzen. Auch das Küssen kam nicht zu kurz, sowohl auf der Tanzfläche als auch an der Bar. Um drei wollten die Mädels dann wieder gehen und Guillermo wiederholte sein Angebot, noch zu ihm zu gehen und einen Absacker zu nehmen. Diesmal waren die beiden einverstanden und so zogen sie zu viert ab.

Guillermos Wohnung war ein kleines Apartment mit einem Wohn/Essraum mit Kochecke, einem Schlafzimmer und einem winzigen Bad. Sie nahmen auf der Couch Platz, was etwas eng war, aber so kamen sie gleich wieder auf Tuchfühlung. Guillermo schenkte wieder Whisky aus und die Party konnte weitergehen. Nach einigen Minuten zogen Guillermo und Margit ins Schafzimmer ab und ließen Petra und ihn auf der Couch allein. Die erwies sich auch zum Liegen als sehr bequem und er kam wieder erst am frühen Morgen in sein Hotel zurück.

Diesmal stellte er sich seinen Wecker auf 9:30 Uhr, sodass er noch gerade als Letzter um kurz vor zehn zum Frühstück kam. Wolfgang war auch da und fragte: „Hast du Lust, gleich mit zum Strand zu fahren?" „Ja, wie kommt man dahin?" „Wir nehmen am Hafen ein Boot und fahren ein Stück um die Insel. Da gibt es zwei sehr schöne Strände und du kannst dir aussuchen, wo du hinwillst. Ich kenne beide schon." So waren sie also kurz vor Mittag an der Playa, suchten sich zwei Liegen mit Sonnenschirm, und kaum dort, schlief er auch schon wieder. Der Abend war dann schon der letzte für Wolfgang und so gingen sie zusammen essen und auch noch in eine Bar. Danach kehrten beide ins Hotel zurück, Wolfgang musste am nächsten Morgen recht früh zum Flughafen, um seinen Rückflug zu erwischen, und er brauchte mal eine Nacht mit richtigem Schlaf.

Am nächsten Abend gegen 18:00 Uhr bestieg er dann den Reisebus von Neckermann und zusammen mit etwa 50 anderen Gästen fuhr er ins Landesinnere zu einer großen Finca. Dort standen schon drei weitere Busse und drinnen, das heißt draußen im Garten, saßen circa 150 Leute an großen Tischen. Es gab reichlich Vino Blanco und Vino Tinto und bald danach auch das versprochene Drei-Gänge-Menü. Die Stimmung wurde immer lockerer, je mehr Wein ausgeschenkt wurde, und nach dem Essen sollte es ein paar Spielchen geben. Dafür wurden zehn freiwillige Männer gesucht und weil sich nicht gleich genügend Leute meldeten, gingen die Animateure durch die Reihen und forderten direkt Menschen auf mitzumachen. Die Reiseleiterin, die für ihn zuständig war, bat ihn auch mitzumachen. So landete er also zusammen mit neun anderen auf der Bühne und sie sollten drei Aufgaben lösen. Die erste war leicht, jeder sollte einen halben Liter Wein trinken. Die Farbe durfte man sich aussuchen. Da er mit Rotwein begonnen hatte, nahm er den auch hier. Die Reiseleiterinnen stoppten die Zeit, die man zum Trinken des halben Liters benötigte. Er wurde Zweitschnellster.

Die zweite Aufgabe bestand darin, sich eine Partnerin aus dem Publikum zu suchen und mit der einen Walzer zu tanzen. Das konnte er recht gut und hatte das Glück, eine Frau ausgesucht zu haben, die gut mit ihm harmonierte. Also gewannen die beiden diesen Wettbewerb und die Frau gab ihm noch einen Kuss.

Die dritte Aufgabe war knifflig: Man saß auf einem Blasebalg, der auf einem Stuhl lag, und musste damit einen Luftballon aufblasen und zum Platzen bringen. Bei einigen Männern klappte das gar nicht, weil die Luft zum Teil an den Luftballons vorbeiströmte oder ihnen die Ballons wegflogen. Er hatte seinen Gummi fest um das Ventil gezogen und beides mit den Händen festgehalten. Daher wurde sein Ballon sehr schnell voll, nach weniger als einer Minute platzte er und er gewann auch diese Runde. So wurde er der Mr. Neckermann des Abends.

Auf der Rückfahrt kam die dunkelhaarige Reiseleiterin im Bus zu ihm und meinte: „Na, Neckermännchen, gehen wir gleich noch irgendwo was trinken?" „Na klar, wir müssen doch meinen Sieg feiern." Also kamen sie nach

Mitternacht in einem Klub an, den er noch nicht kannte, in dem aber schon sehr viele Leute waren. Die Musik war nicht so laut, aber auch hier lief Pink Floyd. Sie unterhielten sich prächtig. Sie war sicher zehn Jahre älter als er und erzählte, dass sie aus Utrecht stamme, aber schon drei Jahre hier sei. Der Job gefiel ich sehr, sie wollte noch ein weiteres Jahr hierbleiben und dann an einen anderen Standort wechseln. Sie tanzten ein paar Mal und als sie zurück an die Bar gingen, nahm sie seine Hand. Sie bestellte zwei Gläser Sekt und raunte ihm zu: „Eigentlich nehme ich selten jemand am ersten Abend mit. Aber du bist der Mr. Leckermann für heute und ich möchte, dass du mit zu mir kommst und mir zeigst, was du sonst noch so draufhast." Ihm blieb fast die Spucke weg, denn solche Anmache war er nicht gewöhnt. Allerdings sah sie traumhaft gut aus und er konnte sich vorstellen, dass sie Spaß miteinander haben würden. Also raunte er ihr ins Ohr: „Wie heißt noch euer Werbespruch? Neckermann macht's möglich!"

Es blieb nicht bei dem einen Abend und so lernte er nicht nur viele Geheimnisse von ihr und sah nicht nur viele Sehenswürdigkeiten von San Antonio und der gesamten Insel, sondern bekam das alles auf sehr angenehme Weise aus erster Hand serviert. Sie war die perfekte Reisebegleitung, die natürlich auch sehr gut Spanisch sprach und sich überall auskannte. Zu Hause kaufte er sich die Platte von Pink Floyd und hörte am häufigsten das Stück: „Wish You Were Here". Dieser Wunsch ging allerdings für ihn nicht in Erfüllung.

# Du bist eine Sünde wert

Er war zur damaligen Zeit einer jener wenigen Väter, die mit ihren Kindern gern sehr viel unternahmen. Zur Schule und zur Tagesmutter bringen, von dort wieder abholen, zum Schwimmen fahren, ins Theater beglei-ten – was es auch war, meist erledigte er das. Er liebte es und mit seiner Arbeit ließ sich das gut vereinbaren. Seine Frau konnte sich glücklich schätzen, jemand wie ihn an ihrer Seite zu haben, denn so war es für sie kein Problem, sich auf ihren zeitraubenden Beruf zu kon-zentrieren. Sogar bei der Hausarbeit unterstützte er sie. Und so festigte sich im Umfeld das Bild von einer Mus-terfamilie, wie sie im Buche stand. Drei wohlerzogene Kinder und ein Elternpaar, das sich perfekt ergänzte. Jeder Handgriff war abgesprochen und die Harmonie allgegenwärtig.

Das erste Schuljahr der jüngeren Tochter und das zweite der älteren ging langsam zu Ende und das Ab-schlussfest stand vor der Tür. Erst war geplant, dass die ganze Familie daran teilnehmen solle. Doch dann musste seine Frau kurzfristig einen wichtigen Termin wahrnehmen. Also blieb er mit den beiden Mädchen üb-rig, der Kleine ging dann eben doch an dem Tag zur Tagesmutter. Er war da recht flexibel, denn solche kurz-fristigen Änderungen gehörten einfach dazu.

Die Aula war gut gefüllt mit vielen Kindern und den er-wachsenen Begleitpersonen. Er suchte sich einen Platz am Rand, von wo aus er alles überschauen konnte. Die Mädchen waren bei den anderen Kindern in der Mitte der Halle. Sie bereiteten sich auf ihren Auftritt vor. Gleich sollte es losgehen.

Einen Tag vor dem Abschlussfest diskutierte in einer anderen Familie die Mutter mit dem Vater, warum er wieder mal nicht mitkommen wollte: „Ich versteh das nicht! Du zeigst nie Interesse, wenn es um dein Kind geht. Sie würde sich so sehr freuen, wenn wir sie zusammen dahin begleiten würden. Sie schließt doch gerade die erste Klasse ab." „Was mach ich dort?", war seine Frage. „Du weißt, dass ich keine Menschenmengen mag. Du machst das schon allein. Daniela wird schon nicht so traurig sein. Du siehst das viel zu eng." Also gingen Mutter und Tochter allein zu dem Fest.

Sie stand in der Nähe des Eingangs in der Aula der Schule und hielt Ausschau nach ihrem Mädchen, das sich schon zu ihren Klassenkameraden durchgedrängelt hatte. Es war laut und ein endloses Gewusel. Nur langsam ordnete sich die Menschenmenge sichtbar in Zuschauer und Akteure und Musik begann zu spielen. Die Schüler der vierten Klassen hatten zwei Gitarrenstücke einstudiert. Eine Gruppe musizierte, die andere performte die Tänze dazu. Da fiel ihre Aufmerksamkeit auf die andere Seite des Saales, wo etwas abseits ein Mann stand. Er war groß, schlank, sicher keine 30 Jahre alt und sah mit seinem schwarzen, ganz kurz geschnittenen Haar einfach umwerfend aus. Ihre Blicke trafen sich und man hätte nicht feststellen können, wer zuerst nach wem gesehen hatte. Jedenfalls verging eine gefühlte Ewigkeit, bis sie wahrnahm, dass die Musik zu Ende war. Und es war ihr, als würde sie erst jetzt wieder zu atmen beginnen, nachdem sie die Luft angehalten hatte. Sie schaute kurz zu Daniela hinüber, die mit ihrer Klasse schon zum Singen bereitstand. Als sie wieder zurück zu dem geheimnisvollen Typ sah, war er weg. *„Schade, aber was soll's"*, dachte sie, *„der ist sicher auch mit seinem Kind hier, wahrscheinlich sogar mit der ganzen Familie."*

Er war nach diesem aufregenden Blickwechsel dermaßen aus dem Häuschen, dass er dringend den Platz wechseln musste. Vielleicht würde es ihm ja gelingen, der geheimnisvollen Blondine aus dem Weg zu gehen, hoffte er. Einige Zeit ging das ganz gut, doch dann sah er sie wieder, als Melanie, seine jüngere Tochter, mit einem Mädchen auf der Bank saß. Sie brachte den beiden etwas zu trinken. Das Winken seines Kindes, das ihn bemerkt hatte, konnte er natürlich nicht übersehen. Seine Ältere an der Hand, gesellte er sich also zu den dreien und begann ein unverfängliches Gespräch. Es stellte sich heraus, dass ihre Kinder in dieselbe Klasse gingen und dass sie schon einige Zeit befreundet waren. Natürlich, den Namen kannte er schon, aber nicht die dazugehörigen Eltern.

Noch auf dem Heimweg fragte er sich, wie so etwas passieren konnte. Er liebte doch seine Frau und seine Kinder und würde im Leben nichts anderes wollen. Als er abends im Bett neben seiner schlafenden Gattin darüber nachdachte, konnte er es sich nur so erklären, dass eine gewisse Aufmerksamkeit von außen ein Prickeln ins Leben bringen konnte. Seine Ehe konzentrierte sich schon lang nur mehr auf die drei Kinder. Aber das war sein Leben. Die Kinder, das, was sie sich zusammen geschaffen hatten. Das, was sie immer wollten. Es war alles gut so, wie es war.

Es vergingen einige Wochen, bis eines Tages ihre Tochter vor ihr stand und bettelte: „Darf ich meine Freundinnen zum Geburtstag einladen? Drei Mädchen! Bitte!" „Das ist eine gute Idee. Wir müssen das nur mit Papa besprechen. Der möchte sicher nicht dabei sein", antwortete sie nachdenklich. Sie behielt recht. Sie verblieben so, dass die Geburtstagsparty so anberaumt werden würde, dass er dann zu dieser Zeit dienstlich unterwegs wäre.

Die Kinderparty wurde sehr bunt und lustig. Daniela hatte sich einige Spiele für ihre Freundinnen ausgedacht, und die tolle Torte, die ihre Mama gebacken hatte, schmeckte allen vorzüglich. Ab 17:00 Uhr, so war es ausgemacht, kamen die Eltern die Kinder abholen. Für die gab es Kaffee und auch ein Stück von der Torte. Es wurde ein geselliger Kennenlernabend daraus. So traf sie Melanies Vater wieder und lernte auch ihre Mutter kennen. Ein schönes Paar, dachte sie.

Von da an sah man sich öfter. Die Chemie stimmte zwischen den drei Familien. Man sprach sich ab bezüglich Schulterminen. Man musste plötzlich nicht mehr alles ganz allein erledigen. Es war ein wunderbares, gegenseitiges Helfen und Unterstützen. Daraus ergab sich auch, dass man sich privat öfter traf, mal bei der einen Familie, mal bei der anderen. Nur Danielas Vater war so gut wie nie dabei.

Sie und er ließen sich nichts anmerken. Hin und wieder trafen sich, unsichtbar für die anderen, ihre Blicke und es wurde mit der Zeit immer klarer, dass dies keine Einbildung war. Aber weder sie noch er sagte etwas. Beide wussten, dass zu viel daran hing. Es dauerte Monate, bis sie es zu ersten zufälligen Berührungen kommen ließen. Und erst über ein Jahr später, wieder bei einem Schulfest, fragte er sie, ob er sie zu einem Kaffee einladen dürfe. Und sie sagte Ja.

# Süßer die Glocken

Er traf sie am Samstag vor dem dritten Advent im Hausflur vor den Briefkästen. Draußen regnete es stark und er fragte sie: „Bei dem Wetter ist das Austragen der Post sicher kein Spaß, oder?" „Nö, aber es sind ja nur wenige Tage, wo das Wetter so schlecht ist. Und meine Uniform schützt mich schon ganz gut. Aber die Briefe und Päckchen werden manchmal feucht. Sehen Sie, der hier, der lag in der Tasche ganz oben, und immer, wenn ich die Tasche aufmache, ist er nass geworden." „Oh, der ist sogar für mich. Dann muss ich den gleich erst mal trocknen, bevor ich ihn öffne. Kann ich Ihnen einen heißen Tee oder Kaffee anbieten?" „Das ist lieb von Ihnen, aber meine Tour lässt solche Unterbrechungen nicht zu", sagte sie, während sie die Briefe in die Kästen verteilte. „Aber Sie müssen doch ab und zu mal eine Pause machen, gerade bei dem Wetter. Ich bringe auch das Getränk ganz schnell runter." „Wirklich nicht, vielen Dank." „Und wann haben Sie Feierabend? Sie könnten doch mal vorbeikommen. Dann kann ich auch ein bisschen Rum in den Tee geben oder vielleicht mögen Sie lieber Glühwein?" „Sie sind sehr nett, aber ich muss jetzt wirklich weiter", und schon schlüpfte sie durch die Haustür.

Er schaute ihr gedankenverloren nach und dachte: „So eine nette Postbotin, die hab ich noch nie gesehen. Das muss doch echt die Hölle sein, bei so einem Sauwetter draußen zu arbeiten." Er nahm sich vor, sie möglichst bald noch mal abzupassen und dann mit ihr ein bisschen mehr zu schwätzen und vielleicht doch etwas zusammen zu trinken.

Immer wenn es in den nächsten Tagen klingelte und er an der Sprechanlage ihre helle, freundliche Stimme rufen hörte: „Die Post", versuchte er so schnell wie möglich nach unten zu laufen. Da er in der vierten Etage wohnte, dauerte das meist etwas. So verpasste er sie jeweils, weil sie schon wieder verschwunden war, bevor er unten ankam. Dann nahm er mechanisch seine Post aus dem Kasten und ging träumend wieder zurück in seine Wohnung. Bis zum folgenden Freitag hatte er kein Glück und verpasste sie jeweils knapp. Also nahm er sich vor, sie am Samstag vor dem zweiten Advent unten zu erwarten. Er nahm eine Thermoskanne mit heißem Tee und zwei Tassen mit und platzierte sich damit bei den Briefkästen. Zwei Nachbarn kamen vorbei und wunderten sich, was er dort mache. Als er sagte, er warte auf die Postbotin, gingen sie kopfschüttelnd davon.

Um 13:42 Uhr sah er sie durch die Glastür ankommen. Heute war es eisig kalt, aber sonnig, und er sah ihre leuchtend blonden Haare vorbeiwehen. Sie nahm die Post aus ihrer Fahrradtasche und klingelte bei einigen Hausbewohnern. Er machte ihr die Tür auf und schaute in ihre strahlend blauen Augen. Sie war überrascht und sagte: „Heute ist für Sie gar nichts dabei." „Doch, Sie sind ja da, und ich habe Ihnen einen Tee mitgebracht. Also machen Sie jetzt drei Minuten Pause und wir trinken den zusammen." Sie schüttelte den Kopf und warf alle Briefe in die entsprechenden Briefkästen. Dann wandte sie sich ihm zu. Er hatte inzwischen die beiden Tassen mit Tee gefüllt, reichte ihr eine und sagte: „Da Sie noch im Dienst sind, ist kein Rum drin, sonst kriegen Sie noch Probleme. Aber ein heißer Tee ist doch sicher gut für den Rest Ihrer Tour." Sie nahm die Tasse, umfasste sie mit beiden Händen und er konnte sehen, wie rot und durchgefroren ihre Finger waren. „Warum machen Sie das?", sah sie ihn fragend an. „Ich stelle mir vor, wie ich mich fühlen würde, wenn ich Ihre Arbeit hätte, und dass ich es sicher schön fände, zwischendurch eine kleine Pause zu machen und etwas Warmes zu trinken." „Und dann machen Sie Tee für mich, erwarten mich hier und hoffen, dass ich mit Ihnen Tee trinke?" „Ja genau. Ein bisschen Tee, ein kleines Schwätzchen und dann geht jeder wieder seiner Wege." „Leben Sie allein?" „Ja, aber ich bin nicht einsam. Dennoch schaue ich manchmal bei anderen Menschen etwas genauer hin und frage mich, wie ich ihnen eine Freude machen kann."

Sie schmunzelte und ihr Lächeln erhellte auch seine Gesichtszüge. Er wusste, dass es eine gute Idee gewesen war, und freute sich innerlich sehr darüber. Sie standen noch einige Minuten zusammen im Hausflur, ohne ein Wort zu sagen, dann gab sie ihm die leere Tasse zurück. „Vielen herzlichen Dank, Sie haben mir wirklich eine große Freude gemacht. Ich wünsche Ihnen einen wunderschönen zweiten Advent." „Danke, den wünsche ich Ihnen auch, und Sie haben mir heute schon den Tag versüßt, weil Sie mit mir Tee getrunken haben." Galant öffnete er ihr die Tür, sie stieg auf ihr Fahrrad, sah sich noch einmal nach ihm um und er winkte ihr nach.

Am folgenden Samstag wiederholte sich diese Prozedur. Sie tranken wieder zusammen eine Tasse Tee, tauschten ein paar Sätze aus und dann verschwand sie wieder. Am Samstag vor dem vierten Advent brachte er außer dem Tee noch ein paar Kekse mit. Sie kam mehr als eine Stunde später als sonst und war offensichtlich ziemlich in Eile. Gleich an der Tür sagte sie zu ihm: „Es tut mir leid, aber heute kann ich nicht mit Ihnen Tee trinken, ich habe noch so viel Post auszutragen und bin eh schon viel zu spät. So kurz vor dem Fest wird es immer schlimmer." „Ach kommen Sie, nur einen kleinen Schluck, damit Ihnen ein bisschen warm wird. Und wenigstens einen Keks müssen Sie probieren. Die hat meine Tochter gebacken." Sie nahm schnell die angebotene Tasse, trank einen Schluck und biss auch in den Keks. „Oh, der ist aber wirklich gut. Danken Sie bitte Ihrer Tochter dafür. Ich wünschte, ich könnte auch so gut backen." „Nehmen Sie die restlichen mit", erwiderte er und reichte ihr die kleine Tüte, in der sich noch ein paar Makronen und etwas Schokoladenlebkuchen befanden. „Das kann ich nicht annehmen", rief sie im Hinausgehen. Er nahm die Kekstüte, folgte ihr nach draußen und legte sie in eine der Taschen an ihrem gelben Drahtesel. „Genießen Sie die Süßigkeiten heute Abend zu Hause und denken Sie ein bisschen an mich", sprach er leise mehr zu sich als zu ihr, und dann fuhr sie davon.

Bis zum Heiligen Abend waren es nur noch wenige Tage und er versuchte noch ein paar Mal, sie zu treffen. Es gelang ihm aber nicht, denn an zwei Tagen war er selbst unterwegs und an den drei anderen Tagen verpasste er sie. Er tröstete sich damit, dass er es ja nach Weihnachten wieder versuchen könne. Am 28. Dezember stand er wieder mit Tee und Lebkuchen, die noch von Weihnachten übrig waren, bei der Haustür. Er sah gegen 13:00 Uhr einen Postboten draußen vorbeikommen und hörte sein Klingeln. Irgendjemand im Haus betätigte den Türöffner und das Summen holte ihn aus seinen Gedanken. Er fragte den Briefträger: „Sind Sie neu hier in unserer Gegend?" „Nein, wieso?" „Na, vor Weihnachten kam hier immer eine blonde Kollegin von Ihnen. Der wollte ich noch dringend was sagen." Der Beamte schaute ihn an, sah die Thermoskanne, die Tassen und die Lebkuchen in seinen Händen und schmunzelte. „Hm, sagen, ja. Das verstehe ich. Aber da kann ich Ihnen nicht helfen. In der Zeit vor Weihnachten werden die Bezirke wegen der vielen Post immer neu aufgeteilt. Ich war in einem anderen Stadtteil und die Kollegin hat einen Teil meines Bereichs übernommen. Ich weiß aber nicht mal, wie sie heißt. Wahrscheinlich ist sie sogar nur eine Aushilfe, denn ich hab sie vorher noch nie gesehen."

Traurig bedankte er sich bei dem Postboten und ging mit seinen Habseligkeiten zurück in seine Wohnung. Wie sollte er sie denn jetzt finden? Der Tee wurde kalt und der Lebkuchen hart. Abends hatte er eine Idee. Er schrieb eine freundliche E-Mail an die Personalleitung der Post. Er bat darin um die Kontaktdaten der Botin, weil er ihr persönlich danken wolle für die tolle Arbeit, die sie geleistet hatte. Am 12. Januar erhielt er eine Antwort per Mail, dass man dazu wegen des Datenschutzgesetzes keine Information geben könne. Er las die Zeilen und zwei kleine Tränen liefen ihm übers Gesicht.

# Traumpaar?

Der erste Satz zwischen den beiden lautete: „Lässt du mich auch mal gewinnen?" Er hatte ihn geschrieben, weil sie eine von mehreren Gegenspielerinnen im Internet war, bei der er oft verlor. Das machte sie für ihn besonders interessant.

Einige Wochen vorher hatte sein Foto ihr gefallen und so hatte sie ihn ausgesucht, um mit ihr zusammen in der Spiele-Challenge anzutreten. So begannen sie also, täglich mehrmals gegeneinander zu spielen. Seine erste harmlose Botschaft im Chat des Spieles hatte eine neue Dimension zwischen ihnen eingeleitet. Beide hatten neben dem Spiel auch vorher schon mit anderen Partnern kurze Botschaften ausgetauscht. Aber hier entspann sich gleich ein Dialog, den sie nicht mehr stoppen konnten. Ja, er wurde schnell wichtiger als das Spiel. Sie teilten ihre Tagesabläufe miteinander, sie wünschten einander gute Nacht und guten Morgen, sie schrieben, was sie bewegte und wovon sie träumten.

Sie war seit einiger Zeit ohne einen Partner und er war schon länger nicht mehr glücklich in seiner Ehe. Das eröffnete ein Spielfeld des Austauschs, wie sie es zu Beginn nicht hatten ahnen können. Es gab Nachrichten wie: „Du erhellst meinen Tag" und „Ich hab schon sehnsüchtig drauf gewartet, dass du dich meldest". Dann kam zurück: „Und ich hab mich so beeilt, nach Hause zu kommen, und mich gefragt, was du mir Schönes geschrieben hast."

Sie kamen sich also immer näher, wussten allerdings bisher nur ihre Vornamen und nicht, wo beziehungsweise wie nah sie sich in der Wirklichkeit waren. Eines Tages schlug er vor, sich zu treffen, und dann stellten sie fest, dass 900 Kilometer Distanz zwischen ihnen lagen. *„Blödes Internet, das einem Nähe vorgaukelt",* dachte er. Gleichzeitig fing er an Pläne zu schmieden, wo und wie sie sich dennoch würden sehen können.

Sie träumten sich zueinander, wollten sich unbedingt persönlich kennenlernen, wollten herausfinden, ob der Zauber, der ihnen bei ihren Botschaften zugeflogen war, auch im wirklichen Leben Bestand haben würde. Und so kam es, dass sie sich nach vier Monaten auf einem einsamen kalten Bahnsteig zum ersten Mal umarmten und vorsichtig küssten. Er hatte ein Hotelzimmer gebucht und diese erste traumhafte Nacht würden sie beide nie mehr vergessen. Sie stellte alles in den Schatten, was beide in ihrem bisherigen Leben gefühlt und empfunden hatten. Sie konnten weder Augen noch Hände voneinander lassen, sie klebten förmlich aneinander, und als sie sich am nächsten Tag auf dem Bahnsteig wieder verabschiedeten, war der Plan für weitere Treffen bereits in ihren Herzen. Die Magie und Anziehungskraft aus dem Chat waren im wirklichen Leben noch viel stärker, als sie es sich hatten vorstellen können.

Es folgten viele weitere Begegnungen an unterschiedlichen Orten, die sie immer im siebten Himmel schweben ließen. Dann gab es Wechsel zwischen himmelhochjauchzenden und zu Tode betrübten Momenten, wenn er mit seinem Gewissen zu kämpfen hatte oder sie meinte, sie könne seine Schwankungen nicht aushalten. Sie trennten sich und kamen wieder zusammen, aber auch das passierte immer ohne Streit. Selbst die Trennungen verliefen harmonisch und in gegenseitigem Einverständnis, wenn auch jeweils für beide sehr schmerzhaft.

Endlich hatte er den Mut gefunden, seine unglückliche Ehe aufzulösen, und sie sahen beide die Möglichkeit, dauerhaft zusammenzubleiben. Aber was hieß das schon? Die 900 Kilometer blieben zwischen ihnen und umziehen wollte keiner von beiden. So waren es weiterhin gelegentliche Treffen bei ihm oder ihr oder an anderen Orten, also eine klassische Fernbeziehung. Allerdings trafen sie sich jetzt regelmäßig und blieben dann auch für mehrere Tage oder Wochen zusammen.

Sie sprachen oft darüber, ob das sich jemals ändern würde, waren aber beide der Meinung, dass dies genau das sei, was sie glücklich machte und was sie auch zusammenhielt. Sie telefonierten täglich stundenlang und teilten schon länger als Hobby das Fotografieren. Da sie so viele Botschaften ausgetauscht hatten, begannen sie, ihre Geschichte aufzuschreiben. Nach einigen Monaten war ein Buch von fast 500 Seiten daraus geworden. Sie gaben es einigen Bekannten zum Probelesen und alle waren der Meinung, diese tolle Story müssten sie unbedingt veröffentlichen.

Das Buch kam drei Tage vor Weihnachten heraus und als sie beide die ersten gedruckten Exemplare ihres unter einem Pseudonym erschienenen und stark fiktionalisierten Werkes in Händen hielten, konnten sie es kaum fassen. Sie beschlossen, eine erste Lesung ihrer Geschichte in dem Hotel zu halten, in dem sie sich zum ersten Mal getroffen hatten.

Die überwiegend weiblichen Zuhörer waren ergriffen von den Kapiteln, die sie beide abwechselnd vorlasen. Nach der Lesung kam eine Dame zu den beiden und fragte: „Ist das wirklich ein Roman oder steckt da auch viel Wahres drin? Sie machen so einen verliebten Eindruck, als ob sie diese Personen im Buch seien." Er antwortete: „Wir freuen uns, wenn es Ihnen gefällt. Sie haben recht. Tatsächlich könnten wir die Protagonisten im Buch sein. Dies ist meine Traumfrau und ich bin ihr Froschkönig. Jetzt denken Sie von uns, was Sie wollen."

Inzwischen hatten die beiden das Schreiben als weiteres gemeinsames Hobby entdeckt und schon begonnen, den nächsten Roman zu schreiben.

# Gut Ding will Weile haben

Wenn man jung ist, glaubt man oft, dass einem die Dinge nur so zufliegen. Jede Entscheidung, die man trifft, ist die einzig wahre, und gut gemeinte Ratschläge von Älteren – im Besonderen von den Eltern – werden standardmäßig überhört und ausgeblendet. Das ist auch in Ordnung so, sonst würden wir nicht mit diesen lehrreichen Erlebnissen konfrontiert, die uns erwachsen werden lassen. Genau diese Erfahrung machte auch sie in vielen Lebenssituationen. Und was die große Liebe betraf, sollte es für sie eine besonders lange Geschichte werden.

Sie hatte jeden Tag einen weiten Weg zur Schule zurückzulegen. Über eine Stunde war sie unterwegs, mit dem Bus, der Straßenbahn und zu Fuß. Alle ihre Freunde und Freundinnen wohnten in der Nähe der Schule. Deshalb war sie immer allein unterwegs. Da konnte einem schon langweilig werden mit 14. Manchmal vertiefte sie sich in ihre Bücher und nutzte die Zeit schon mal zum Lernen für einen Test. Die eine oder andere Hausaufgabe wurde auch manchmal in Schnellschrift im öffentlichen Verkehrsmittel erledigt. Dann hatte sie zu Hause mehr Zeit für sich. Oft hatte sie aber gar keine Lust auf Arbeit und träumte einfach vor sich hin. Es kam auch vor, dass sie keinen Sitzplatz bekam. So auch an jenem sonnigen Frühlingsnachmittag.

Die Bahn war gut gefüllt mit Leuten, die von der Arbeit oder, wie sie, von der Schule heimfuhren. Sie kam gerade noch in die Straßenbahn hinein und stand direkt neben dem Fahrer. Da war auch eine Stange als Absperrung, damit man dem Mann nicht zu nahe kommen konnte. Aber die nachfolgenden Menschen, die glaubten, auch noch mitfahren zu können, schubsten sie so heftig, dass ihre Schultasche, die sie in der Hand hielt, schon unter der Stange durchkam. Da sagte der Fahrer, dem das Gedränge sichtlich auf die Nerven ging: „Jetzt sitzt du bald auf meinem Schoß!" „Tut mir sehr leid!", gab sie freundlich zurück. „Aber ich werde von überall gestoßen. Kann nichts dafür." Sie wurde ganz rot, wie das so ist, wenn man nicht gewohnt ist, von einem fremden Mann angesprochen zu werden. Sein unzufriedener Gesichtsausdruck war wie weggeblasen, als er meinte: „Fräulein, das haben wir gleich. Einen Moment!" Er erhob sich vom Fahrersitz und mit seinen sicherlich ein Meter neunzig stand er da und rief den immer noch nachdrängenden Leuten zu: „Zurücktreten! Die Bahn ist voll. Bitte nehmen Sie die nachfolgende Straßenbahn, die in wenigen Minuten da sein wird!" Mit einer eindeutigen Handbewegung untermalte er seine Ansage und endete mit: „Achtung, die Tür wird geschlossen!" Im nächsten Moment saß er wieder und drückte auf den Knopf. Die Tür schloss sich und er fuhr los. *Was für ein Duft!",* dachte sie. Als er sich so über sie gebeugt hatte, war er ihr ganz nah gekommen und sie roch ganz stark seinen angenehmen Geruch. Sie wusste nicht, ob es ein Aftershave war oder ein Parfum. Jedenfalls hatte das eine Wirkung auf sie, die sie so nicht kannte. Es machte ihn total interessant. Völlig egal, dass der Mann mindestens doppelt so alt war wie sie selbst. Je näher sie den Außenbezirken kamen, umso mehr Fahrgäste waren ausgestiegen. Für die letzten Stationen setzte sie sich auf einen Platz, von dem aus sie gut den freundlichen Fahrer beobachten konnte.

Er hatte auf seiner heutigen Tour eine unterhaltsame Auflockerung gehabt. Das Mädchen war richtig nett. Er wunderte sich, wie frühreif manche Jugendliche heutzutage waren. Er war sich sicher, dass die Kleine mit ihm geflirtet hatte. Jedenfalls war er gut gelaunt, als er nach der letzten Runde heimfuhr zu seiner Familie. Er kam gerade recht zum Abendessen. Seit Langem saßen sie wieder einmal alle beisammen, er, seine Frau und die drei Jungs.

So weit, so gut. Sie 14, er 34. Sonnenklar, dass das ihrerseits eine Schwärmerei bleiben musste und für ihn bestenfalls eine knisternde Abwechslung im Dienst war. So blieb es auch die nächsten Jahre. Gelegentliche Plaudereien, wenn man sich zufällig auf der Strecke begegnete, und ein bisschen freundschaftliches Geplänkel. Sie hatte auch bald seinen Dienstturnus verstanden und konnte in etwa abschätzen, ob es sich lohnte, bei einer Station auch mal auf ihn zu warten. Er bemerkte natürlich das jungmädchenhafte Interesse und fühlte sich irgendwie geschmeichelt. Und so entstand zwischen den beiden ein lockeres Band, das immer wieder für längere Zeit unterbrochen und dann durch einen Knoten wieder verbunden wurde. So konnte er im Laufe der Zeit ihre Verwandlung vom Kind zur jungen Frau beobachten. Er hatte ihr inzwischen von seiner großen Familie erzählt. Seine Söhne seien etwa in ihrem Alter. Also war alles klar. Eine Schwärmerei mit viel Herzklopfen, nicht mehr.

In der Zeit, als sie zu arbeiten begann und ihren zukünftigen Mann kennenlernte, sah sie ihn lange nicht. Erst als sie kugelrund einen Babybauch vor sich hertrug, trafen sie sich wieder. Ganz zufällig in einer Straßenbahn. Er sah anders aus, beinahe krank. Sie wollte gar nicht genau wissen, wie viel Gewicht er verloren hatte. Sie fiel aus allen Wolken, als er ihr erzählte, dass er inzwischen geschieden sei. Der Jüngste hatte das Nest verlassen, da durfte er gleich mitpacken. „Oh nein!", sagte sie entsetzt. „Jetzt bin ich verheiratet und du siehst ja …" Sie deutete mit der Hand auf ihren Bauch. Also schoben beide das Kribbeln im Bauch wieder beiseite … für die nächsten drei Jahre.

Er ging ihr nie ganz aus dem Kopf. Oft war er gegenwärtig, wenn sie zum Beispiel irgendwo das Parfum in die Nase bekam. Mittlerweile wusste sie, dass es Lagerfeld Photo hieß. Dann hielt sie immer Ausschau, ob er nicht irgendwo auftauchte. Eines Tages sollte es doch wieder passieren. Sie stieg in eine Straßenbahn ein, ganz hinten bei der letzten Tür des Triebwagens. Sie setzte sich hin und dann war er plötzlich wieder da, dieser Wahnsinnsduft. Sofort stand sie auf und ging im Wagen weiter nach vorn. Schon von Weitem erkannte sie ihn an der Statur und an den blonden, etwas schütteren Haaren. Ihr Herz klopfte wie wild. Eigenartig, immer noch, nach so vielen Jahren. Sie stellte sich hinter ihn und suchte im Spiegel seine Augen. An die Aufschrift auf der Tafel über ihm „Bitte während der Fahrt nicht mit dem Fahrer sprechen" hielt sie sich meistens. Bei der Endstation machte er eine kurze Pause. Sie waren ganz allein bei der Haltestelle. Da wagte er es endlich und fragte sie, ob er sie auf einen Kaffee einladen dürfe. Sie bebte innerlich vor Freude, obwohl sie das eigentlich nicht sollte, und sagte zu. „Was wirst du deinem Mann erzählen?", fragte er sie. „Das weiß ich noch nicht. Da fällt mir schon was ein", antwortete sie nachdenklich, aber sehr erfreut über seine Einladung.

Das war also ihr erstes Rendezvous. Seit zehn Jahren kannten sie sich nun schon. Die Anziehung zwischen ihnen konnte auch er nicht mehr leugnen. Aber mit ihren 24 Jahren wirkte sie noch immer so unschuldig und irgendwie zerbrechlich. Sie himmelte ihn an und er verehrte sie mehr, als dass er sie verführen wollte. So bestellten sie nur Kaffee und Kuchen in der Konditorei in der Innenstadt. Und dabei blieb es auch. Keiner von beiden traute sich zuzugeben, dass da bereits mehr im Gange war. Es knisterte nur so und beide hätten sehr gern mehr zugelassen. Aber er schaffte den ersten Schritt nicht. Und sie auch nicht. Nach etwa einer Stunde, die wie im Flug vergangen war, sagte sie leise: „Ich muss gehen. Ich muss nach Hause und noch die Kleine abholen."

Dann gingen sie beide wieder ihrer eigenen Wege. Er hatte es nicht leicht, musste sich nach seiner Scheidung erst wieder alles aufbauen. Das zehrte an seinen Kräften. Aber er schaffte es. Er ordnete sein Leben wieder, hatte auch zwischendurch ein paar kurzzeitige Beziehungen. Aber nichts hielt. Eigentlich wollte er das auch gar nicht wirklich. Sie konnte er aber auch nicht haben. Schließlich war sie verheiratet und zog gerade ihre Tochter groß. Aber manchmal dachte er an sie.

Jahr um Jahr zog vorüber. Und als ob sie durch überirdische Kräfte verbunden wären, liefen sie sich da und dort über den Weg, obwohl er mittlerweile in einer ganz anderen Gegend mit der Straßenbahn unterwegs war. Dann redeten sie eine Weile miteinander, vergewisserten sich, dass es dem anderen gut ging, und das war es dann auch schon wieder. Das Band zwischen ihnen riss aber nie ganz ab.

Die Einzige, mit der sie je darüber sprach, war ihre Schwester, die sich nach den ersten Arbeitsjahren den Traum erfüllte, Straßenbahnfahrerin zu werden. Die sah ihn eine Zeit lang öfter, wenn sie auf seinem Bahnhof aushalf, und erzählte ihr natürlich immer davon. Aber dann wurde auch die Schwester Mutter und verlor ihn aus den Augen.

Als er in Pension ging, sanken die Chancen stark, sich zufällig zu begegnen. Dann half sie schon einmal ein bisschen nach. Sie wusste, wo er wohnte. Das hatte er ihr einmal erzählt. Da war auch ein Einkaufszentrum in der Nähe und sie wusste, dass er sich dort sehr oft seine Zeit vertrieb. Als sie ihn da tatsächlich einmal traf, konnte sie es gar nicht glauben. Es war eine sehr herzliche Begrüßung. Und er nahm endlich seinen ganzen Mut zusammen. Schließlich musste sie jetzt fast 40 sein. *„Jetzt oder nie"*, sagte er sich und fragte: „Ich bin schon quasi auf dem Heimweg. Möchtest du noch zu mir auf einen Kaffee mitkommen?" Sie kam vor Aufregung fast ins Stottern und brachte nur hervor: „Hm, ja. Das würde ich gern … Aber ich hab nicht viel Zeit. Ich muss um sechs zu Hause sein." „Ist ja nicht weit", antwortete er und dann gingen sie in seine Wohnung. Es gefiel ihr gut dort. Etwas wenig Platz zwar, aber für ihn allein reichte es ja. Am besten gefiel ihr die Aussicht vom Balkon im 5. Stock. In einer Richtung sah man die Hochhäuser der Stadt.

Irgendwie wollte kein sinnvolles Gespräch zustande kommen. Sie war nervös, wahrscheinlich aus mehreren Gründen. Sie stand dem Mann gegenüber, den sie seit mehr als 25 Jahren im Herzen trug. Gleichzeitig war ihr Mann zu Hause und bald würde auch die Tochter zurück kommen. Sie musste eigentlich sofort gehen. Er spürte diese Unruhe und sagte verständnisvoll: „Ist nicht gut, wenn man den Zeitdruck im Hinterkopf hat, oder?" Sie nickte nur. Dann nahm er sie in den Arm, hielt sie ein paar Minuten ganz fest. Sie erwiderte den Druck seiner Arme und sog genüsslich den wohlbekannten Duft in sich auf. Dabei schloss sie die Augen. Diesmal tauschten sie noch ihre Telefonnummern aus und versprachen, wenigstens manchmal zu telefonieren.

Die nächsten paar Jahre lebte ihre Liebe von den kurzen Telefonaten, die sie führten, und von noch kürzeren, fast zufälligen Treffen im Einkaufszentrum. Aber die meiste Zeit war Funkstille. Das Leben musste ja in der Wirklichkeit weitergehen.

Eines Tages passierte etwas, womit niemand gerechnet hatte. Nicht so früh! Ihr Mann wachte aus dem Schlaf nicht mehr auf. Sein Herz hatte einfach aufgehört zu schlagen. Das traf sie schwerer, als sie je gedacht hätte, und es folgte eine harte Zeit. Sie und ihre Tochter waren jetzt diejenigen, die ihr Leben neu ordnen und sortieren mussten. Ihre Schwester half ihr ganz besonders. Und nach einigen Wochen kam sie mit einer Neuigkeit zu ihr: „Stell dir vor, ich hab zufällig deinen Jugendschwarm getroffen, du weißt schon … Ich habe ihm erzählt, was passiert ist, und er hat gemeint, du bräuchtest vielleicht Hilfe." Da lächelte sie und fragte: „Hat er schon gesagt, wann er kommen möchte?" „Noch nicht. Er wartet auf deinen Anruf, versteht es aber, wenn du noch Zeit brauchst."

Jetzt waren sie beide frei füreinander. Nach 30 Jahren! Wer hätte das gedacht! Sie rief ihn ein paar Tage später an und lud ihn ein. Die Flammen, die sie all die Jahre schwach am Lodern halten mussten, waren sofort wieder entfacht. Nun wollten sie sehen, was ihnen die Zukunft noch bringen würde.

# Sweet Seventeen

Er hatte schon einige Male im Englischkurs mit ihr gesprochen. Sie war 17 und ging in die 12. Klasse des Gymnasiums, in dem auch der Abendkurs in Englisch stattfand. Sie wollte ihre Kommunikationsfähigkeiten in der Sprache verbessern, denn im Leistungskurs Englisch wurde alles Mögliche geübt, von Shakespeare bis zu diversen grammatikalischen Konstruktionen. Und obwohl ihr Lehrer immer Englisch mit den Schülern sprach, wurde wenig alltägliche Sprache trainiert, und das ärgerte sie. Schließlich wollte sie Dolmetscherin werden und da musste sie doch mit Leuten in der Umgangssprache reden können. Ihr Lehrer am Gymnasium war Deutscher und sprach ganz passabel Enggisch, aber er hatte eben einen deutschen Einschlag. Er hatte ein Semester in Oxford studiert, bloß davon merkte man nicht mehr viel.

Die anderen Teilnehmer im Kurs waren alle jenseits der 50, er war 29 und wollte sein Schulenglisch aufpolieren, weil er sich für einen beruflichen Auslandseinsatz interessierte. Die Lehrerin, Lorraine, war waschechte Schottin, erst ein Jahr in Deutschland, sprach mit leicht schottischem Akzent und konnte kaum Deutsch. Insofern musste man immer seine Fragen auch auf Englisch stellen und sie erklärte auch alles in ihrer Muttersprache. Sie hatte schon in der ersten Stunde eingeführt, dass sich alle mit Vornamen ansprachen und dass die Teilnehmer sich manchmal nach der offiziellen Stunde, die jeweils 90 Minuten dauerte, noch mit ihr zum Essen oder auf ein Bier irgendwo treffen konnten.

Heute war wieder so ein Tag im Mai, das Wetter war warm und Lorraine schlug am Ende der Lektion vor, sich in einer Kneipe im Garten zu treffen. Etwa die Hälfte der Abendschüler war einverstanden und so saßen sie kaum eine halbe Stunde nach Schulschluss kurz vor 20:00 Uhr in lockerer Atmosphäre im Biergarten. Lorraine fragte, ob denn alle mit dem bisherigen Verlauf des Kurses zufrieden seien. Er antwortete: „I think it is great so far. The question I have is: Do you think that after two semesters with you we will be able to pass the exam for the Cambridge certificate?" „That depends on you. In addition to the conversation that we do in the course, you should follow some lessons of a book that leads to the Cambridge certificate." Die 17-jährige Schülerin fragte: „May I ask you to give us some homework we do from one week to the next one and you correct it?" „Sure I can do that. But you need to help me with the topics."

Nach ein paar Bier verabschiedeten sich die meisten; Lorraine, die Schülerin und er blieben allein zurück. Er saß zwischen den beiden Frauen, wobei ihm die Bezeichnung „Frau" für die Siebzehnjährige doch etwas zu hoch gegriffen vorkam. Sie machte auf ihn einen sehr zerbrechlichen Eindruck und es fiel ihm schwer, sich in ihrer Gegenwart zu konzentrieren. Beide diskutierten noch ein wenig weiter mit Lorraine, die meinte, dass die anderen Teilnehmer wohl nicht so sehr an dem Zertifikat interessiert seien wie die beiden. Also wollte sie fürs nächste Mal erste Hausaufgaben ausarbeiten und dann schauen, wer sie mitnehmen wollte.

Gegen 22:00 Uhr gingen auch die drei nach Hause. Auf dem Heimweg dachte er über die Schülerin nach. Ihre langen blonden Haare und die so gar nicht dazu passenden braunen Augen gingen ihm nicht mehr aus dem Sinn. Er nahm sich vor, sich beim nächsten Mal neben sie zu setzen und vielleicht sogar mal allein mit ihr ein Bier trinken zu gehen.

Am folgenden Dienstag, als die Stunde wieder bevorstand und er kurz vor 18:00 Uhr den Klassenraum betrat, waren alle anwesend, nur die kleine Blonde nicht. Lorraine bot ihm die Hausaufgaben an. Er nahm die Blätter und sagte zu Lorraine, er wolle zwei Versionen. Den zweiten Stapel würde er an die Schülerin weitergeben. Zunächst wusste er nicht, wie er das anstellen sollte, denn er kannte nur ihren Vornamen. Also fragte er Lorraine am Ende der Stunde, ob er Adresse und Telefonnummer aus der Kursteilnehmerliste abschreiben dürfe. „Hey, you are cute. I already realized last week that you are quite interested in her. But okay, if you are going to take the homework to her, it's fine with me."

So ging er nach der Stunde zur nächsten Telefonzelle, rief bei ihr zu Hause an und fragte, ob er die Hausaufgaben vorbeibringen könne. Die Mutter war am Telefon und sagte ihm, dass ihre Tochter krank sei und sicher in den nächsten Tagen keine Hausaufgaben machen werde. Aber er könne die Sachen gern bringen. Also fuhr er prompt hin und die Mutter nahm die Blätter in Empfang.

Drei Tage später rief er noch mal an. Diesmal war die Blonde am Telefon und sagte mit krächzender Stimme:

„Das war echt lieb von dir, dass du mir die Sachen gebracht hast. Aber ich bin noch zu schlapp. Ich kann frühestens am Wochenende damit anfangen." Er fragte: „Sollen wir die Aufgaben dann zusammen lösen?" „Ja, das ist eine gute Idee. Wo wollen wir uns treffen?" „Du kannst gern zu mir kommen, sagen wir am Samstagnachmittag?"

Die Tage schleppten sich dahin und er hatte kaum etwas anderes im Kopf als blonde Haare und braune Augen. Er schaute sich die Hausaufgaben an und löste sie in Gedanken. Manches musste er nachsehen, aber bis Samstag kannte er fast alle Antworten auswendig. Gegen 15:00 Uhr klingelte es und sie kam in seine Wohnung. „Ui, das ist ja ein tolles Sofa, rotes Leder. Wahnsinn, das würde mir auch gefallen." „Na, dann setz dich doch hin, ich hol uns was zu trinken und dann fangen wir an."

Als sie nebeneinander auf dem Sofa saßen und die englischen Aufgaben anschauten, waren seine Erinnerungen an die Antworten wie weggefegt. Sie schaute ihn mit ihren großen braunen Augen an und meinte: „Was ist los mit dir? Hast du dir die Fragen nicht angesehen?" „Doch, aber du machst mich nervös. Wenn ich dich hier neben mir spüre, fallen mir viele Sachen ein, die ich machen möchte, aber Englisch gehört nicht dazu." „Du Spinner. Erst die Arbeit, dann das Vergnügen, sagt meine Mutter immer. Also konzentrier dich jetzt mal."

So gingen sie die Blätter durch und nach einer Stunde hatten sie beide die Lösungen aufgeschrieben. Sie sagte: „Jetzt haben wir das gleiche Ergebnis. Wenn etwas falsch ist, dann ist es bei dir und bei mir falsch. Was

Lorraine wohl dazu sagen wird?" „Hier ist nichts falsch. Wir sind goldrichtig." Und er nahm ihren Kopf in seine Hände und versuchte sie zu küssen. Sie ließ es geschehen, aber erwiderte den Kuss nicht. Stattdessen sagte sie: „Wieso sollte ich mit so einem Oldie wie dir etwas anfangen? Außer dass wir zusammen Englisch lernen, weiß ich nichts von dir."

„Was willst du denn wissen?" „Na, zum Beispiel, was du beruflich machst, wie alt du wirklich bist und ob du eine Freundin hast." Und er erzählte ihr von sich, dass er als Ingenieur bei einer großen Firma arbeite, dass er 29 sei und dass er sich für einen Einsatz mit seiner Firma in den USA beworben habe. Von dem zurzeit schwelenden Streit mit seiner Frau erzählte er nichts.

„Was soll ich machen, wenn du ins Ausland gehst?" Ach du lieber Gott! Erstens weiß ich nicht, ob sie mich überhaupt nehmen, zweitens weiß ich nicht, wann, und drittens klingst du so wie meine Oma. Wer ist jetzt hier der bzw. die Ältere von uns beiden? Sei doch mal ein bisschen spontan." Sie grinste ihn an und sagte: „Dann zeig ich dir jetzt mal, wie meine Oma knutscht, du dummer Jungspund." Und diesmal küsste sie ihn. Dabei blieb es nicht und das Sofa wurde noch ein bisschen mehr rot, als es zusah, was die beiden trieben.

# König Frosch

Märchen begleiteten sie von Kindheit an. Es war ihre liebe Großmutter, welche die aufregendsten Geschichten erzählte. Von der *Prinzessin auf der Erbse* über *Dornröschen* und *Des Kaisers neue Kleider* bis hin zu *Rumpelstilzchen* wurde ihre Fantasie wunderbar angeregt. Die Gebrüder Grimm und Hans Christian Andersen konnte sie schon zitieren, bevor sie in die Schule kam. Eines ihrer Lieblingsmärchen war *Der Froschkönig*. Kinder haben in der Reinheit ihrer Gedanken eine eigene Wahrnehmung, was die grausamen Szenen in Märchen betrifft. Und so fand sie es auch äußerst unterhaltsam, wie die Prinzessin den Frosch gegen die Wand warf und dann plötzlich der schöne Märchenprinz erschien. Wie ungerecht und gemein die Königstochter eigentlich war, weil sie ihr Verspechen nicht halten wollte, trat da ganz in den Hintergrund. Es war ja auch nichts dabei, dass des Kaisers neue Kleider unsichtbar waren und er splitternackt durch sein Königreich fuhr. Und die winzige Erbse, die für die empfindliche Prinzessin durch einen Turm von Matratzen zur Folter wurde, war noch harmlos gegen das Psychospiel vom Rumpelstilzchen. Alles nicht so schlimm in der Fantasie eines Kindes, das vom Ernst des Lebens noch kein Bild hat.

Als sie Jahre später immer bewusster wahrnahm, was in ihrem Umfeld vor sich ging, fiel ihr die eine oder andere Märchenszene wieder ein. Prinzessinnen auf der Erbse gab es viele. Die Dinge, die ihre Erbsen bedeckten, waren nur nicht so auffällig wie hundert Matratzen. Auch Leute wie den Kaiser, der sich alles schönredete und nicht zugeben wollte, dass er das alles gar nicht sah, gab es im wirklichen Leben. Nur den Märchenprinzen, der von der Wand fällt, wenn man den Frosch dagegen patscht, den hatte sie noch nie gesehen. Sie hatte Freundinnen, die immer wieder mal behaupteten, ganz nah dran gewesen zu sein. Nicht selten schickten sie den Frosch aber irgendwann wieder zurück zu seinem Teich. Oder sie teilten sich den Teich mit ihm, weil sie etwas an ihm doch liebten.

Sie selbst wollte keinen Frosch quälen, ja nicht einmal einen durch ihren Kuss entzaubern. Oft genug hatte man ihr gesagt: „Den Märchenprinzen gibt es nicht. Man kann nun mal eben nicht alles haben!" Und so lebte sie mehr oder weniger glücklich, ohne bewusst nach ihm zu suchen.

Auf ihrem Weg durch die Wirklichkeit fand sie Partner, die sehr lebenslustig und aktiv waren. Aber es gab auch das Gegenteil. Manchmal war sie fasziniert und die Teile der Persönlichkeit, die ihr selbst fehlten, ergänzten sie und umgekehrt. Sie fühlte sich sehr wohl, und dann auch wieder nicht. Wenn sie an ihre Lebenspartner zurückdachte, so war es, als hätte jeder von ihnen unterschiedliche besondere Eigenschaften gehabt, die sie bei den anderen wieder vermisste. Wahrscheinlich waren ihre persönlichen Eigenheiten von den Partnern auch unterschiedlich erlebt worden. Es stimmte also. Den Märchenprinzen gibt es nicht. Und die Märchenprinzessin auch nicht (außer die mit der Erbse).

Dann, nach vielen gesammelten Lebenserfahrungen und nach guten und schlechten Zeiten, traf sie ihn. Zufällig, wenn man an Zufälle glauben will. Die beiden redeten stundenlang miteinander. Sie hatten sich so viel zu sagen. Wenn sie nicht zusammen sein konnten, waren sie sehr darauf bedacht, die Nähe zueinander zu halten. Sie schrieben sich Nachrichten und telefonierten, wann immer es möglich war. Ihre Wünsche und Gedanken waren nahezu gleich. Ihre Körper waren wie füreinander geschaffen. Sie genossen eine Harmonie, die sie bisher nicht gekannt hatten. Dass es so etwas gab, hatten beide nicht mehr zu hoffen gewagt. Wie im Märchen, dachte sie. Aber sie hatte ihren König Frosch geküsst, nicht gegen die Wand geknallt. Und er überlegte, sein Königreich mit ihr zu teilen.

# Wien, nur Du allein!

Sie hatten eine Krise, das wussten beide. Aber wie sollte man da herauskommen? Ständig stritten sie miteinander. Sie nörgelte an ihm herum, weil er dauernd beruflich unterwegs war. Er freute sich immer, wenn er nach Hause kam, hatte aber aufgrund der Vorwürfe, die dann auf ihn herunterprasselten, kurz nach seiner Ankunft immer Magenschmerzen. Auch die beiden Kinder merkten, dass der Haussegen nicht nur schief hing, sondern dass es nun wirklich ernst war.

An einem Freitagabend, als er eben wieder von seiner letzten Geschäftsreise zurückgekommen war, saßen sie auf dem Sofa und tranken ein Glas Rotwein. Erneut stimmte sie das alte Lied über die vielen Tage an, an denen sie zu Hause alles allein managen musste. Sie sagte: „So habe ich mir das nicht vorgestellt, als wir geheiratet haben. Im Grunde genommen bin ich eine alleinerziehende Mutter. Durch deine Reisen entziehst du dich doch ständig der Verantwortung hier. Ich mach das nicht mehr lange mit. Da kann ich gleich mit den Kindern allein leben."

Solche Sätze hatte er schon oft von ihr gehört und er war es leid, darauf hinzuweisen, dass diese Situation nicht neu sei und dass er schließlich durch seinen stressigen Job, der ihn zum Unterwegssein zwang, das Geld für die Familie heimbrachte, wodurch alle sich ein wunderschönes bequemes Leben leisten konnten. Klavierstunden für den Sohn, Reitstunden für die Tochter, Fitnesscenter für die Frau, also ein Lebensstandard, um den viele sie beneideten. Zugegeben, dass die Kinder in der Schule gute Noten schrieben, dass sie nicht über die Stränge schlugen, war sicher ihrem Verdienst zuzuschreiben, da sie immer auf alles ein wachsames Auge hatte und sich um jedes Detail kümmerte. Allerdings hatten sie dies auch vor Jahren so vereinbart, denn er verdiente in seiner Position als Vertriebschef nun mal sehr viel mehr als sie mit ihrem damaligen Beruf als Bankangestellte.

Er antwortete also nicht auf ihre Anschuldigungen, sondern sagte: „Ich weiß, dass es nicht einfach ist, und ich weiß auch, dass wir kaum noch Lichtblicke in unserem gemeinsamen Leben haben. Wenn ich zu Hause bin, habe ich kaum noch Lust, etwas mit dir und den Kindern zu unternehmen, weil ich so müde bin. Das macht die Sache für dich nicht besser." „Na, gut, dass du es einsiehst. Und was willst du machen?"

„Ich habe eine Idee: Nächste Woche muss ich von Mittwoch bis Freitag zu einem Seminar in Wien. Das dauert immer von 9:00 bis 14:00 Uhr, danach habe ich frei. Wie wäre es, wenn du mitfährst? Dann hängen wir noch das Wochenende dran und lassen es uns mal wieder richtig gut gehen. Wir waren seit ewigen Zeiten nicht mehr ohne Kinder zusammen unterwegs." „Wie stellst du dir das vor? Wer soll sich um die Kinder kümmern?" „Nun, ich habe eben auf der Rückfahrt vom Flughafen schon mit deiner Mutter gesprochen und sie freut sich, wenn sie ein paar Tage bei uns wohnen und Babysitter spielen kann. Außerdem sind die beiden ja schließlich schon 15 und 12, also muss sich nicht ständig jemand um sie kümmern. Die sind sicher auch froh, wenn sie mal weniger streng beaufsichtigt werden."

Sie maulte noch ein wenig weiter, das war jedoch eher der Tatsache geschuldet, dass sie nicht selbst diese Idee gehabt hatte und er wieder mal hinter ihrem Rücken ihre Mutter involviert hatte. Aber dann prostete sie ihm zu und sagte: „Also gut, machen wir den Versuch. Vielleicht helfen uns ja die paar Tage ohne Kind und Kegel, wieder zueinanderzufinden. Allerdings muss ich mich dann gleich mal um einen Reiseführer für Wien kümmern." Er stand auf, ging zu seinem Aktenkoffer und kam mit einem Buch zurück mit dem Titel: „Wien, nur Du allein!". Er reichte ihr die Lektüre und sagte: „Hab ich heute Mittag am Flughafen gefunden. Das hilft dir sicher, die Zeitabschnitte, in denen ich arbeiten muß, auch allein sinnvoll zu verbringen. Nachmittags und am Wochenende zeigst du mir dann die interessantesten Orte." „Du Schuft hast das von langer Hand geplant", rief sie mit einem Augenzwinkern aus. „Das zeigt mir, dass es dir wirklich ernst ist, und ich freue mich jetzt richtig auf unsere Reise."

An diesem Abend schliefen sie seit Langem wieder miteinander und beide waren erstaunt, wie schön sie es fanden. In der Nacht hatte es geschneit und am Samstag gingen sie alle zusammen in den Wald zum Schlittenfahren. Sie kamen mit roten Gesichtern und voller Freude zurück und bereiteten ein Drei-Gänge Menü als Abendessen zu. Die Kinder machten Vorspeise und Nachtisch, er briet ein großes Stück Rindfleisch an und schob es dann in den Backofen, sie machte Kartoffeln und Gemüse dazu. Das Essen war eine einzige vergnügliche Angelegenheit, sie lachten alle miteinander wie schon lange nicht mehr und sogar der Fernseher blieb abends aus, denn sie spielten alle zusammen

„Siedler". Auch der Sonntag verlief sehr harmonisch. Als er am Sonntagabend zu seiner nächsten Reise nach Amsterdam aufbrach, gab es keine Vorwürfe. Sie nahm ihn in den Arm, drückte ihn ganz fest und sagte: „Komm bloß pünktlich am Dienstagabend nach Wien, ich fahre wie besprochen mit dem Auto hin und erwarte dich im Hotel." „Ich freu mich sehr darauf, mit dir die Tage in Wien zu verbringen. Ich werde mindestens so pünktlich sein wie bei meinen Geschäftsterminen, verlass dich drauf."

Am frühen Dienstagnachmittag fuhr sie los und erreichte Wien gegen sechs. Sein Flieger aus Amsterdam sollte um 18:30 Uhr landen und so erwartete sie ihn gegen 20:00 Uhr. Sie genoss in der Zwischenzeit das wunderschöne Bad in dem First-Class-Hotel und legte sich eine halbe Stunde in die riesige Badewanne. Dann zog sie ein schwarzes Kleid an, das sie seit der Taufe des Jüngsten nicht mehr getragen hatte. *Etwas eng ist es schon"*, dachte sie, *„aber wenn ich die Jacke drüberziehe, wird es gehen."*

Um 19:53 Uhr klopfte es an der Zimmertür und er kam herein. „Na, hab ich zu viel versprochen?", fragte er und fügte hinzu: „Ui, du schaust ja toll aus, was hast du noch vor?" „Ich dachte, ein Abendessen im Apron wär der richtige Auftakt. Das Restaurant wird sehr empfohlen. Hab für halb neun einen Tisch bestellt und wir brauchen nur ein paar Minuten zu Fuß dorthin." „Da kann ich noch schnell duschen." „Aber ganz schnell."

Sie begannen das Essen mit einem Glas Champagner und er konnte das Glück und die Zufriedenheit in ihren Augen lesen. Warum hatten sie so lange nur funktioniert und sich nicht umeinander gekümmert? Das musste von nun an anders werden. Das Menü und der Wein im Apron waren vorzüglich, die Bedienung gab sich große Mühe, ihnen alle Wünsche zu erfüllen. Dabei waren sie schon mit sich selbst sehr zufrieden und so war es nicht verwunderlich, dass sie später im Hotel eine Nacht erlebten, die ein wenig an ihre ersten Begegnungen vor knapp 18 Jahren erinnerte. Die Leidenschaft riss beide mit und sie wollten gar nicht aufhören einander zu liebkosen. Erst sehr spät schliefen sie ein.

Am nächsten Morgen frühstückten sie zusammen, bevor er zu seinem Seminar und sie in die Stadt aufbrach.

Nachmittags schlenderten sie gemeinsam durch die Innenstadt Wiens und fanden abends ein nettes kleines Lokal, wo sie sich Rindfleisch schmecken ließen. Ein paar Bier dazu und auch die zweite Nacht im Hotel war nicht ohne Sünde. Donnerstag und Freitag verliefen ähnlich und wer sie abends zurück ins Hotel kommen sah, hätte denken können, sie seien ein frisch verliebtes Paar.

Für den Samstag hatte sie sich einen Ausflug zum Neusiedler See ausgedacht. Sie checkten im Hotel aus und fuhren gleich nach dem Frühstück los. Die Autofahrt verflog nur so, obwohl sie wegen des Schnees, der immer noch in dicken Flocken fiel, nur langsam fahren konnten. Nach knapp 90 Minuten kamen sie in Mörbisch an und stärkten sich mit einem zweiten Frühstück in einem kleinen Gasthof. Dann brachten sie ihre Sachen zum Hotel „Das Mittelpunkt", wo sie ihre letzte Nacht der Reise verbringen wollten. Das hatte sie arrangiert, ohne es ihm zu erzählen. „Wollte dir nur zeigen, dass ich auch was für unser Wohl tun kann. Und nach vier Tagen Wien dachte ich, etwas Ruhe hier am See tut uns sicher auch ganz gut."

Sie machten lange Spaziergänge am See und das Wetter störte sie nicht im Geringsten. Sie hakten sich beim andern ein, bewarfen sich manchmal mit Schnee und waren guter Dinge. Nachmittags kehrten sie in einem Café ein und ihr Abendessen nahmen sie im Hotel. Sie dankte ihm für die Idee und sagte, dass sie die Tage als sehr schön empfunden habe und das Hotel mit dem Namen „Mittelpunkt" bewusst ausgesucht habe. „Wir müssen uns wieder gegenseitig in den Mittelpunkt stellen und ich wünsche mir, dass wir mindestens einmal im Jahr einige Tage ohne Kinder wegfahren und nur uns beide genießen. Dann habe ich die Hoffnung, dass wir auch wieder ein Paar werden und nicht nur funktionierende Mutter und funktionierender Vertriebsleiter." Ihre letzte Nacht im „Mittelpunkt" sollten beide lange nicht vergessen.

# Buena Ventura

Sie war vor drei Monaten aus Kolumbien nach Bayern gekommen. Die ersten Wochen waren sehr schwer für sie gewesen, weil sie noch nicht gut Deutsch sprach und im Übrigen in München oft auch noch Bayerisch gesprochen wird. Damit konnte sie gar nichts anfangen. Sie hatte eine Freundin, die auch aus Kolumbien stammte, und mit ihr traf sie sich häufig. Um mehr Leute kennenzulernen, meldeten sich beide Ende August bei Tinder an. Sie bekam viele lustige Botschaften, aber auch Anmachsprüche wie: „Was suchst Du hier? Sex?". Nach ein paar Tagen hatte sie ein Match mit einem Mann, der genauso alt war wie sie. *„Gracias a Dios, él habla español",* dachte sie und so tauschten die beiden erste Nachrichten im Chat miteinander aus. Sie wollten auf WhatsApp wechseln, aber irgendwie kam dort kein Dialog zustande. So verloren sie sich aus den Augen.

Ihr gefiel aber auch ein anderer Mann, der nicht Spanisch sprach, aber sehr interessant klang und in ihrer Nähe wohnte. Also traf sie sich zuerst mit ihm, weil sie ja Deutsch lernen wollte. Zu Beginn lief das auch ganz gut mit den beiden, aber bald merkte sie, dass es dauernd Missverständnisse gab, weil ihr Deutsch zu schlecht war.

Drei Monate später erinnerte sie sich an den Mann, der Spanisch sprach, und schrieb ihm eine kurze Botschaft, dass sie ihn gern auf einen Kaffee treffen würde. Er bekam die Nachricht, als er gerade im Flieger saß und kurz davor war, nach Bogotá abzuheben. Sie erinnerte sich daran, dass er nach Urlaubstipps gefragt hatte und sie dadurch ins Gespräch gekommen waren. Was für ein Zufall, dass sie sich genau bei ihm meldete, als er auf dem Weg in ihre Heimat war. Also tauschten sie noch ein paar Nachrichten aus, bevor er sein Handy in den Flugmodus schalten musste. In den darauffolgenden Tagen schrieben sie sich häufig, er berichtete von seinem Urlaub und sie gab ihm einige Tipps. So vergingen seine drei Ferienwochen sehr schnell. Am Ende fragte er sie, ob sie sich in München mal treffen wollten, und sie stimmte zu.

Nach seiner Rückkehr war sie zu Verwandten nach Spanien aufgebrochen und es blieb bei ein paar Bildern, Texten und Sprachnachrichten. Am siebten Januar lernten sie sich dann endlich persönlich kennen. Er hatte ein mexikanisches Restaurant als Treffpunkt vorgeschlagen und sie genossen das Essen und ihre Unterhaltung sehr. Das nächste Treffen fand bei ihm zu Hause statt und sie aßen zusammen mit seinem Mitbewohner. Nachher fuhr er sie mit dem Auto nach Hause. In den folgenden Tagen tauschten sie oft Botschaften miteinander aus und lernten sich darüber besser kennen. Auch half er ihr bei einigen Formalitäten für ihre Ausbildung, weil das für Ausländer sehr kompliziert war. So entwickelte sich behutsam eine Freundschaft zwischen den beiden, bei der sie meist Spanisch sprachen, aber er manchmal einige deutsche Worte in seine Sätze einbaute.

Beim zweiten Treffen war sie erstaunt, dass er sie gar nicht in den Arm nahm oder küsste. Sie hatte den Eindruck, dass er immer noch in seine vorherige Freundin verliebt war, weil er viel von ihr sprach und kaum Annäherungsversuche bei ihr machte. Endlich, beim dritten Treffen in einer lateinamerikanischen Bar, hatte er den Mut, sie zu küssen, und das gefiel beiden sehr gut. Somit vergingen die nächsten Wochen wie im Rausch und sie genossen ihre Rendezvous in Restaurants, an verschiedenen Orten, bei Bergwanderungen und beim Tanzen. Danach waren beide noch einmal auf Reisen, er in Indien, sie in Frankreich und Rumänien. Aber jetzt chatteten sie mehrfach täglich oder telefonierten, wann immer es ging. Nach ein paar Wochen schrieb sie einen Brief an ihre Mutter:

*Liebe Mama,*

*letzte Woche habe ich Dir ja schon kurz von meinem neuen Freund erzählt. Ich habe noch einmal darüber nachgedacht, warum er mir etwas bedeutet. Wir haben uns über Tinder kennengelernt und unsere erste Begegnung in einem mexikanischen Restaurant war sehr schön. Er hat seine Pommes mit mir geteilt und das wunderte mich, denn ich hatte vorher gehört, dass die Deutschen nicht so gerne teilen. Aber das ist sicher nur ein Vorurteil. Er und ich haben viele Gemeinsamkeiten. Er ist sehr abenteuerlustig und rücksichtsvoll. Besonders mag ich, dass er immer hilfsbereit und offenherzig ist. Aber manchmal stört mich an ihm, dass er ungeduldig ist. Außerdem will er immer, dass alles perfekt ist.*

*Unsere zum Teil unterschiedlichen Charaktere ergänzen sich super. Er ist realistisch, ich mag es zu träumen. Er plant vieles im Voraus, ich möchte oft Dinge spontan machen. Aber immer finden wir einen Kompromiss. Natürlich ist nicht alles perfekt und manchmal verstehen wir uns nicht so gut. Wenn er zum Beispiel an seinem Computer arbeitet und ich sage etwas zu ihm, hört er mich gar nicht. Vielleicht ist das ein typisches Männerproblem, denn die können wohl nicht zwei Sachen gleichzeitig machen.*

*Das Schönste bei uns ist aber, dass wir immer eine Lö-sung finden, und so freue ich mich darauf, dass wir uns beide noch besser kennenlernen. Ich bin mir sicher, dass ich schon ein bisschen verliebt in ihn bin.*

*Ganz herzliche Grüße*

*Deine Tochter*


Er hingegen erzählte seinem Freund, mit dem er auch in Kolumbien gewesen war, von seinem Liebesleben:

*Die letzten Wochen waren wirklich aufregend für uns. Am Anfang dachte ich, sie möchte nur ein Sprachtan-dem mit mir machen. Vor unserem ersten Date fragte ich sie, ob das wirklich ein Date ist, weil sie auf Insta-gram ein Foto mit ihrem Ex-Freund hatte. Das fand sie sehr komisch und wollte mir nichts versprechen, sagte aber immerhin, dass sie Single sei.*

*Beim Date war ich etwas nervös, weil wir uns ja immer-hin sieben Wochen geschrieben hatten und ich einen guten Eindruck machen wollte. Außerdem hatte ich noch nie ein Treffen nur auf Spanisch, bisher hatte ich ja nur ein paar Sätze mit Freunden gewechselt, die auch gut Deutsch oder Englisch sprachen. Aber als sie dann ins Restaurant kam, war alles ganz leicht. Wir hatten uns viel zu erzählen, denn wir wussten ja schon viel voneinander und hatten beide viel Spannendes in den letzten Wochen erlebt.*

*Seitdem haben wir uns schon oft getroffen. Am besten hat mir unser Ausflug nach Rothenburg ob der Tauber gefallen. Die Stadt ist superschön und wir haben viele gemeinsame Fotos gemacht. Und anstatt groß essen zu gehen, haben wir uns bei der Dönerbude um die Ecke 'ne Currywurst geholt. So ist das oft mit ihr: Statt lange etwas zu planen, fahren wir einfach irgendwohin und entscheiden dann spontan, was wir machen.*

Ich finde ihre Geschichte sehr beeindruckend. Sie ist wirklich ganz allein nach Deutschland gekommen und sprach am Anfang gar kein Deutsch. Für die Einreise musste sie zwar A1-Niveau nachweisen, aber sie hat nur ein bisschen auf die Prüfung gelernt und war dann hier ganz auf sich allein gestellt. Es ist toll, wie gut sie sich schon eingelebt hat und dass sie so gerne hier lebt. Hoffentlich kann sie länger hierbleiben, denn im April läuft ihr Visum ab und sie muss bis dahin eine Stelle für ein soziales Jahr finden. Dabei helfe ich ihr gerade, es ist nicht ganz einfach, aber irgendwie werden wir das schon schaffen.

So eine tolle Frau habe ich wirklich noch nie getroffen, sie ist immer gut gelaunt und voller Energie. Außerdem ist ihr wichtig, dass ich auch glücklich bin und viele Sachen machen kann, die mir Spaß machen, aber vielleicht etwas ungesund oder nicht so schön sind. Es macht ihr nichts aus, dass ich oft zu viele Chips esse oder dass ich mit meinen Freunden ohne sie in eine Bar gehe. Außerdem ist sie super liebenswürdig und versteht sich mit allen Leuten auf Anhieb. Deshalb nehme ich sie nächste Woche mit nach Hause zu meiner Mutter, mal sehen, wie das läuft

Wie Du weißt, ziehe ich bald nach Nürnberg, endlich habe ich dort eine Wohnung gefunden. Hoffentlich klappt das dann weiterhin mit unserer Beziehung und mit der Aufenthaltsgenehmigung in den nächsten Monaten, denn ich möchte unbedingt mit ihr zusammenbleiben. Ich bin sehr verliebt und habe mit ihr ein so gutes Gefühl. Ich glaube, das geht ihr auch so und da ist die Entfernung kein großes Problem. Noch besser wär's, sie könnte ihre Ausbildung in Nürnberg machen und zu mir ziehen …

# Klassentreffen

Sie war freudig überrascht, als sie die Mail von ihrer Schulfreundin Manuela las, von der sie ewig nichts gehört hatte. Der Name war ihr sofort ein Begriff und im selben Moment tauchten Bilder aus der Vergangenheit auf. Sie liefen gemeinsam aus dem Schulhaus und spielten auf dem Heimweg noch Gummihüpfen. Nach den Hausaufgaben trafen sie sich auf dem Kinderspielplatz oder machten den nahen Park unsicher. Wie schön war damals diese Freiheit, die Kinder noch erleben durften. Es gab noch viel weniger Autos als heute und die Eltern hatten noch nicht das Gefühl, andauernd Angst haben zu müssen, dass den Kleinen gleich etwas passiert, wenn man sie nicht ständig im Auge hat.

So viele Jahre hatten sie sich nicht gesehen. Das einzige Klassentreffen, das sie je gehabt hatten, war, als sie 18 Jahre alt gewesen waren. Und jetzt, gut 30 Jahre später, lud Manuela die Leute zu einem Treffen ein, die sie noch irgendwie über tausend Umwege hatte ausfindig machen können. So hatte sie es in der Mail erklärt.

Es war klar, dass sie sofort ihre Zusage gab. Sie war neugierig, wer alles dabei sein würde. Ob ER wohl auch auf der Gästeliste stand, ihr bester Freund von damals? Sie hätte immer gern gewusst, was aus ihm geworden ist. Die Erinnerung war plötzlich wieder da, die Gedanken an die unbeschwerte Zeit der ersten zarten Gefühle.

Sie waren damals neun Jahre alt und besuchten dieselbe Klasse in der Volksschule. In diesem letzten

Schuljahr saßen sie von Anfang an nebeneinander. Das hatten sie in den Ferien vorher vereinbart. In den ersten zwei Jahren spielten meist die Buben mit den Buben und die Mädchen mit den Mädchen. Aber in der dritten Klasse waren sie aufeinander aufmerksam geworden. Sie fand, er sah viel besser aus als alle anderen Jungen. Er hatte blondes Haar und war ein bisschen rundlich. Seine Kleidung war immer viel schöner als ihre eigene. Ihre Mutter zog sie und ihre Schwester allein groß und musste sehr sparsam sein. Neue Sachen zum Anziehen gab es grundsätzlich nur zu Weihnachten und zum Geburtstag.

Sie war einfach gern mit ihm zusammen. Sein Lachen berührte sie anders, als sie das sonst von Freunden und Freundinnen kannte. Zu seinem achten Geburtstag war sie bei ihm zu Hause eingeladen. Es war eine besondere Feier für sie. Das riesige Haus mit dem wunderschönen Garten beeindruckte sie sehr. Es gab eine große Geburtstagstorte und ganz viele Geschenke für ihren besten Freund. Und von diesem Tag an besuchten sie einander öfter. Es gab Klassenkameraden, die konnten es manchmal nicht lassen, die beiden deswegen zu hänseln. „Haha, ihr geht miteinander! Wann ist denn Hochzeit?", riefen sie, und sie wurde dann immer ganz verlegen. Er ließ sich davon nicht einschüchtern und meinte nur: „Ach lasst uns doch in Ruhe. Habt ihr denn keine besten Freunde?"

Im letzten Schuljahr also hatte sich ihre Freundschaft vertieft. Sie machten miteinander Hausaufgaben, lernten zusammen Vokabeln und verbrachten sehr viel Zeit miteinander. Seine Mutter hatte sie auch schon ins Herz geschlossen. Sie war jederzeit willkommen und fühlte sich dort sehr wohl.

Es war ein trauriger Tag – sie war erst vor Kurzem zehn geworden –, als ihre Mutter verkündete, dass sie in eine andere Stadt ziehen müssten. Als sie es ihm erzählte, saßen sie lange in seinem Garten auf der Hollywood-schaukel und versprachen einander fest, regelmäßig Briefe zu schreiben. Etwa ein Jahr lang machten sie das auch, aber dann wurden die Nachrichten plötzlich weniger und weniger, bis gar keine Antwort mehr kam. Der ganz natürliche Lauf der Dinge eben. Das Leben ging weiter.

Erst bei dem Klassentreffen acht Jahre später, an dem er übrigens nicht teilnahm, erfuhr sie von einem seiner Freunde, dass seine Mutter gestorben war. Das musste etwa zwei Jahre, nachdem sie weggezogen war, passiert sein. Das hat sie hart getroffen, denn sie hatte viele schöne Erinnerungen an die Familie und besonders an das liebevolle und freundliche Verhalten seiner Mutter. Sie versuchte daraufhin, mit ihm Kontakt aufzunehmen, und fuhr zu seinem Elternhaus. Da stellte sie fest, dass er nicht mehr dort wohnte. Eine neue Familie war ein-gezogen.

Jetzt freute sie sich auf das bevorstehende Treffen und war eigentlich nicht wirklich überrascht, dass erstens nur fünf ehemalige Schulkolleginnen und -kollegen ge-kommen waren und zweitens ER nicht mehr auffindbar war.

# So ein Akt

Auf einem Silvesterball lernten sie sich zufällig kennen, weil sie am gleichen Tisch saßen. Sie war dort mit einer Freundin und er war zusammen mit seiner Frau und einem befreundeten Ehepaar gekommen. Gegen elf tanzten sie zum ersten Mal zusammen und er erfuhr, dass sie eine Ausbildung zur Krankenschwester machte und ganz in seiner Nähe wohnte. Sie blieben bis drei Uhr und fuhren zusammen mit einem Taxi nach Hause. Eigentlich hatte sie mit ihrer Freundin laufen wollen, aber er überredete sie mitzufahren. Am Ende verabredeten sie, dass sie am 4. Januar mal zu ihnen zu Besuch kommen sollte.

Seine Frau moserte zu Hause und fragte ihn, was er denn von dem jungen Ding wolle. Er erwiderte, dass er sie erstens nett, zweitens gutaussehend und drittens interessant finde. „Bin ich dir nicht mehr genug?", fragte sie ihn. „Quatsch, das hat doch mit dir nichts zu tun. Außerdem treffe ich mich doch nicht heimlich mit ihr, sondern sie kommt uns besuchen." „Soll ich dann etwa auch noch was kochen?" „Das wär nett, aber wenn du das nicht machen willst, kann ich das auch übernehmen."

An den folgenden Tagen merkte er, dass seine Frau eher stumm war und scheinbar ein Problem damit hatte, dass die junge Dame von Silvester kommen würde. Entsprechend frostig fiel ihre Begrüßung aus. Er bat sie am Esstisch Platz zu nehmen und servierte das Essen. Die beiden Frauen unterhielten sich bis dahin nur krampfhaft. Während des Essens bat er sie, doch ein wenig von ihrer Ausbildung zu erzählen, weil er gern wissen wollte, was man als Schwesternschülerin alles lernen musste.

So plauderten die beiden bis zum Kaffee nach dem Essen und seine Frau sagte anschließend, sie wolle noch ihr Buch weiterlesen. Das fand er extrem unhöflich, aber er sagte nichts dazu, sondern holte stattdessen eine zweite Flasche Wein. Mit der 18-jährigen Frau unterhielt er sich prächtig und nachdem sie auch über seinen Beruf gesprochen hatten, kamen sie auf sein Hobby, das Fotografieren, zu sprechen. Sie hatte gefragt, wer die beiden tollen Schwarz-Weiß-Bilder über dem Esstisch gemacht habe, und so schwärmte er ihr von seiner liebsten Tätigkeit in seiner Freizeit vor. „Wenn du möchtest, können wir auch mal zusammen fotografieren, also ich meine, ich mache Fotos von dir." „Das würde mir gefallen, denn ich habe kein schönes Bild von mir, und man weiß ja nie, wann man mal eins braucht."

Sie verabredeten sich für den folgenden Sonntagnachmittag, wo sie zu ihm kommen sollte und sie Fotos in seinem kleinen improvisierten Studio machen wollten. Als sie kurz vor Mitternacht nach Hause gehen wollte, bot er ihr an, sie zu begleiten. „Das brauchst du nicht, ich habe keine Angst, denn ich habe letztes Jahr einen Selbstverteidigungskurs gemacht und weiß mich zu wehren." „Na, dann kannst du ja mich beschützen", sagte er grinsend, und so gingen sie zusammen los.

Seine Frau war inzwischen, ohne sich zu verabschieden, schlafen gegangen und so gab es die nächste Diskussion zwischen ihnen erst am nächsten Tag beim Frühstück. Er erzählte ihr, dass sie sich am Sonntag zum Fotografieren treffen wollten. „Na, das kann ja heiter werden. In der Woche arbeitest du wie blöd, hast kaum Zeit für mich, und am Sonntag fotografierst du andere Weiber. Was denkst du dir eigentlich dabei?" „Ach, hör mal. Wir werden am Sonntag vielleicht ein bis zwei Stunden im Studio verbringen. Davor und danach können wir beide doch was anderes machen." „Ach, dann machst du auch Fotos von mir?" „Ja sicher, wenn du das gern möchtest." „Du weißt genau, dass ich das nicht mag, also wieso bietest du das jetzt an? Willst du mich etwa noch mehr ärgern?"

Weil sie sich das Shooting nicht näher ansehen wollte, fuhr seine Frau am Sonntag zu einer Freundin. Und so war er mit seinem jungen Model allein im Studio. Zu Beginn wirkte sie sehr befangen und er musste ihr ein paar Anweisungen geben, wie sie sich hinstellen und wie und wohin sie schauen sollte. Sie hatte auch verschiedene Kleidungsstücke mitgebracht und so gab es zuerst ein paar Aufnahmen, die man als Bewerbungsfoto verwenden konnte, also mit weißer Bluse und schwarzer Jacke. Dann zog sie sich ein flottes Kleid an und die Bilder wurden entsprechend locker, es gab welche mit Kussmund, mit Sonnenbrille sowie mit Brille oben auf dem Kopf und die beiden hatten viel Spaß beim Fotografieren. Die Posen mit der Sonnenbrille brachten ihn auf die Idee, dass sie doch auch mal draußen Bilder machen könnten, und er schlug ihr vor, es bei schönem Wetter mal an einem See zu versuchen. „Du bringst einfach deinen Bikini oder Badeanzug mit und wir probieren es mal mit dem Medium Wasser." Sie verabredeten sich für den nächsten Samstag, und zwar morgens sehr früh, damit das Licht günstig für die Bilder sein würde.

Als er das später seiner Frau erzählte, war sie restlos sauer und schalt ihn einen Schürzenjäger. „Wieso? Wir machen doch nur Fotos, da ist doch nichts dabei." „Hast du mal drüber nachgedacht, dass du vielleicht bei dem Mädel irgendwelche Wünsche oder Träume weckst? Wenn mich in dem Alter ein Mann zum Fotografieren animiert hätte, wäre ich nicht nur stolz gewesen, sondern ich hätte mich vielleicht auch schnell in ihn verknallt."

Er dachte darüber nach und nahm sich vor, die junge Dame beim nächsten Mal zu fragen, was sie sich bei den Fotos denke. Am Sonntagfrüh um fünf holte er sie zu Hause ab und sie fuhren zu einem nahen Badesee. Um diese Zeit war niemand anders dort und er wusste eine Stelle, wo Bäume und Büsche bis zum Wasser standen. Dort ging er mit ihr hin und bat sie, sich zunächst ins Gegenlicht unter einen Baum zu stellen mit dem See im Hintergrund. Nach diversen Aufnahmen an dieser Stelle schickte er sie an den Rand des Sees und sie sollte zunächst nur ein wenig den Körper nass machen. Schon das wurden tolle Aufnahmen. Danach gab es Bilder, wo sie im Wasser schwamm und wo sie aus dem Wasser auftauchte und ihr Haar schüttelte.

Nach zwei Stunden fuhren sie wieder heim und er fragte sie: „Wie ist das eigentlich für dich, mit mir zu fotografieren?" „Wunderschön und ich freue mich schon auf die Bilder." „Hast du das Gefühl, dass ich mehr von dir will, als nur Fotos zu machen?" „Nein, hab ich nicht. Und wenn es so wäre, würde ich es nicht zulassen. Erstens bist du mir mit Deinen 25 viel zu alt und zweitens bist du verheiratet. Damit schließt sich alles Weitere bei uns aus." „Danke, gut, dass du das auch so siehst. Denn meine Frau hatte sich schon Sorgen gemacht, bei uns könnte mehr passieren. Aber dann hab ich jetzt noch eine Frage: Würdest du mit mir auch Aktfotos machen?" Sie überlegte kurz und antwortete: „Ja, aber sie müssen anständig sein, das heißt, ich möchte keine aufreizenden oder pornografischen Bilder." „Das versteht sich von selbst. Wollen wir das diese Woche mal versuchen?" Und sie beschlossen, am nächsten Mittwoch in seinem Studio einen Versuch zu unternehmen.

Er nahm sich den Nachmittag frei und sie kam gegen 14:00 Uhr zu ihm. Zu Beginn war sie schüchtern und ihre Posen wirkten sehr verkrampft. Und das, obwohl sie noch BH und Höschen trug. So machte er etwa eine halbe Stunde Aufnahmen, von denen er wusste, dass er sie wegschmeißen würde, denn es passte alles nicht. Aber dann wurde sie lockerer und legte von sich aus den BH ab, stand vor ihm mit den Händen auf ihren Brüsten und lachte ihn frech an. Nachdem sie auch den Slip abgelegt hatte, dimmte er das Licht so weit, dass man auf den Aufnahmen kaum etwas sehen konnte. Bestenfalls konnte man die Formen des Körpers erahnen und ihr Gesicht war in den meisten Fällen zur Seite gedreht und damit nicht erkennbar.

Gegen 16:30 Uhr stand dann plötzlich seine Frau in der Tür und schrie die beiden an: „Ich hab's ja gewusst, ihr habt also doch was miteinander. Und jetzt macht ihr Bilder für deinen Nachttisch. Aber da mach ich nicht mit. Das kannst du dir abschminken." Das Model war ganz verstört, zog sich schnell an und verließ das Haus. Das Ehepaar hatte einen langen Diskussionsabend und er war nicht sicher, ob er am Schluss seine Frau hatte überzeugen können, dass es um nichts weiter als um Fotos gegangen war. „Du kannst ihr die Bilder schenken, aber weitere Termine wird es nicht geben, sonst bist du mich los. Das verspreche ich dir."

Es sollte also für lange Zeit seine einzige Erfahrung mit Aktfotos bleiben. Erst nach der späteren Trennung von seiner Frau konnte er freier über seine Motive entscheiden und auch wieder solche Bilder machen.

# Superwoman

Seit er im Ruhestand war, hatte er sich angewöhnt, immer gegen Mittag im Supermarkt einkaufen zu gehen. Und mindestens bei jedem zweiten Einkauf traf er auf die gleiche Kassiererin. Sie war blond und sicher 15 bis 20 Jahre jünger als er. Immer wenn er zur Kasse kam und sie sich grüßten, war ihre nächste Frage: „Haben Sie eine Payback-Karte?" Seine Standardantwort: „Nein." Dann kam automatisch von ihr: „Und, möchten Sie eine haben?" „Nein", lautete auch hier seine Erwiderung.

So ging es viele Wochen lang. Eines Tages sagte er zu ihr auf die Frage nach der Payback-Karte: „Nein, ich habe keine und ich möchte auch keine. Aber das wissen Sie schon. Und ich weiß, dass Sie das fragen müssen." Er schaute sie spitzbübisch an und sie lächelte ihn an. Seitdem fragte sie ihn nicht mehr nach der Payback-Karte und so wurden ihre Dialoge noch knapper. Es blieb bei „Grüß Gott" beziehungsweise „Guten Morgen" und „Zahlen Sie mit Karte oder bar?". Viel mehr an verbalen Botschaften tauschten sie nicht mehr aus. Allerdings lächelten sie sich inzwischen immer zu beziehungsweise an. Und das war auch eine Geste, die beide offensichtlich sehr genossen.

Dann kam die Coronapandemie und es gab für alle Menschen viele Einschränkungen. Es war nach einiger Zeit im Lockdown auch vorgeschrieben, dass sowohl das Personal als auch die Kunden im Supermarkt Mund- und Nasenschutzmasken tragen mussten. Das war ihm unangenehm, denn als Brillenträger beschlugen ihm mit der Maske immer die Gläser. So gewöhnte er sich an, im Supermarkt die Brille in der Regel auszuziehen und sie nur kurz aufzusetzen, wenn er etwas Kleingedrucktes lesen musste, denn das ging ohne die Sehhilfe nicht. An der Kasse hatte er nun meist die Brille nicht auf der Nase, aber die Kassiererin erkannte ihn trotzdem und beide spürten das Lächeln des anderen auch hinter der Maske. Er war fasziniert von ihren vielen kleinen Lachfalten, die er dabei an ihren Augen entdeckte, und er fragte sich, ob sie wohl ein fröhliches Leben führte. Er versuchte, sich vorzustellen, wie der Alltag einer Kassiererin aussehen mochte. Sie trug keinen Ring an der Hand, also war sie wohl nicht verheiratet. Was würde sie nach einem langen anstrengenden Arbeitstag an der Kasse machen? Wohnte sie weit weg? Fuhr sie mit dem Auto nach Hause? Konnte sie sich überhaupt ein Auto leisten? Hatte sie Kinder und lebten die noch in ihrem Haushalt? Hatte sie einen Lebensgefährten oder war sie wie er allein?

*„Ob ich sie mal zum Essen oder auf einen Kaffee einladen soll?"*, dachte er bei sich. Das war zu der Zeit ja etwas schwierig, denn die Lokale hatten aufgrund der Covid-19-Restriktionen alle geschlossen. *„Aber ich wohne ja um die Ecke und einen Kaffee kann sie auch bei mir trinken. Da kann ich Antworten auf all die Fragen bekommen, die ich habe."*

Bei seinem nächsten Einkauf kurz vor Mittag kam er freudig an die Kasse und hatte sich die Worte schon zurechtgelegt, die er zu ihr sagen wollte. Er staunte, denn an den beiden besetzten Kassen war sie nicht zu sehen.

Also ging er zu einer anderen Kassiererin, zahlte seinen Einkauf und trottete traurig nach Hause.

Am folgenden Tag hätte er zwar nichts vom Supermarkt gebraucht, aber er ging dennoch wieder hin, legte etwas Obst und Kaffee in seinen Einkaufskorb und wanderte zu den Kassen. Wieder war sie nicht da, und diesmal fragte er die Kassiererin: „Sagen Sie, hier ist doch sonst oft eine blonde Kollegin von Ihnen. Die habe ich jetzt schon ein paar Tage nicht gesehen. Hat die Urlaub?" „Nein, die ist krank. Wir hoffen, dass sie bald wieder gesund ist und zurückkommt. Denn wir müssen ihr Fehlen durch Überstunden ausgleichen."

Das traf ihn sehr und er machte sich alle möglichen Gedanken, wie es ihr wohl ginge. Hatte sie sich etwa das Virus eingefangen? Waren ihre Symptome schlimm? War sie im Krankenhaus? Da er ihren Namen nicht kannte und sich auch nicht traute, die Kolleginnen danach und nach ihrem Wohnort zu fragen, blieb ihm nichts anderes übrig, als zu warten. Täglich ging er jetzt zum Markt, meist kaufte er nichts, sondern schaute nur, ob er sie an der Kasse erblicken konnte.

Nach mehr als einer Woche sah er sie schon von Weitem. Sein Herz machte einen Sprung und so schlenderte er in Gedanken an den Regalen vorbei, legte achtlos Artikel in seinen Korb, auch solche, die er gar nicht brauchte. Denn er wollte möglichst viel Zeit bei ihr an der Kasse verbringen. Als er sich der Schlange an Kasse drei näherte, an der sie heute Dienst tat, ließ er eine andere Kundin vor. Er wollte ihren Anblick so lange wie möglich genießen und noch einmal seine Worte überdenken, die er zu ihr sagen mochte.

„Guten Morgen", kam es zuerst von ihr, als er seine Waren auf das Transportband gelegt hatte und sich der Kasse näherte. „Guten Morgen", gab er zurück. „Wie geht es Ihnen heute? Sind Sie wieder gesund?" „Ja, aber woher wissen Sie, dass ich krank war?" „Oh, das hat mir ein freundlicher Engel zugeflötet und ich habe mir Sorgen gemacht." „Ach, es war nichts Schlimmes. Zuerst hatte ich Angst, dass ich Corona haben könnte. Aber dann stellte es sich als normale Erklärung heraus, die mich aber härter getroffen hat als in früheren Jahren." „Das beruhigt mich sehr, denn in diesen Zeiten hört und liest man so viel, da kommt einem unwillkürlich der Gedanke, dass ..." „Das macht 53,45 Euro", unterbrach sie ihn. „Oh, ja, ich zahle mit Karte." Er kramte sein Handy hervor, zahlte damit und begann die Einkäufe in seine Einkaufstasche zu packen. Wegen des vorgeschriebenen Abstands blieb die nächste Kundin noch etwa zwei Meter weit weg und so fragte er seine Kassiererin leise: „Wann haben Sie denn heute Feierabend?" „Um fünf." Er strahlte sie hinter seiner Maske an und erwiderte: „Dann erwarte ich Sie am Eingang um fünf." Er sah an ihren glitzernden Augen, dass sie sich freute.

# Pingpong

Sie war 13 Jahre alt und das, was man zu ihrer Zeit eine graue Maus nannte. Die meisten anderen Mädchen in der Klasse schienen für die Buben wesentlich interessanter zu sein. Sie tat sich eher mit anderen Klassenkameradinnen zusammen, die ebenfalls nicht in den Mittelpunkt passten. Sie fand es immer unfair, wenn jemand wegen seines Aussehens oder wegen seiner Kleidung herablassend behandelt oder belächelt wurde. Es machte ihr nichts aus, dass sie deshalb auch den Anschluss zu den beliebteren Mädchen nie wirklich fand.

In diesem Schuljahr hatte der Klassenvorstand mit einigen interessierten Schülerinnen und Schülern eine Hobbygruppe gegründet, die sich in der Freizeit zum Wandern traf. In diesem völlig anderen Rahmen freundete sie sich mit Maria an. Sie erkannten, dass sie ähnliche Interessen hatten und dass sie gut miteinander reden konnten. So kam es, dass sie kurz vor den Sommerferien zum ersten Mal bei der neuen Freundin zu Hause eingeladen war. Sie wohnte in einer angenehmen, großen Wohnung, zusammen mit ihren Eltern und den vier Geschwistern. Da war immer etwas los und Marias Eltern sahen es gern, wenn sie zu Besuch kam. Sie war ein ruhiges, höfliches, unaufdringliches Kind, das sie bald lieb gewonnen hatten. Sie wirkte einerseits tatsächlich noch sehr kindlich, wahrscheinlich durch ihr unscheinbares Aussehen und ihre angepasste Art. Andererseits war ihrem Körper bereits die erste Veränderung in Richtung Weiblichkeit anzusehen und man konnte erahnen, dass die kindlichen Züge bald ganz verschwunden sein würden. Jedenfalls fand sie durch Maria doch den Anschluss zu der Clique, die sich regelmäßig traf, um im Hof Völkerball oder im Aufenthaltsraum im Keller Tischtennis zu spielen. Mindestens einmal die Woche verbrachte sie den Nachmittag dort und manchmal durfte sie bei Maria übernachten.

Zu Beginn der Ferien feierten sie Marias Geburtstag. Marias große Familie und alle ihre Freundinnen sowie ein paar Jugendliche aus der Nachbarschaft waren dabei. Es gab großes Programm. Die Geburtstagsjause mit der überirdisch großen Marzipantorte, Wettspiele, bei denen man Preise gewinnen konnte, und ganz viel laute Musik. Zum Abschluss ging man wieder in den Keller zum Pingpong-Spiel. Und da passierte es. Plötzlich war er da. Er lehnte ganz lässig an der Wand und beobachtete das Geschehen. Dunkle Haare und noch dunklere Augen ließen ihn unheimlich interessant wirken. Er wohnte ein paar Stiegen weiter, wie Maria ihr später sagte. „Gefällt er dir?", wollte sie gleich wissen. „Ach, ich weiß nicht. Er hat ein paarmal so lieb zu mir herübergeschaut. Das ist mir halt aufgefallen", antwortete sie verlegen und wurde dabei knallrot im Gesicht. Maria wusste auch, dass er schon 18 war und dass er eine Tischlerlehre machte. Und er hatte keine Freundin.

Sie war so schrecklich schüchtern. Von da an war er fast jedes Mal da, wenn sie Pingpong spielten. Ihr Herz schlug höher, ganz besonders als er sie fragte, ob sie auch mit ihm eine Partie spielen wolle. Sie hatten so viel Spaß zusammen und sie vergaß oft, dass sie nicht allein waren. Oft hatte sie sich vorgestellt, wie es wohl wäre, wenn sie sich wirklich zufällig hier allein träfen. Sie würden miteinander reden und vielleicht ohne Zuschauer Tischtennis spielen. Einmal träumte sie sogar von ihm. Sie waren allein in dem Kellerraum und er nahm ganz sacht ihre Hand in seine und küsste sie vorsichtig auf den Mund. Ganz aufgeregt wachte sie auf und wusste gar nicht, was mit ihr los war.

Einige Wochen später, die Sommerferien waren fast zu Ende, war sie wieder bei ihrer Freundin. Der schöne Nachmittag war zu Ende und sie verabschiedete sich von der Familie, um nach Hause zu gehen. Da fiel ihr plötzlich ein, dass sie ihre Weste im Keller vergessen hatte. Sie borgte sich den Schlüssel und ging eilig hinunter in den leeren Raum. Allein fühlte sie sich da gar nicht wohl. Noch dazu war gar nicht abgeschlossen. Warum? Maria hatte doch vor ihren Augen zugesperrt. Da hörte sie plötzlich ein Geräusch und erschrak, als sie vor ihm stand. „Was machst du denn da?", stieß sie hervor. Er antwortete genauso hastig: „Äh, ich hab meinen Schläger vergessen. Und du?" „Hm, meine Weste. Ich hab meine Weste vergessen …" Mehr brachte sie nicht hervor. Es wurde ihr heiß und sie wusste so gar nichts mit der Situation anzufangen. So sehr hatte sie sich diese Situation herbeigesehnt, und jetzt konnte sie nur stottern: „Ich habe meine Weste vergessen." Ihm war die Lage scheinbar auch unangenehm. Er versuchte, locker zu wirken, und meinte noch, dass es heute ein schöner Nachmittag gewesen sei und dass er sich schon auf das nächste Mal freue.

Auf dem Heimweg war sie sehr verwirrt. Tausend Dinge gingen ihr durch den Kopf. Letztendlich war sie froh, dass er sie nicht geküsst hatte. Sie wollte lieber doch noch etwas damit warten.

# Spiele

Er war mit seiner Kollegin Susanne beauftragt, von der Gamescom in Köln einen Filmbeitrag zu erstellen. Sie waren am Abend zuvor angereist und schlenderten jetzt über die Messe, er mit der Kamera, sie mit dem Mikro, um Besucher zu interviewen. Einige der Menschen, die sie trafen, waren kaum von ihren Spielekonsolen zu trennen, bestenfalls ein oder zwei Fragen wollten sie beantworten, bevor sie sich wieder in ihre Spiele vertieften.

Dann fanden sie eine Blondine, die an einem Computer spielte und bereit war, ihre Fragen zu beantworten. „Das Spiel hier ist mir eh zu brutal, also kann ich auch mit euch reden", sagte sie, als Susanne sie fragte, ob sie ihr ein paar Fragen stellen könnten. Er schaltete seine Kamera ein und sah ihre grandiosen Augen und die weißblonden Haare. *„Ui",* dachte er, *„da haben wir ja ein hübsches Exemplar für unser Interview erwischt. Die gefällt mir. Aber jetzt muss ich mich erst mal konzentrieren."* Susanne stellte ihre Fragen, die hübsche Blonde lächelte bei jeder Antwort in die Kamera und beantwortete alle Fragen sehr professionell.

Als Susanne fertig ist, nimmt er die Kamera herunter und fragt sie, ob sie auch am Handy spielt. Sie ist irgendwie erstaunt, dass er sie anspricht, und antwortet ganz perplex: „Ähm, nein, nur am Computer." Ihre Blicke treffen sich und es scheint eine magische Kraft zwischen ihnen zu entstehen. Susanne bedankt sich bei der Blondine und sagt zu ihm: „Komm schon, wir müssen weiter."

Am nächsten Tag bekommt er die Nachricht von seinem Sender, dass er eine Dame aus München zurückrufen soll. In einer Pause gegen Mittag ruft er an und weiß sofort, als er die Stimme hört, dass es die Blonde vom Vortag ist. Sie erzählt ihm, dass sie etwas vergessen habe, das sie gern mit ihm besprechen wolle. Er schlägt vor, das am Abend zu tun, da er tagsüber keine Zeit habe. So verabreden sie sich um acht in seinem Hotel und sie bittet ihn noch, nichts von dem Interview zu senden, bevor sie sich unterhalten haben.

Als er ins Hotel zurückkommt, schaut er sich das Interview noch mal genauer an. Er lässt es dreimal vor und zurück laufen, bleibt immer wieder an ihren strahlend blauen Augen hängen, findet aber nichts Störendes, in dem, was sie gesagt hat. *„Was kann das sein?"*, denkt er bei sich, ist umso gespannter und freut sich auf das Gespräch mit ihr. Kurz vor acht geht er in die Lobby des Hotels und da sieht er sie auch schon. Wie grazil sie hereinkommt, ihre Beine sind auch so eine Augenweide, und als sie sich dann begrüßen, haben ihre Augen wieder diesen Glanz, den er schon im Film gesehen hat. In Wirklichkeit sind sie noch schöner.

Beim Abendessen bittet sie ihn dann, die Passage zu löschen, als sie ihren Arbeitgeber nennt, denn sie möchte nicht in Schwierigkeiten kommen. Er ist ein wenig überrascht und denkt: *„Das hätte sie mir doch auch schon am Telefon sagen können."* Nach kurzer Überlegung fragt er sie: „Sag mal, war das der einzige Grund, warum du mich treffen wolltest?" Sie wird rot und stottert: „Nein, ich wollte dich unbedingt wiedersehen, weil du mir gefallen hast." „Das ist ja toll, ich hatte den gleichen Gedanken, aber wie hätte ich dich finden sollen? Gut, dass du die Initiative ergriffen hast."

Ihr Gespräch beim Essen dauert noch ewig und danach begleitet er sie ins Hotel zurück. Außer einer kurzen Umarmung und einem Abschiedskuss vor dem Eingang passiert aber nichts weiter.

Auf dem Rückweg über den Rhein sieht er am Brückengeländer ein Schloss, auf dem ihre beiden Namen in einem Herz eingraviert sind. Er macht ein Foto davon, schickt es ihr und schreibt dazu: „Schau mal, was ich hier gefunden habe. Ich glaube, das ist ein Zeichen. Können wir uns morgen noch mal wiedersehen?" Sie antwortet, dass sie ihn und das Schloss gerne sehen möchte, und so verabreden sie sich für den nächsten Abend auf der Brücke.

Als sie sich wiedertreffen, ist es sehr windig und kalt auf der Brücke. Daher gehen sie in ein anderes Restaurant zum Abendessen und ihr Geplauder und Lachen fühlt sich für beide sehr gut an. Gegen elf schlägt er vor, sich zum Dessert ein paar Spielchen in ihrem Hotelzimmer zu gönnen. Der Nachtisch dauert dann fast die ganze Nacht.

# Ohne Worte

Es ist ein angenehm warmer Sommertag und ich habe gut eineinhalb Stunden Autofahrt vor mir. Die Wasserflasche steht in der Ablage bereit, das Radio ist an, es kann losgehen. Ich fahre sehr gern und kann die Ruhe dabei gut genießen. Leise Hintergrundmusik unterstützt mich dabei, die hektischen Gedanken an Arbeit und sonstige Erschwernisse zu verdrängen. Die Fahrt durch die hügelige Landschaft erfordert auch nicht viel Konzentration, weil ich den Weg sehr gut kenne und um diese Zeit meist wenig Verkehr herrscht.

Nach wenigen Minuten nehme ich die Auffahrt zur Schnellstraße und beschleunige entsprechend. Aber ich muss nicht hetzen, ich habe Zeit. Mit 100 km/h bin ich zufrieden und cruise gemütlich dahin mit meinem kleinen, roten Peugeot. Im Radio hat gerade eine Oldies-Sendung begonnen und Pat Boone säuselt sein „Don't Forbid Me". Die wenigen anderen Verkehrsteilnehmer, die hier unterwegs sind, überholen mich eilig, was mich kein bisschen stört. Nur ein Wagen bleibt hinter mir, wie ich sehe. *„Oh, noch ein Mensch, der sich nicht hetzten lässt",* denke ich und stimme mit Pat Boone in einen Zweiklang ein. Als der dunkelblaue VW nach zehn Minuten immer noch hinter mir ist, vertiefe ich meinen Blick in den Rückspiegel, um zu sehen, wer sich hinter der anderen Windschutzscheibe verbirgt. Ich sehe das Gesicht eines Mannes, aber der Abstand ist so groß, dass mehr auch nicht zu erkennen ist. Ich bremse leicht auf 90 herunter und bin mir sicher, er wird nun gleich überholen. So verringere ich jedenfalls unseren Abstand und kann das Gesicht im Rückspiegel nun besser erkennen. Das freundliche Lächeln eines Mittvierzigers bringt mich zum Schmunzeln. Als er wahrnimmt, dass ich bewusst nach ihm schaue, setzt er den Blinker und überholt mich. Im Vorbeifahren winkt er mir wie nebenbei zu, dann reiht er sich vor mir wieder ein. Ich winke zurück und nehme an, er wird gleich aufs Gas treten und seinen Weg allein fortsetzen. *„Das ist schade", denke ich. „Der sieht nett aus."* Wie erstaunt bin ich, als ich feststelle, dass er jetzt die 100 km/h sehr genau einhält. Die Musik im Radio nehme ich inzwischen kaum noch wahr. Einmal denke ich nur, es würde mich nicht wundern, wenn gleich „Im Wagen vor mir fährt ein junges Mädchen" erklingen würde. Das wäre sehr passend, nur dass ich kein mulmiges Gefühl habe und mich verfolgt fühle, sondern mich eher in angenehmer Begleitung wähne.

Der Blickwechsel im Rückspiegel ist spannend. Ich meine fast zu verstehen, was seine Augen sagen. Irgendwas in der Art wie: „Schade, dass wir nicht im selben Auto sitzen!" oder „Ich würde gern wissen, wohin du fährst". Was liest er wohl in meinem Gesicht? Sieht er mir meine Neugier an? Für wie alt hält er mich wohl?

Ein paarmal wechseln wir die Position, und bei jedem Überholvorgang zwinkern oder winken wir uns freundlich zu. Nach fast einer Stunde, die sich in Wirklichkeit viel länger angefühlt hat, sehe ich das Hinweisschild, das mich erinnert, dass ich nach einem Kilometer die Straße verlassen muss. Ich weiß nicht, wie weit er noch zu fahren hat, und ich bin gar nicht froh über das Ende dieser kurzweiligen Fahrt. Also beschließe ich, ihm irgendwie Bescheid zu geben, dass ich mich bei der nächsten Ausfahrt verabschieden muss, bleibe aber dabei hinter ihm. Ich blende ein paarmal auf, um ihn aufmerksam zu machen. Als er es bemerkt, blinke ich rechts und versuche, mit der Hand zu signalisieren, dass ich raus muss. Zum Abschied werfe ich ihm ganz frech einen Kussmund zu und winke noch einmal.

Dann die Überraschung: Kurz vor der Ausfahrt setzt auch er den Blinker, lacht offensichtlich sehr herzlich und fährt ebenfalls ab. Scheinbar kennt er sich hier aus, denn gleich hinter der nächsten Kurve ist ein großer, übersichtlicher Parkplatz, der zu einer Tankstelle gehört. Als er mit der Hand in die Richtung deutet und wieder rechts blinkt, schaut er mich fragend an. Die bittende Handbewegung zum Schluss verscheucht meinen kurz aufkeimenden Zweifel, ob das jetzt eine gute Entscheidung sei. Wir bringen unsere Autos nebeneinander zum Stillstand und steigen aus. Er wirkt nicht nur aus der Ferne so sympathisch, stelle ich fest. Und die angenehme Stimme, als er fragt: „Darf ich dich auf einen Kaffee einladen? Wäre doch schade, die schöne gemeinsame Fahrt einfach so enden zu lassen", tut ihr Übriges. „Ja, gern", antworte ich. „Was für eine schöne Idee!"

# Alphabetische Liebhaber

Das Fußballspiel war schlimm. Köln verlor schon wieder gegen die Bayern aus München. Dabei hatte er so gehofft, dass sie wenigstens ein Unentschieden schaffen würden. Aber schon nach 20 Minuten lag Köln 2:0 hinten. Das musste ja böse enden. Da, jetzt aber, eine Chance. Der Kölner Mittelstürmer allein vor dem Münchener Keeper, der Kölner Fanblock schreit wie aus einem Mund: „HAU IHN REIN!" Bange letzte Sekunden und dann tatsächlich: 2:1. Die Fans lagen sich in den Armen. Hoffnung keimte auf. Er merkte plötzlich, dass er eine Frau umarmt hatte, die in der Reihe vor ihm saß. Himmel, roch die gut. Er wollte sie gar nicht mehr loslassen. Sie drehte sich plötzlich um und er schaute in Augen, welche die graugrüne Farbe des Mittelmeers im Morgengrauen hatten. Spontan küsste er sie und sie ließ es geschehen.

Als das Spiel mit 1:4 für München endete, fragte er die Frau in der Reihe vor ihm: „Wollen wir draußen noch ein Bier trinken?" „Du meinst auf den Schreck oder wieso?" „Auf den Schreck, auf das Glück, dich hier getroffen zu haben, oder auf ein neues Spiel. Such es dir aus." „Na, dann komm, du Träumer." Auf der Plattform hinter der Tribüne drängten sich die Zuschauer an den Bierständen. Er schaffte es nach fast zehn Minuten, zwei Bier zu bekommen, und ging zu ihr zurück. Sie hatte neben dem Abgang gewartet. Sie prosteten sich zu und tranken beide fast das halbe Kölsch leer, das hier im Gegensatz zu den Kneipen in Halbliter-Plastikbechern verkauft wurde.

Beim dritten Bier mussten sie beide fast gleichzeitig zur Toilette und dort überlegte er, was er als Nächstes machen sollte. Als sie sich wiedertrafen, schlug er vor, die nächste Bahn zu nehmen und irgendwo in einer Kneipe die Niederlage weiter zu begießen. Sie war einverstanden. Die Bahn zur Innenstadt war mit anderen Fans und deren Gegröle so gefüllt, dass sie sich nicht unterhalten konnten. Erst als sie in der „Ubier Schänke" angekommen waren, konnten sie ihre Unterhaltung fortsetzen. „Gehst du oft zum FC ins Stadion?", war ihre erste Frage. „Eigentlich nicht, weil ich keine Connections habe, ist es schwer, an Karten zu kommen. Diesmal hat ein früherer Kollege, der bei REWE arbeitet, mir sein Ticket überlassen. Und du?" „Das ist lustig, ich gehe eigentlich gar nicht ins Stadion, aber mein Bruder ist großer FC-Fan und Klubmitglied. Er kommt immer an Karten und ich habe heute sein Ticket bekommen, weil er dringend auf eine Geschäftsreise musste."

Als sie sich noch ein bisschen nähergekommen waren, etwas gegessen hatten und es langsam Zeit zum Aufbrechen war, fragte er sie, wo sie wohne. „Nur drei Stationen mit der Bahn von hier, wieso?" „Na, da könnt ich doch noch ein Stündchen mitkommen." Sie schaute ihn fragend an und antwortete: „Ich sammle weder Briefmarken noch Fußballbildchen. Meine Sammelleidenschaft sind Männer. Du könntest mir gefallen. Und vor Jahren habe ich mir mal vorgenommen, das Alphabet vollzumachen. Einige habe ich schon, zwei Buchstaben, also das F und das S sogar doppelt, also musst du mir jetzt sagen, wie du heißt. Einen Doppelten brauche ich nicht schon wieder. Also?" „Oh, dann stehen meine Chancen gut, ich bin sicher, meinen hast du noch nicht.

Ich heiße Xaver." „Machst du mir jetzt auch nicht ein X für ein U vor?" „Nein, ganz sicher nicht." „Na, dann komm, auf geht's."

Ihre gemeinsame Nacht dauerte länger und er ging erst im Morgengrauen nach Hause. Sie hatte ihm noch gestanden, dass sie nur einmal eine längere Beziehung gehabt hatte. „Weißt du, die Idee mit den alphabetischen Liebhabern ist ja ganz nett, aber die meisten verschwinden auch nach einer Nacht wieder", hatte sie zu ihm gesagt. Er dachte darüber nach und nahm sich vor, sie heute Nachmittag anzurufen.

„Hallo, hier ist Xaver, hast du die Nacht gut überstanden?" „Ja, es war doch ganz nett mit dir. Wieso?" „Nun, ich wollte dich zum Essen in den alten Hafen einladen. Da gibt es ein nettes türkisches Restaurant. Kennst du das?" „Nein, aber du kannst mir ja den Link schicken. Sagen wir um sieben?" Er war erstaunt, wie schnell sie zugestimmt hatte. Beim Abendessen überfiel sie ihn dann mit Fragen: „Sag mal, wieso machst du das?" „Was denn?" „Na, mich gleich am nächsten Tag anrufen und zum Essen einladen?" „Ich finde dich sehr nett und wollte dich unbedingt wiedersehen." „Aber ich habe dir von meiner Marotte mit den Liebhabern erzählt. Schreckt dich das nicht ab?" „Wieso, hast du gerade noch einen anderen Liebhaber?" „Nein, aber wenn ich morgen einen kennenlerne, dann bist du abgemeldet. Du kennst doch das Lied: ‚Ich ben 'ne Räuber'. So ist das bei mir." „Bei mir nicht, aber das schreckt mich nicht ab. Ich werde alles tun, dass dir die Lust an anderen

Freiern vergeht." „Pah, da bin ich gespannt." Später landeten sie wieder in ihrer Wohnung und auch die zweite Nacht war sehr schön für beide.

In den nächsten Tagen und Wochen ging das so ähnlich weiter. Sie trafen sich nach der Arbeit, plauderten irgendwo und später waren sie in ihrer Wohnung zusammen. Er war kaum noch in seiner Behausung, nur zweimal waren sie in der Nacht bei ihm. Das brachte ihn auf die Idee, sie nach acht Wochen zu fragen, ob sie nicht zusammenwohnen wollten. „Wie stellst du dir das vor? Meine Wohnung ist ein Platz für Singles. Deine auch. Da können wir nicht zusammenwohnen." „Ich meinte ja auch, wir suchen uns was Gemeinsames." „Das hab ich noch nie gemacht und ich weiß nicht, ob das gut ist. Warum willst du das denn? Nur aus praktischen oder finanziellen Grünen?" „Nein, ich will so oft es geht, also immer, mit dir zusammen sein. Denn ich liebe dich."

„Ach Xaver, ich habe dir doch gesagt, ich bin ein Räuber. Wenn ich mit dir zusammenziehe, gebe ich meine Freiheit auf. Ich glaub, das kann ich nicht." „Was fehlt dir denn?" „Na, die Möglichkeit, jemand anders kennenzulernen." „Bin ich denn nicht genug?" „Ja, im Moment schon. Aber meinst du, das bleibt auch so?" „Ich bin sicher und ich meine, wir sollten es versuchen."

Sie stimmte am Ende zu und so machten sie sich auf die Suche nach einer geeigneten Bleibe. Der Makler, der ihnen die neue Wohnung zeigte, war sehr freundlich und sagte: „Wissen Sie, wenn ich jungen Paaren eine Wohnung vermitteln kann, ist das immer sehr schön für mich. Das erinnert mich an meine erste gemeinsame Wohnung mit meiner Frau." Die Wohnung gefiel ihnen und so nahmen sie die Mietverträge gleich mit, die sie dem Makler am nächsten Tag einscannen und zurücksenden sollten.

Als er anfing, den Vertrag auszufüllen, sagte sie zu ihm: „Ich bin froh, dass du mich überzeugt hast. Ich glaube jetzt auch, dass es richtig ist, dass wir zusammenziehen. Ich liebe dich und brauche keine anderen Männer aus dem Alphabet mehr." „Gut, dann kann ich dir ja jetzt auch sagen, dass ich nicht Xaver, sondern Friedhelm heiße." „Oh, du Schuft, wieso hast du mir da was vorgemacht?" „Na, du hattest erwähnt, dass du schon zwei F vor mir hattest. Sicher hättest du mich nicht mitgenommen, wenn ich die Wahrheit gesagt hätte."

# Nicht ganz zufällig?

Dass sie seit vier Jahren Single war, störte sie nicht mehr, sie konnte der Situation mittlerweile durchaus etwas Positives abgewinnen. Aber am Jahrestag wurde es ihr immer wieder ein bisschen bewusst. Es war ja kein gewöhnlicher Jahrestag, sondern gleichzeitig der Tag, an dem sie sich kennengelernt hatten, und ihr Trennungsdatum. Damals hatte sie es extrem schlimm empfunden, dass ihr langjähriger Lebenspartner ausgerechnet an diesem Tag mit ihr Schluss gemacht hatte. Für sie war das ein Schlag mitten ins Gesicht gewesen, ein Zunichtemachen aller schönen Erlebnisse. Es war mehr der Verrat an ihrer Liebe als das Verlassenwerden und es raubte ihr die Luft zum Atmen. Sie brauchte sehr lange, um darüber hinwegzukommen. Nur mehr dieses Datum im Kalender versetzte ihr noch kleine Stiche ins Herz, aber sie spürte, dass auch diese langsam, aber sicher weniger wurden.

Ihre beste Freundin Jasmine kannte das Dilemma gut und überlegte sich, wie sie ihr helfen könnte. Und so rief sie sie kurzerhand an und lud sie ein, am Abend mit ihr essen zu gehen, um auf andere Gedanken zu kommen. Sie war sehr froh darüber und nahm die Einladung gern an. Pünktlich um 18:00 Uhr kam sie also in die Pizzeria, wo Jasmine schon auf sie wartete. Die beiden teilten sich eine Pizza Diabolo, wie sie das schon oft gemacht hatten, und tauschten sich über die Erlebnisse der Woche aus. Jasmine vermied mit voller Absicht das heikle Thema. Sie wünschte sich nur, dass ihre Freundin sich wohlfühlte und gut über den Abend kam. Und das gelang ihr gut.

Als sie beim Dessert angekommen waren, fragte Jasmine: „Sag mal, hast du am nächsten Sonntag schon was vor?" „Nicht wirklich. Ich habe überlegt, meinen Bruder und seine Familie zu besuchen, aber das könnte ich auch am Samstag schon machen. Warum denn?" „Na ja, wenn du Lust hättest, ins Theater zu gehen, hätte ich eine Karte zu vergeben. Du weißt schon, von meinem Abo. Ich habe an dem Tag ein Klassentreffen und komme da sicher nicht zeitgerecht weg. Es wäre schade um die Karte. Du würdest mir eine große Freude machen, wenn du hingehst!" Sie entschied sich schnell. Im Theater war sie schon lange nicht gewesen. Jasmine holte das Ticket sofort aus ihrer Handtasche und drückte es ihr freudestrahlend in die Hand. „Oh, eine Komödie!", sagte sie aufgeregt. „Da bin ich ja schon gespannt!" Beide waren sehr zufrieden mit dem Abend. Die Gedanken an den verhängnisvollen Jahrestag waren wie weggeblasen.

Am folgenden Sonntag verbrachte sie viel Zeit mit dem Aussuchen ihres Kleides und mit dem Zurechtmachen ihres langen, blonden Haares. Schließlich gefiel sie sich ganz gut in dem blauen Kostüm und sie schaffte es, pünktlich das Haus zu verlassen. Sie kam gerade im Theater an, als der Einlass begann, und stellte sich gleich in die Reihe. Je näher man der Tür zum Saal kam, umso mehr wurde geschubst, weil sehr viele Menschen in der Eingangshalle waren. Der Mann hinter ihr stolperte plötzlich. Er verlor das Gleichgewicht und konnte sich gerade noch mit vollem Gewicht auf ihrem

Arm abfangen. Sie erschrak fürchterlich und fuhr erschrocken herum. „Sagen Sie mal, was ist denn mit Ihnen los?", rief sie aufgeregt. Er sammelte sich wieder und entschuldigte sich sehr höflich: „Bitte, entschuldigen Sie! Das war keine Absicht! Da war was auf dem Boden … Hab ich Sie verletzt?" Er prüfte sorgfältig ihren Arm, als wollte er sehen, ob er noch ganz war. „Nein, schon gut", schüttelte sie ihn ab. „Ich glaub, es ist alles in Ordnung. Geht schon wieder." „Da bin ich aber beruhigt. Bitte entschuldigen Sie noch mal!" Sie drehte sich wieder um und beide gingen langsam weiter Richtung Theatersaal.

Sie brauchte ein paar Minuten, bis sie ihren Platz im Parkett fand, und stellte fest, dass sie von hier aus gut zur Bühne sehen würde. Dann setzte sie sich in freudiger Erwartung der Aufführung hin. Die Dame links von ihr grüßte sie freundlich und fragte: „Hallo! Kann Jasmine heute nicht kommen? Schön, dass ihre Karte nicht verfallen muss!" Sie bestätigte das und warf einen Blick nach rechts, wo sich ihr anderer Sitznachbar gerade niederließ. Sie war sprachlos – genauso wie er im ersten Moment. Dann kam er als Erster zu sich und sagte: „Das ist jetzt aber eine Überraschung! … Ist der Arm wirklich okay?" Und dabei schmunzelte er. Da fielen ihr seine dunklen, freundlichen Augen auf. Endlich brachte sie auch etwas heraus: „Ja … Es tut nichts weh. Sie waren zum Glück nicht zu schwer." „Na, Gott sei Dank! Dann kann ja die Vorstellung bald beginnen … Übrigens, Jasmine hat mir gesagt, dass diesmal jemand anders kommen würde. Sie ist beim Klassentreffen, meine ich … Aber mit so hübscher Gesellschaft habe ich nicht gerechnet." Sie wurde verlegen und dachte kurz nach, ob Jasmine hier gewisse Hintergedanken gehabt haben könnte.

Er lud sie in der Pause als Wiedergutmachung für den kleinen, unabsichtlichen Überfall auf einen Kaffee ein. Zwei Wochen später erzählte sie ihrer besten Freundin, dass sie jetzt einen neuen Jahrestag in ihren Kalender eintragen könne. „Soso!", sagte Jasmine schmunzelnd und wollte wissen, wie es denn dazu gekommen sei.

# Fischköpfe

Sie war jetzt schon längere Zeit Single und hatte nach dem Debakel ihrer Ehe immer noch keine Lust auf einen neuen Partner. Dennoch ließ sie sich von ihrer Freundin überreden, sich bei der Singlebörse „fischkopf.de" anzumelden. Da sie vorsichtig sein wollte – schließlich wusste man nicht, wer das sonst noch sah –, schrieb sie nur ein paar Daten in ihr Profil und äußerte Wünsche an den idealen Partner, veröffentlichte aber kein Bild von sich.

Nach drei Monaten und fast 2.500 Zuschriften wollte sie sich schon wieder abmelden, da gab es ein erstes Match und sie antwortete einem Mann, der zu ihrem Wunsch nach mindestens ein Meter achtzig Körpergröße geschrieben hatte: „Da hab ich ja Glück, bin gerade 1,80 m groß." Nach einigen Dialogen hatten beide das Gefühl, den Partner auf der anderen Seite schon zu kennen. Dann fragte er in einer Chat-Message, ob sie sich nicht zum Essen treffen sollten. Sie zögerte und dachte einen Tag darüber nach. *„Was ist schon dabei?",* überlegte sie dann. *„Ich kann ja zur Not kurz nach dem Essen gehen, wenn er mir überhaupt nicht gefällt."* Also stimmte sie dem Treffen bei einem Griechen zu.

Als sie im Restaurant eintraf, war er schon dort und erwartete sie mit einer einzelnen Rose, die schon auf dem Tisch in einer Vase stand. Sie begrüßten sich vorsichtig und bis zur Essensbestellung wechselten sie nur wenige Worte. Jeder war offensichtlich darauf bedacht, zunächst einmal abzuwarten und den anderen zu beschnuppern. Er gefiel ihr allerdings ausgesprochen gut, seine Augen, seine dunklen Haare und der durchtrainierte Körper machten was her und sie stellte sich vor, wie es sein könnte, mit ihm zu kuscheln.

Schnell schob sie den Gedanken beiseite und musste ihn fragen, was er gerade gesagt hatte, denn sie hatte sich in Gedanken davontreiben lassen und seine Frage nicht richtig gehört. Also wiederholte er: „Hast du irgendwelche Hobbys?" „Ja, ich tanze sehr gern und fahre auch gern Fahrrad." Darauf er: „Würdest du auch einen Nichttänzer akzeptieren?" „Wie akzeptieren? Was meinst du?" „Na, als deinen Partner, wenn sonst alles passt?" „Wenn sonst alles passt und ich allein zum Tanzen gehen darf, könnte ich mich darauf einlassen. Aber wenn du nicht tanzt, vielleicht magst du es lernen und wir könnten doch zusammen tanzen. Wir könnten es ja zuerst zu Hause versuchen, wo uns keiner sieht." „Nö, besser nich'. Ich bin echt unmusikalisch und da hättest du keine Freude dran. Aber jetzt frag ich mal: Kannst du dir vorstellen, das Fahrrad gegen ein Motorrad zu tauschen?" „Hab ich noch nie versucht, aber ja, das würde ich probieren."

Der Kellner brachte ihre Moussaka und seine Grillplatte und so wurde das Gespräch unterbrochen. Bevor sie mit dem Essen anfingen, nahm er zuerst noch einmal das Weinglas, prostete ihr zu und sagte: „Ich bin sehr froh, dass wir uns per Fischkopf kennengelernt und hier getroffen haben, und ich bin glücklich, dass wir schon in den ersten Minuten so gut miteinander harmonieren. Lass uns drauf anstoßen, dass das so weitergeht und die Harmonie noch größer wird." Sie errötete leicht und antwortete: „Das könnte ich mir auch vorstellen."

Das Essen schmeckte beiden hervorragend und sie setzten ihren Dialog fort. So kamen sie im Laufe des Gesprächs darauf, dass einige ihrer Interessen sich unterschieden. Aber in einem Punkt stimmten sie definitiv überein: Beide hatten schlechte Erfahrungen hinter sich und wollten den anderen respektieren, wie er war, und nicht anfangen, an ihm oder ihr Dinge zu verändern. Als sie das ausgesprochen hatten, waren sie beide erstaunt, dass man bei einem ersten Treffen schon zu solchen Erkenntnissen und Schlüssen kommen konnte. Er bestellte noch zwei Gläser Wein und zwei Ouzo. Sie leerten den Ouzo zuerst und das lockerte die Zungen noch ein wenig mehr. Bei dem köstlichen Weißwein plauderten sie weiter und tauschten noch andere Dinge miteinander aus. Sie fanden heraus, dass beide gern verreisten, und als sie gerade von einem Trip nach Hamburg träumten, fragte er sie: „Wärst du sehr überrascht, wenn ich dich frage, ob du heute Abend noch mit zu mir kommen würdest?" „Ich wär nicht überrascht und ich würde Ja sagen."

Fünf Jahre später, nachdem sie ein Paar geworden waren und an vielen Wochenenden und in einigen Urlauben diverse Orte zusammen besucht hatten, trafen sie sich wieder beim Griechen und ließen ihre gemeinsame Zeit Revue passieren. Sie fragte: „Weißt du noch, was du mich damals gefragt hast?" „Ja sicher. Und ich würde es wieder fragen." „Und ich würde auch wieder Ja sagen. Bist du denn auch weiter damit einverstanden, dass wir zwar ein Paar sind, aber jeder seine eigene Wohnung hat?" „Hundert Prozent. Das ist für uns die ideale Lösung. Und, was mich besonders freut, ist die Tatsache, dass du jetzt auch den Motorradführerschein gemacht hast und wir bald zusammen Touren machen werden. Von so einer Partnerin habe ich immer geträumt. Was doch bei uns Fischköpfen alles möglich ist."

# Späte Liebe

Vor drei Monaten war sie in die Seniorenresidenz St. Ursula eingezogen. Nach dem Tod ihres Mannes, mit dem sie 63 Jahre verheiratet gewesen war, hatte sie das gemeinsame Einfamilienhaus mit Garten verkauft, denn mit ihren 87 Jahren war ihr die Pflege allein doch zu viel. Sie hatte nur ein paar lieb gewonnene Möbel mitgenommen. In den Apartments der Residenz war sowohl eine komplette Einbauküche vorhanden als auch ein sehr bequemes Bett. So hatte sie einen Ohrensessel, in dem ihr geliebter Heinz immer gesessen hatte, und einen Sekretär mitgebracht. Hierin verwahrte sie außer der aktuellen Korrespondenz und ihrem Laptop auch ein paar Fotos auf. Die vielen gesammelten Fotobücher, ein paar ihr wichtige Romane und Bildbände und auch ihre Ordner mit Dokumenten standen im Regal an der Ostwand des Apartments.

Inzwischen fühlte sie sich sehr wohl und nahm auch an einigen Angeboten des Seniorenzentrums teil. Oft ging sie in den Speisesaal zum Mittagessen, denn nicht immer hatte sie Lust, sich selbst etwas zu kochen. Zu den Spielenachmittagen ging sie bei schlechtem Wetter, denn solange die Witterung des angefangenen Herbstes es zuließ, unternahm sie lieber nachmittags einen langen Spaziergang. Dabei träumte sie sich zu ihrem Heinz, denn Spaziergänge waren auch in den letzten 20 Jahren eine liebgewonnene gemeinsame Unternehmung gewesen. Manchmal brachte sie ein paar bunte Blätter, Kastanien oder Nüsse mit aus dem Wald, mit denen sie dann etwas bastelte, das sie ihrem zehnjährigen Enkel bei seinem Besuch schenkte.

Heute war wieder ein strahlender Tag und sie nahm sich beim Mittagessen vor, eine lange Wanderung im nur ein paar Hundert Meter entfernten Wald zu machen. Meist ging sie allein, denn die meisten Bewohner im Heim waren eher Stubenhocker. Als sie losging, sah sie, dass ein Transporter vor dem Eingang wartete, aus dem zwei Männer Möbel ins Haus trugen. Ein gutaussehender Mann, der sicher in ihrem Alter war, stand dabei und dirigierte die beiden Männer. Es war ihm offensichtlich wichtig, dass den Möbeln beim Tragen keine Schäden zugefügt wurden, denn er ging jeweils vor den beiden Trägern her, hielt die Tür auf und begleitete sie zu seinem Apartment.

Sie grüßte freundlich und ging dann in den Wald. Dort dachte sie über den neuen Mitbewohner nach. Er hatte etwas Ähnlichkeit mit ihrem Heinz, war groß und schlank und sein graues Haar war gepflegt gestutzt. *„Ob der wohl ein Mensch ist, der auch gern spazieren geht?"*, überlegte sie. *„Ich muss ihn bei nächster Gelegenheit mal darauf ansprechen."*

Auf dem Rückweg überquerte sie gerade die Straße vor dem Seniorenstift, als der Mann aus dem Haupteingang kam und mit Baskenmütze und Stock bewaffnet offensichtlich spazieren gehen wollte. „Entschuldigen Sie bitte, Sie wohnen sicher schon länger hier und können mir einen Tipp geben, wo man hier spazieren gehen kann", sprach er sie an. Ihr Herz machte einen Sprung und sie errötete leicht. Er sah das und entschuldigte sich noch einmal. „Bitte verzeihen Sie meine überfallartige Frage, aber Sie sind mir eben beim Möbelausladen aufgefallen und daher habe ich es gewagt, Sie gleich einfach anzusprechen." Er stellte sich ihr vor, erklärte, dass er jetzt auch im Heim wohnen werde und dass er sich ja hier noch gar nicht auskenne. Sie stellte sich ebenfalls vor und sagte ihm, dass sie seit drei Monaten hier sei und auch gern spazieren gehe. Wenn er einverstanden sei, könnten sie doch ein Stück zusammen gehen. Dann könne sie ihm ein paar Wege zeigen. „Wunderbar, darauf hatte ich gehofft. Aber Sie waren doch schon unterwegs. Wird Ihnen das nicht zu viel, jetzt noch mal mit mir zu gehen?" „Wir müssen es ja nicht gleich übertreiben, eine kleine Runde schaffe ich noch und danach können Sie mich zur Stärkung auf einen Kaffee einladen."

So gingen die beiden also den Weg zurück, den sie eben gekommen war, und sie erklärte ihm einiges in der Umgebung. Er erzählte, dass er mit seiner Frau ins Seniorenheim hatte ziehen wollen und dass sie ihr Haus hatten verkaufen wollen. Dann sei sie plötzlich nach einem Herzinfarkt gestorben und so sei er eben jetzt allein hergezogen. Er erfuhr von ihr, dass ihr Mann auch vor einem Jahr plötzlich verstorben sei und dass sie es dann allein im Haus nicht mehr ausgehalten habe. „Meine Tochter hat mir angeboten, dass ich bei ihr wohnen könne und sie sich auch um mich kümmern wolle. Aber das habe ich abgelehnt. Ich will den Kindern und Enkeln nicht zu Last fallen. Die haben ihr eigenes Leben." „Mir trug mein ältester Sohn an, die kleine Einliegerwohnung in seinem Haus zu bekommen. Aber so wie Sie hab ich auch empfunden. Meine Frau und ich haben seit meiner Pensionierung alles allein gemanagt. Wieso soll ich plötzlich meine Kinder für mich sorgen lassen wollen? Erstens fühle ich mich mit meinen 89 noch nicht alt, kann noch gut allein für mich sorgen, und wenn das nicht mehr geht, sollen sich Profis um mich kümmern."

Sie unterhielten sich noch, als sie am Ende ihres Spaziergangs vor dem Café „Heimatblick" ankamen und sie ihn daran erinnerte, dass er ihr doch einen Kaffee schuldete. „Mit dem größten Vergnügen und ein Stück Kuchen dazu." Sie fanden einen Tisch am Fenster des Cafés, sodass sie sich weiter unterhalten und dabei aus dem Fenster sehen konnten. Allerdings ertappte sie sich immer wieder dabei, dass sie ihren neuen Nachbarn anschaute. Sie sah die vielen Lachfalten an seinen Augen und seine braunen Augen waren fast so dunkel wie die von ihrem Heinz. Er hingegen lächelte sie immer mal wieder an, wenn er sprach, und seine Geschichten hatten auch oft etwas Lustiges. Aus seinen Erzählungen hörte sie seinen feinen Humor und seine positive Lebenseinstellung heraus und das gefiel ihr sehr.

Am nächsten Tag sprach sie mit der Heimleitung und arrangierte, dass er mittags mit ihr an einem Tisch sitzen konnte. Sie bekam auch wieder einen Platz am Fenster, wo die Sonne sie beide in schönes Licht tauchen würde. Schon sehr früh ging sie zum Essen und erwartete ihn hoffnungsvoll. Gegen 12:30 Uhr kam er herein, sah sich suchend um und entdeckte sie im Sonnenschein. Er kam zu ihr an den Tisch und fragte höflich: „Darf ich bei Ihnen sitzen?" „Ja sicher, schauen Sie mal, Ihr Tischkärtchen ist schon da." Jetzt errötete er leicht und setzte sich mit einem Räuspern zu ihr.

Nach dem Essen unternahmen sie wieder einen Spaziergang und diesmal hakte sie sich bei ihm ein. Sie plauderten die ganze Zeit und merkten gar nicht wie die Zeit verging. Als sie am späten Nachmittag zum Heim zurückkamen, fragte sie ihn: „Sie haben doch sicher noch nicht viel eingekauft, wollen Sie bei mir zu Abend essen?" „Sehr gern. Und Sie haben recht, viel habe ich noch nicht. Das muss ich morgen mal nachholen. Aber eine Flasche Wein kann ich mitbringen. Mögen Sie Rioja?" „Ja, der erinnert mich an viele Urlaube in Andalusien."

So hatten sie auch gleich ein weiteres Thema gefunden, denn auch er war viel gereist und der letzte Urlaub mit seiner Elfriede hatte sie nach Sevilla und Córdoba geführt. Er hatte ein paar Bilder mitgebracht, die er ihr freudstrahlend zeigte. Sie holte eins ihrer Alben aus dem Regal und dann schauten sie zusammen die Fotos an, die ihr Heinz geschossen hatte, der begeisterter Hobbyfotograf gewesen war.

Beim zweiten Glas Wein sagte er zu ihr: „Ich finde, wo wir doch so nah beieinander wohnen, könnten wir uns auch duzen. Ich denke, als Älterer von uns beiden darf ich das vorschlagen." „Sehr gern, ich hab mich das nicht getraut." Der kurze Kuss nach dem Arm-in-Arm-Zuprosten gefiel beiden und so wurde es noch ein längerer Abend. Die Flasche Rioja war schon längst leer, als er sich verabschiedete und zu ihr sagte: „Wenn du mir eine Chance gibst, morgen früh etwas einzukaufen, kannst du gern um neun zu mir zum Frühstück kommen. Magst du Rührei?"

Das war der Beginn von vielen Tagen, die sie zusammen verbrachten. Ihre Mahlzeiten nahmen sie jetzt fast immer gemeinsam ein, mittags meist im Speisesaal und morgens und abends mal bei ihr, mal bei ihm. Eines Freitagabends hatten sie wieder einmal lange bei ihm geplaudert. Als sie in ihr Apartment gehen wollte, wagte er sie zu fragen: „Möchtest du heute Nacht hierbleiben?" „Das möchte ich gern, aber lass mich erst noch mal schnell nach Hause gehen und ein paar Sachen holen. Du weißt doch, Frauen brauchen da ein paar Utensilien mehr als Männer." „Es ist schön, wie du sagst, nach Hause gehen und ich wünsche mir, dass wir unser Zuhause hier im Heim noch lange genießen können. Beeil dich und lass mich nicht zu lange warten."

# Heimathafen 53 54 N, 9 97 O

Segelbegeisterte, Ski fahrende, geerdete, eigenständige, sprachaffine, kluge und attraktive Frau (fortysomething/168) mit Rückgrat, Gerechtigkeitssinn, Kindern und Neugierde in allen Lebenslagen hat Lust auf ein aufrichtiges und offenes Gegenüber zum Zeitteilen, gegenseitigen Bereichern, Lachen und – wenn die Chemie stimmt – Lieben und Grenzenausloten …

Er sah die Anzeige im ZEIT-Magazin und dachte, darauf muss ich antworten. Also schrieb er ihr eine E-Mail:

*Sender 54 32 N, 10 14 O an Heimathafen:*

*Hallo Fortysomething,*

*Deine Hobbys und Deine sonstigen Eigenschaften sprechen mich an und interessieren mich sehr, denn viele sind so ähnlich wie meine. Meine Segelbegeisterung stille ich auf einem Katamaran, mit dem ich oft kleine Törns auf der Ostsee fahre. Und obwohl die Fahrten mir immer etwas Ruhe und Entspannung bringen, so fehlt mir doch oft eine Partnerin, welche die Begeisterung auf dem Boot mit mir teilt. Ski fahren war ich früher auch oft, aber inzwischen ist mir die Anfahrt in die Alpen allein zu weit und zu stressig. Aber eine Schussfahrt zu zweit könnte ich mir sehr gut vorstellen. Zwei Kinder hab ich auch, die sind schon erwachsen, denn ich bin fiftysomething/178. Sprachinteresse und Neugierde sind ebenso vorhanden, sodass es mir scheint, wir müssen uns kennenlernen. Hast Du Lust, mein Boot und unsere Chemie mal am Wochenende mit mir zu testen? Dann melde Dich und wir machen etwas aus. Ich freu mich drauf.*

Ihre Antwort-Mail kam am nächsten Tag:

*Hallo Fiftysomething,*

*meine Neugierde ist groß, aber Du bist mir etwas zu stürmisch. Kann ich erst noch ein bisschen mehr von Dir erfah-*

*ren, wenn ich Dir auch etwas von mir erzähle? Wenn wir da-*
*nach beide immer noch der Meinung sind, einander kennen-*
*lernen lohnt sich, komme ich gern auf Dein Angebot zurück*
*und wir schippern mal Richtung Dänemark.*

*Also, um es genau zu sagen, ich bin 48, mein Mann ist mir*
*abhandengekommen, der wollte sich lieber mit einer jüngeren*
*Frau vergnügen. So lebe ich jetzt mit meinen beiden Töchtern*
*(16 und 14) an der Elbe, aber das hast Du sicher schon her-*
*ausgefunden. Ich arbeite als Dozentin an der Hochschule und*
*unterrichte Englisch, Spanisch und Projektmanagement für*
*Bachelorstudenten. Das bedeutet auch, dass ich finanziell*
*ganz gut dastehe und keinen Mann zum Überleben brauche.*
*Aber zusammen segeln, Ski fahren, spazieren gehen, reden,*
*lachen und mehr mit einem interessanten, attraktiven Mann,*
*das reizt mich schon.*

*Ich weiß, Männer brauchen auch was zum Anschauen. Da-*
*rum schicke ich Dir ein Bild von mir mit. Aber auch Frauen*
*schauen aufs Äußere. Und wenn ich Dir gefalle und Du mir*
*antwortest, schick mir bitte mal ein Bild von Dir mit.*

*Dann müssen wir uns nicht mit Rosen in der Hand treffen,*
*sondern wissen schon, wie das Pendant ausschaut. Wär*
*schön, wenn's passt.*

Er schaute sich ihr Bild lange an, sah die langen blonden Haare, die grünen Augen, die Sommersprossen und war begeistert. Er musste nicht lange
überlegen, nur wusste er nicht gleich, welches Bild er
ihr mitschicken sollte. Er durchsuchte seine Dateien auf
dem Laptop, dann entschied er sich für zwei Fotos: ein
Porträt von sich, das er vor einiger Zeit in einem Foto-
studio hatte machen lassen. Kein Bewerbungsfoto, sondern eines, wo er locker, aber ernst in einem Sessel saß
und in einem Buch las. Dabei hatte er auch seine Lese-
brille auf. Ein zweites Bild zeigte ihn lächelnd und braun
gebrannt mit Sonnenbrille auf seinem Segelboot am

Ruder. Das hatte ein Freund von ihm im letzten Sommer geschossen, als sie gemeinsam einen Wochenendtörn gemacht hatten. Seine Mail am späten Abend ging ihm dann ganz leicht von der Hand:

*Fiftysix an Fortyeight,*

*ich hab schon lange keine so attraktive Frau mehr gesehen. Ich träume schon davon, dass Du auf meinem Schiffchen mitfährst und ich Dich abends in einem netten Restaurant zum Fischessen ausführe. Dabei dann ein schönes Glas Weißwein und Deine Augen strahlen noch mehr als auf dem Foto.*

*Spaß beiseite. Ehrlich: Wenn Du mit meiner äußeren Erscheinung auch zufrieden bist, sollten wir wirklich ein Date ausmachen.*

*Vorher noch ein paar Daten von mir:*

*Meine Tochter ist 34, verheiratet und hat schon selbst eine kleine Tochter von knapp 2. Also hast Du es mit einem Großvater zu tun, der aber noch recht rüstig ist. Meine Tochter ist Gynäkologin und ihr Mann ist Zahnarzt. Um die beiden muss ich mir finanziell also keine Sorgen machen.*

*Mein Sohn ist 28 und schreibt gerade an seiner Doktorarbeit in Wirtschaftsinformatik. Er arbeitet am DIW hier in Kiel und wenn der mal fertig ist, sollte er auch ohne meine Unterstützung auskommen.*

*Meine Frau ist leider vor drei Jahren nach längerer Krankheit verstorben und jetzt hab ich die Trauerphase hinter mir gelassen. Auch wenn in ruhigen Stunden immer mal wieder schöne Erinnerungen hochkommen. Aber inzwischen finde ich das gut und freue mich, dass wir das hatten, und bin nicht mehr traurig, dass sie weg ist.*

*Meine Arbeit als Tierarzt in eigener Praxis gefällt mir auch nach vielen Jahren noch, aber ich denke, mit 60 ist's genug. Dann konzentrier ich mich aufs Segeln, Lesen und Filmen. Vielleicht mach ich ab und zu ein Gutachten, so als kleine*

*Pensionsaufbesserung. Aber ansonsten lass ich es mir dann einfach gut gehen. Wär schön, wenn Du zeitweise dabei wärst.*

Sie schaute am nächsten Morgen gleich in ihre Mails und bevor sie den Text las, blieb sie zuerst ein paar Minuten bei den Bildern hängen. Beide zeigten einen aus ihrer Sicht ganz anderen Menschen. Welchen davon wollte sie kennenlernen? Dann las sie die Mail und wusste es.

*Hallo Du Lieber,*

*ich komme gern nach Kiel und heuere für ein Wochenende auf Deinem Schiff an. Du wirst mir sagen, welche Arbeiten ich übernehmen soll. Und dann haben wir viel Zeit, das Gelesene zu vertiefen und die Bilder mit der Wirklichkeit abzugleichen. Passt es Dir am kommenden Samstag? Ich denke, ich könnte gegen neun in Kiel sein, damit wir was vom Tag haben. Besorgst Du mir ein Hotelzimmer? Oder kann man auf Deinem Kat übernachten? Egal wie, ich freu mich drauf.*

Er las ihre Zeilen in der Mittagspause in seiner Praxis und entgegen seinen sonstigen Gepflogenheiten antwortete er ihr direkt. Sonst machte er private Dinge immer erst abends, aber das hatte jetzt Vorrang.

*Hallo mein blonder Leichtmatrose,*

*Samstag um neun passt prima. Auf dem Boot schlafen musst Du nicht; da meine Kinder ausgezogen sind, habe ich zwei schöne Gästezimmer daraus gemacht. Du kannst Dir aussuchen, ob Du im Mädchen- oder im Jungenzimmer nächtigen willst. Eine Wegbeschreibung zu meinem Boot hänge ich Dir an.*

*Auf alle Fälle bin ich schon ein bisschen nervös, aber ich freue mich sehr auf Dich und unser erstes Wochenende.*

Am Samstag um sieben fuhr er zum Hafen, verstaute die Vorräte in den Schränken und im Kühlschrank und brachte sein Boot auf Hochglanz. Kurz vor neun war er fertig und erwartete sie an Deck, der Sekt war schon gekühlt und er war wirklich sehr aufgeregt. Schließlich hatte er seit dem Tod seiner Frau kein Date mehr gehabt. Dann sah er sie auf sein Boot zuschlendern. Sie hatte sich ein Kopftuch um die langen Haare geschlungen, trug eine weiße Segeljacke und blaue Shorts. Er fand sie wunderschön und ihm fehlten die Worte, als sie aufs Boot überstieg. Er reichte ihr die Hand und sie sagte: „Hallo Skipper. Wollen wir uns erst mal richtig begrüßen?" „Ja sicher, komm an Deck beziehungsweise unter Deck." Dort öffnete er den Sekt, schenkte ihr ein, für sich selbst aber nur einen kleinen Schluck. Denn vor einem Törn trank er sonst nie Alkohol, heute durfte die kleine Ausnahme sein. Sie stießen an, er nahm sie in den Arm und sie küssten sich ganz vorsichtig.

Später, als sie einige Meilen draußen waren, setzte sie sich neben ihn ans Steuer, legte ihren Arm um seinen Rücken und sagte: „Ich glaube, das ist der Anfang eines schönen Törns und ich freue mich auf viele weitere mit dir. Wenn du also ab und zu einen Leichtmatrosen brauchst, lass es mich wissen." „Du bist jederzeit herzlich willkommen und das gilt nicht nur für mein Boot."

# Dienst ist Dienst

Er hatte schon in drei Berufen gearbeitet. Mit 18 Jahren war er gelernter Mechaniker und glaubte, die nächsten 100 Jahre mit seiner Lieblingsbeschäftigung Geld zu verdienen. Aber der Job war hart. Als Neuling in der Firma bekam er nur die unangenehmen Arbeiten zugeschanzt. Er ging jeden Tag so schmutzig nach Hause, dass er ewig brauchte, das Öl und den Geruch abzuwaschen. Man hatte ihm gesagt, wenn er die Lehrjahre hinter sich hätte, würde alles besser. Aber das empfand er ganz und gar nicht so. Und so schmiss er nach drei unendlich langen, anstrengenden Jahren alles hin und sattelte um.

Mit seiner Ausbildung war es für ihn nicht schwer, bei einem Autoteilehandel unterzukommen. Er kannte sich mit Autos und ihren Einzelteilen gut aus und es machte ihm Spaß, Leute zu beraten und ihnen Tipps für den Einbau zu geben. Für ein paar Jahre war das sehr zufriedenstellend. Dann ging die Firma pleite und er war wieder auf der Suche.

Er hatte also eine abgeschlossene Lehre, Erfahrung als Mechaniker und Verkäufer anzubieten. So wurde er über das Arbeitsamt mehrmals an Firmen vermittelt, die seinem Wissen und Können entsprechen sollten. Aber nirgends hielt es ihn. Letztendlich versuchte er sein Glück als Fahrer in einem großen privaten Busunternehmen. Das gefiel ihm sehr. Er kam in der Welt herum, lernte viele Menschen kennen, natürlich auch Frauen, und verdiente so viel, dass er sich sein Hobby, das Herumbasteln an alten Autos, gut finanzieren

konnte. Was ihm aber so guttat und seinem sprunghaf-
ten Naturell sehr entgegenkam, gefiel seinen Freundinnen gar nicht. Keine blieb bei ihm. Wie sollte er eine
feste Beziehung pflegen, wenn er ständig unterwegs
war, manchmal sogar eine ganze Woche oder länger?
Er verstand die jungen Frauen sogar, die sich nach
Nähe und Zärtlichkeit sehnten, die er ihnen nicht immer
geben konnte. Er musste mit seinen 30 Jahren wohl
doch mal überlegen, was ihm wichtig war. Und irgendetwas in ihm hielt schon Ausschau nach einem Arbeitsplatz, der beziehungsfreundlich wäre und gleichzeitig
für ihn erfüllend.

Als er in der Zeitung die Annonce las, in der Kindergar-
tenassistent(inn)en gesucht werden, musste er zuerst
lächeln. Das ist doch ein Frauenjob, dachte er, nichts
für ihn. Er überflog die Stellenbeschreibung und merkte,
dass der Gedanke gar nicht so abwegig sei. Hausarbeit
müsse er zu Hause auch machen, das konnte er. Kinder
mochte er immer schon. Und mit Menschen arbeitete er
auch gern zusammen. Er erfüllte alle Voraussetzungen.
Und er würde jeden Tag nach Hause kommen, ja richtig
sesshaft werden. Ein paar Nächte schlief er noch darüber, dann beschloss er, das Busfahren an den Nagel
zu hängen und den Schritt in eine ganz neue Richtung
zu wagen.

Der Einstieg war nicht ganz einfach. So trivial war das
mit den Hausarbeiten doch nicht. Es war etwas anderes, zu Hause aufzuräumen, Wäsche zu waschen und
Essen zuzubereiten, als die wirtschaftlichen Tätigkeiten
in einem Kindergarten zu stemmen. Alles musste nach

strengen Hygieneregeln geschehen und die Arbeitsbereiche waren so vielfältig, dass er eine Weile brauchte, bis man sagen konnte, er sei gut eingearbeitet.

Bei diesem Eingliederungsprozess wechselte er auch zweimal den Standort. Aber er verzweifelte nicht, im Grunde gefiel ihm die Arbeit.

In der Zwischenzeit hatte er sich mit einigen Freundinnen von früher getroffen. Und wie es schien, war vielleicht nicht nur die räumliche Entfernung schuld gewesen, dass es nicht gepasst hatte. In seiner Arbeitsstelle war er der einzige Mann unter 21 Frauen. Und er verstand sie nach zwei Jahren noch immer nicht. Er hatte nie geahnt, wie viele Facetten die Kommunikation zwischen so vielen weiblichen Wesen haben kann. Da war alles drin, laut und leise, ehrlich und unehrlich, von Neid durchflutet oder auch von Einfühlungsvermögen. Aus winzigen Mücken wurden riesige Elefanten. Was er in einem Satz sagen würde, wurde einen ganzen Tag lang zum Thema.

Nur eine war, so schien es ihm, anders. Sie hielt sich aus allen Debatten raus und machte einfach gern ihre Arbeit. Und eine Augenweide war sie obendrein. Sie war letzten Monat ins Haus gekommen und hatte sich schnell zurechtgefunden. Sie war fast so alt wie er und hatte schon ein bisschen Berufserfahrung. Er wusste von ihr, dass sie auch Single war und dass sie einen weiten Anfahrtsweg hatte. Das nahm er beim Mittagessen in der Küche zum Anlass für ein Gespräch. „Wie schaffst du das, dass du immer pünktlich bist, bei der langen Fahrzeit?" „Na, das ist ja einfach. Man muss nur früh genug wegfahren", meinte sie und lachte fröhlich.

„Das schaffen bei uns nicht alle, auch ohne lange Fahrzeit", sagte er mit einem Schmunzeln. „Ich weiß, aber mir ist das wichtig." Dann nahm er sich ein Herz und fragte sie: „Morgen haben wir fast zur selben Zeit Dienstschluss. Darf ich dich nach Hause bringen? Ich muss auch in deine Richtung." Sein Blick hatte beinahe etwas Flehendes. Sie sah ihm in die Augen und war wohl auch dieser Meinung. Also nahm sie das Angebot an. Von da an fuhren sie mittwochs immer gemeinsam nach Hause. Und sie wunderten sich, dass das niemand im Team bemerkte. Das würde reichlich Gesprächsstoff geben, waren sie sich einig.

Es dauerte gar nicht lange, da freuten sie sich schon beide auf den nächsten Mittwoch. Im Kindergarten hatten sie kaum miteinander zu tun, konnten aber ab und zu einen kurzen Blick voneinander erhaschen. Und sie fühlten sich immer mehr zueinander hingezogen. Er fand sie jeden Tag ein bisschen hübscher, meinte sogar, dass sie sich mittlerweile für ihn noch mehr ins Zeug legte. Sie trug ihr Haar etwas kürzer und schminkte sich etwas stärker als früher. Das hatten übrigens die aufmerksamen Kolleginnen auch schon bemerkt. Weil sie aber immer ausweichend reagierte, wenn man sie darauf ansprach, ob sie denn verliebt sei, machte es sich eine Mitarbeiterin zur Aufgabe, genauer hinzuschauen. Diese war es auch, die den liebevollen Blickwechsel der beiden irgendwann registrierte und postwendend das Gerücht in die Welt setzte, er und sie hätten was miteinander.

Was für eine Katastrophe! Eine Liebesgeschichte im Kindergarten! Das ging gar nicht. „Dienst ist Dienst und

Schnaps ist Schnaps" heißt es so schön. Natürlich leugneten beide, als das Thema bis zur Leitung getragen wurde. Es gab auch noch nichts zuzugeben. Sie waren ja wirklich nur zusammen im Auto gefahren. Das glaubte ihnen aber bald niemand mehr und das dumme Gerede nahm kein Ende. Und so blieb ihnen nur eins: Mindestens einer von ihnen musste sich um Versetzung bemühen. Am besten er, denn mit diesem Ruf war er in dem Haus am Ende.

Letztendlich gingen beide. Und sie beschlossen, erst einmal ihre Mittwochstreffen auf andere Art fortzusetzen.

# Täterä

Sie sah bezaubernd aus in ihrer rot-weißen Uniform und als er sie bei ihrem Auftritt erblickte, wurde ihm ganz anders. Sie schwang die Beine höher als die anderen Mädels und ihr Lächeln wirkte echt. Kaum war ihr Auftritt im Gürzenich vorbei, verschwand die ganze Truppe von der Bühne und draußen in einen Bus. Er hatte also keine Chance, sie anzusprechen. Als er nach seinem Auftritt mit den blauen Funken abends nach Hause kam, war sie immer noch in seinen Gedanken präsent. Er meinte gesehen zu haben, dass ihre Haare unter der Perücke dunkel waren und ihre Augen ebenfalls. Todmüde fiel er in sein Bett und im Traum tanzte er mit ihr gemeinsam auf der Bühne des Gürzenich, diesmal waren sie beide in der Uniform der Prinzengarde gekleidet und sie waren das Tanzpaar der Garde.

Am nächsten Morgen musste er wie immer zur Schule, aber er konnte sich nicht konzentrieren. Immer noch schwirrte die rot-weiße Schönheit in seinem Kopf herum. Er musste einen Weg finden, sie wieder zu sehen. Aber wie? Als er im Geschichtsunterricht gefragt wurde, ob er sein Referat über die Machtergreifung der Nazis vortragen könne, stotterte er nur herum und sagte, das habe er heute vergessen. Der Lehrer war ärgerlich und meinte: „Was ist denn mit Ihnen los? Sie waren doch für heute eingeplant. Das gibt einen Punktabzug." Er schaute in seinen Kalender und sagte: „Also, dann sind Sie am Donnerstag nach Karneval dran und diesmal bringen Sie ihr Referat mit, sonst können Sie sich eine gute Note abschminken."

Da fiel es ihm ein. Am Rosenmontag würden die roten Funken genau wie er im Zug mitgehen, er musste nur nach der Reihenfolge der einzelnen Truppen schauen und am Zugende schnell die rote Garde suchen, bevor sie sich in alle Winde zerstreute.

Der Rosenmontag war dieses Jahr ein strahlender Tag und die Jecken im Zug und in den Straßen genossen es in vollen Zügen. Die Sonne, der blaue Himmel, das viele Kölsch, Kamelle, der Traum jedes Rheinländers war komplett. Als das Lied „Eimol Prinz zo sin" gespielt wurde, träumte er vor sich hin und sah seine rot-weiße Prinzessin vor sich. Dabei hätte er fast mit seiner Holzflinte einen Zuschauer getroffen, als er mit seinen Kollegen auf der Straße tanzte. Nach fast sechs Stunden war das Spektakel vorbei und er hatte einige der schlanken Gläser geleert. Seine Kollegen von den blauen Funken wollten ihn mit in die Vereinskneipe nehmen, aber er spielte den Betrunkenen und sagte, er müsse nach Hause. Dann rannte er so schnell er konnte den Karnevalszug rückwärts entlang, denn er hatte vorher herausgefunden, dass die roten Funken dieses Jahr etwa 15 Trupps hinter ihnen aufgestellt waren. Wenn er also Glück hatte, waren sie noch nicht am Ziel angekommen.

Es war gar nicht so einfach, zwischen den Zuschauern durchzukommen, und so ging er kurz danach vom Gehweg zurück auf der Straße den Karnevalstrupps entgegen. Bei Musikkapellen war das schwierig, denn die nahmen die gesamte Straßenbreite ein. So ging er einfach mitten zwischen den Musikanten hindurch und summte das jeweilige Lied mit, das die Bands spielten.

Nach 20 Minuten kamen die Roten Funken ihm entgegen und er hielt nach ihr Ausschau. Sie tanzte gerade und schlug Rad auf dem Asphalt und die Zuschauer klatschten ihr Beifall. Jetzt, da er sie gefunden hatte, wusste er nicht mehr, wie er sie denn ansprechen sollte. Er konnte ja in seiner blauen Uniform nicht einfach zwischen die Roten springen und mit ihr tanzen. Also mischte er sich zuerst mal unter die Zuschauer und überlegte, was er tun könne. An der nächsten Ecke war eine Kneipe und er holte schnell zwei Kölsch. Als sein Tanzmariechen vorbeikam, sprang er auf sie zu, reichte ihr ein Kölsch, küsste sie und fragte: „Willst du mal mit einem blauen Funken tanzen?" Sie war ganz perplex, antwortete zunächst nicht und leerte das Glas in einem Zug. Dann fragte sie: „Woher wusstest du, dass ich Durst habe?" „Das hab ich nur geahnt, aber was ist jetzt mit unserem Tanz?"

Sie hakte sich bei ihm ein und zunächst drehten sie einige Pirouetten, dann hob er sie hoch und trug sie auf einem Arm, sie sprang herunter und schlug ein Rad, dann zurück in seine Arme. Als er sie auffing, küsste er sie wieder und diesmal war es schon mehr als nur ein kurzes Bützchen, wie es im Karneval üblich ist. Die Zuschauer hatten ihre Freude an dem blau-roten Paar und angestachelt durch Zurufe und Klatschen tanzten die beiden weiter dem Zugende entgegen. Als sich dann die Truppe auflöste, kam ein Gardeoffizier zu ihm und meinte: „Deine Uniform hat die falsche Farbe, überleg mal, ob du zu uns wechseln willst." „Vielleicht nächstes Jahr", sagte er, nahm sein Mariechen bei der Hand und zog sie davon.

In einer Kneipe in der Altstadt fanden sie neben vielen anderen Gästen noch ein Plätzchen. Dies aber nur, weil viele Gäste wegen der angenehmen Temperaturen draußen feierten. Drinnen gab's Kölsch, Frikadellen und Halve Hahn, denn beide hatten inzwischen auch Hunger bekommen. Sie unterhielten sich kaum, denn die Musik war zu laut, aber ihre Küsse wurden immer intensiver. Am Abend brachte er sie mit der Straßenbahn nach Hause. Sie wohnte in einem großen Mehrfamilienhaus und nahm ihn mit in den Hausflur. Dort küssten und streichelten sie sich noch mehr als bisher und sie zog ihn den Kellerabgang hinunter. Hier stellte er seine Knarre ab, zog ihr das Spitzenhöschen aus und dann gab es kein Halten mehr.

Acht Wochen später hatte er seine Abiturprüfung und sie überraschte ihn mit einem kleinen Geschenk, nachdem er bestanden hatte. Eine kleine silberne Kanone auf einem Holzstück mit der Aufschrift: „Du bist der Knaller!". Den ganzen Sommer lang trafen sie sich fast täglich, bis er im September zum Studium nach Freiburg aufbrach. Dort tauschte er den Kölner Fasteleer gegen die alemannische Fasnet und lernte eine Vertreterin der Gigili-Geister kennen. Da er sie zuerst an der Uni ohne die traditionelle Verkleidung sah, war er nicht erschrocken, sondern sehr angetan von ihrem Äußeren. Im nächsten Frühjahr bekam er auch eine schwarz-rote Geister-Verkleidung der Zunft und sie zogen gemeinsam durch die Freiburger Altstadtstraßen. Damit war das rot-blaue Tanzpaar vom Kölner Karnevalszug Geschichte.

# Gemischtes Doppel

Die Party war eine Wucht! Tolle Musik, herrliches Essen, köstliche Cocktails und ganz viele Freunde und Freundinnen um mich herum. Wir hatten Spaß ohne Ende und die Nacht wurde dabei zum Tag. Nur eine konnte leider nicht dabei sein, meine Schwester. Sie hatte schon den halben Tag Kopfschmerzen gehabt und beschlossen, zu Hause zu bleiben. Sie musste nach dem Wochenende für den Job fit sein. Die ganze Nacht durchmachen wäre nicht besonders förderlich gewesen. Also ging ich diesmal allein.

Die Gastgeberin war Isabell, eine unserer Schulfreundinnen aus dem Gymnasium. Was genau der Anlass war, hatte nicht in der Einladung gestanden. Ihr Geburtstag war es nicht, denn ich wusste, dass sie im Winter geboren wurde. Und jetzt war es Sommer. Ein Klassentreffen war es ebenfalls nicht. Ich sah auch viele Leute, die wir gar nicht kannten. Als ich sie darauf ansprach, meinte sie nur: „Ach, ich hatte einfach Lust, es mal wieder ordentlich krachen zu lassen. Dazu brauche ich keinen Anlass. Genieß einfach den schönen Abend hier! Lass es dir gut gehen! Prost, Süße!" Und das tat ich. Es war nicht schwer in dem traumhaften Garten mit den vielen Lichtergirlanden und dem ebenso beleuchteten Pool in der Mitte. Die Stimmung konnte gar nicht besser sein. Ich unterhielt mich mit Freunden, die ich schon lange nicht gesehen hatte, und tanzte mich durch die Szene, bis mir die Füße wehtaten und ich mich am Poolrand ein wenig ausruhen wollte.

Mit den Nachbarn musste Isabell einen besonderen Deal haben, dachte ich, denn die Musik aus der Stereoanlage war alles andere als auf Zimmerlautstärke. Gegen Mitternacht klärte sich dieser Punkt für mich schließlich auf. Einige der Nachbarn waren eingeladen. ER war einer von ihnen. Plötzlich stand er vor mir, als dunkle Silhouette, denn er befand sich genau im Lichtschein einer Gartenlaterne. „Hallo, du sitzt hier so allein. Darf ich dir Gesellschaft leisten?", fragte er. Seine Stimme klang sehr sympathisch, also hatte ich nichts dagegen einzuwenden. Als die dunkle Gestalt aus dem Lichtschein trat, entpuppte sie sich als äußerst gut aussehender junger Mann. Wir stellten uns vor, prosteten uns mit den Cocktails zu und machten Witze darüber, dass Isabell wohl einen guten Grund gehabt hatte, die Nachbarn einzuladen. Wir fanden die Idee aber ausnehmend gut. Als unsere Gläser leer waren, fragte er: „Bist du eigentlich der Einladung gefolgt, dein Badezeug mitzunehmen? Wäre doch nett, so ein mitternächtliches Geplansche, oder? Was meinst du?" Schon etwas angeheitert, gab ich zu: „Ja, ich bin für alle Fälle gerüstet. Bin gleich wieder da."

Als ich im Bikini zurückkam, war er auch schon umgezogen. Die Luft war immer noch warm. Das hochsommerliche Wetter war ideal für dieses Fest. Auch die Wassertemperatur war noch sehr angenehm. Und die meisten Gäste waren noch auf der Tanzfläche, nur ganz wenige im Pool.

Um vier Uhr früh schrieb ich meiner Schwester eine Nachricht, dass ich bei Isabell noch ein paar Stunden schlafen und erst dann nach Hause kommen würde.

Ganz romantisch hatte unsere Gastgeberin auf dem Dachboden ein Matratzenlager eingerichtet. Sie rechnete wohl damit, dass es einige fahruntaugliche Überbleibsel geben würde. Ich schlief wie ein Stein und erschien erst kurz vor zehn beim Frühstück. Er war gerade im Aufbruch und sprach mich freudestrahlend an: „Hi, guten Morgen, Langschläferin! Schön, dass ich dich noch sehe!" „Guten Morgen! Wann hat man dich denn aus dem Bett gejagt?", fragte ich erstaunt. „Ich war schon früh wach. Ich freu mich schon auf unseren netten Abend heute und hab noch einiges vorher zu erledigen. Ich hab nämlich eine Überraschung für dich!"

Ach ja! Da fiel es mir wieder ein. Nach der angeregten Plauderei im Schwimmbecken hatten wir uns für heute Abend verabredet. Aber er wusste nicht, dass ich für ihn auch etwas in petto hatte. „Soso, eine Überraschung also. Da bin ich aber gespannt", gab ich zurück. Mit einem fröhlichen „Dann tschüss, bis heute Abend! Ich hol dich dann wie vereinbart ab" verschwand er durch die Tür.

Jetzt hoffte ich, dass meine Schwester sich gesund schlafen konnte und ihre Kopfschmerzen los war, denn es war wieder einmal Zeit für einen netten Spaß, wie wir ihn schon lange nicht hatten. Man muss dazu wissen, wir sind Zwillinge. Eineiige Zwillinge. Und wir gleichen uns wirklich wie ein Ei dem anderen. Seit wir denken können, haben wir diesen Eindruck auch noch bewusst verstärkt, indem wir uns oft komplett gleich kleideten und schminkten. Sogar Friseurtermine nahmen wir gemeinsam wahr. Erst vor Kurzem stiegen wir Hand in Hand von unserer Naturfarbe Blond und schulterlangen

Locken auf einen Kurzhaarschnitt in einem kessen Rot um. Diese Ähnlichkeit machte unserer Umwelt immer zu schaffen. Sogar unsere Mutter musste zweimal hinsehen, bevor sie uns mit Namen ansprach. Sie behauptete immer, uns an der Art, wie wir uns bewegen, auseinanderzuhalten, und lag meistens richtig. Aber niemand sonst schaffte das. Wir hatten früh Spaß daran gefunden, die Welt zu narren, ganz besonders die männliche. Dabei war es stets festes Gebot, nichts Ernstes daraus werden zu lassen, bis ans Licht kam, dass wir ein doppeltes Lottchen sind. Unser Ziel war nie sexueller Art, sondern einfach nur der Spaß daran, Reaktionen zu erkennen und den Überraschungseffekt zu genießen, wenn wir unser Geheimnis lüfteten. Und bei meiner gestrigen Eroberung war mir sofort klar, das wird ein Fall für uns. Er war sehr sympathisch und nett, unterhaltsam und einem weiteren Treffen offensichtlich nicht abgeneigt.

Mein Schwesterherz fühlte sich wieder wohl und war von der Aussicht auf ein bisschen Spaß begeistert. Also setzten wir uns gemütlich zusammen und besprachen alle Einzelheiten. Ich erzählte ihr alles, worüber wir auf der Party gesprochen und was wir gemacht hatten. „Und im Pool?", wollte sie wissen. „Habt ihr da nicht ein bisschen herumgeknutscht?" „Nein, es war nur unheimlich lustig mit ihm und er war total anständig", erklärte ich. „Das Knutschen haben wir den anderen im Wasser überlassen. Nur vor dem Schlafengehen, selbstverständlich auf getrennten Matratzen, versuchte er, einen kleinen Gutenachtkuss zu erhaschen. Hat aber nicht geklappt. Ich hab ihm nur einen Kussmund zugeschickt und ihm beschwipst zugewunken."

Pünktlich um 18:00 Uhr stand er vor dem Haus und war sehr erfreut, als er mich herauskommen sah. Nur dass ich eben nicht ich war. Mal sehen, wie lange er brauchen würde, den Zauber zu durchschauen.

Vor Mitternacht kam sie nach Hause und fand mich sehr neugierig im Wohnzimmer vor. Es wurde eine weitere lange Nacht mit ihren Erzählungen. „Sag schon, was war seine Überraschung?", wollte ich unbedingt wissen. Damit hatte er mich wirklich etwas neugierig gemacht. Das wäre fast ein Grund gewesen, selbst zu dem Date zu gehen. „Ja, stell dir vor, er hat für mich gekocht. Rindsbraten mit Gemüse und Kartoffeln und ein himmlisches Cremedessert. Das war so was von lecker, sag ich dir!", erzählte sie in hellauf begeistert, als hätte er ihr die Sterne vom Himmel geholt. Ich weiß nicht, warum und was, aber ich hätte etwas anderes erwartet. „Oh! Das ist ja aufregend. Ich dachte, er würde dich vielleicht fein ausführen oder so", versuchte ich, meinen Anflug von Enttäuschung zu unterdrücken. „Nein, ich finde das total süß! Er hat auch gefragt, ob es für mich in Ordnung ist, wenn wir bei ihm zu Hause essen, oder ob mir ein schönes Lokal lieber gewesen wäre. Aber ich war hin und weg. Kerzenlicht und schöne Servietten, Rosen auf dem Tisch … Das hab ich noch nie erlebt." Sie strahlte vor Freude und ich sah, dass das aus ihrem tiefsten Inneren kam.

Sie berichtete von Gesprächen über die Arbeit, Hobbys und ihren Musikgeschmack. Da wurde ich langsam hellhörig: „Hobbys? Hast du ihm erzählt, dass du malst? … Unsere Freizeitbeschäftigungen sind doch so ziemlich das Einzige, was uns unterscheidet." „Ja, wir waren so vertieft, dass ich daran gar nicht gedacht habe", gab sie zu. Das war ungeschickt. Jetzt musste ich beim nächsten Treffen damit rechnen, dass ich über Malerei reden musste. Und damit hatte ich nix am Hut. Zum Glück hatten wir bei Musik einen ähnlichen Geschmack, da konnte nicht viel passieren. „Was habt ihr nach dem Essen gemacht?", wollte ich wissen und war mehr als verwundert über die Antwort: „Zuerst haben wir miteinander die Küche aufgeräumt …" „Ihr habt WAS?", fragte ich, bereits fix und fertig. „Die Küche aufgeräumt. Ich hab ihm das vorgeschlagen und er hat angenommen. Und als wir fertig waren, gingen wir spazieren." „Schwesterherz, du erzählst das so, als hätte es dir wirklich Spaß gemacht!" „Hat es auch. Der Mann hat etwas total Beruhigendes und Bezauberndes … Aber das soll unsere Pläne nicht durchkreuzen. Ich habe mich, natürlich für dich, am nächsten Wochenende wieder verabredet … Und … Ich muss dir noch was sagen." Ich ahnte Schreckliches und sprach es aus: „Ihr habt euch zum Abschied geküsst!" „J-ja …"

Das machte es nicht einfacher, aber ich stellte mich am folgenden Samstagabend der Situation. Er holte mich wieder von zu Hause ab und lud mich ein, mit ihm ins Kino zu gehen. Mein anderes Ich hatte das Vorhaben bereits angekündigt. Den Liebesfilm konnte ich verhindern, indem ich ihm einen Krimi schmackhaft machte. Er schien etwas überrascht. Er meinte, er hätte schwören können, dass ich für die andere Variante gewesen wäre. Eigentlich hätte er recht gehabt, aber Liebesgeschichten verleiten nun mal zum Händchenhalten und vielleicht noch etwas mehr. Und das wollte ich nicht. Gegen Ende der Vorstellung ließ er sich aber nicht mehr abhalten. Die letzte Viertelstunde hielt er meine Hand, als wollte er sie nie mehr loslassen.

Diesmal gingen wir zum Essen in ein griechisches Restaurant. Auch das hatten „wir" schon vorige Woche vereinbart. Zum Glück wusste meine Schwester, was ich gern mochte. Bei Souvlaki und Gyros mit reichlich Samos unterhielten wir uns blendend. Und ich schickte ein Stoßgebet zum Himmel, dass wir nicht ein einziges Mal auf das Thema Malerei kommen mögen. Sie hatte irgendwie recht, er war schon etwas Besonderes. Fast zu schade, um sich so einen Spaß zu machen. Allerdings wäre er für mich so der richtige Kumpel gewesen, mit dem man sich die Nächte um die Ohren schlagen und bis zum Umfallen lachen konnte.

Als er mich nach Hause brachte, fragte er leise: „Wann sehen wir uns wieder? Und wo? Es ist schön mit dir." Ich überlegte kurz, sah Richtung Eingangstür und wurde mir in diesem Moment bewusst, dass der Spaß bald vorbei war. Also sagte ich: „Möchtest du nächste Woche zu mir nach Hause kommen? Ich habe gesehen, wie du wohnst, und es hat mir sehr gefallen. Ich würde dich gern einladen." Die Freude war ihm gleich anzusehen und er antwortete: „Gern! Dann helfe ich dir auch in der Küche und wir machen uns einen gemütlichen Abend." Und bevor ich die Worte *helfe ich dir auch in der Küche* richtig verarbeiten konnte, hatte er mich auch schon in den Arm genommen und wir küssten uns. Danach schauten wir uns verdächtig lang an. Ich überlegte gleichzeitig, warum ich nicht vom Glück überwältigt war bei diesem innigen Kuss und ob er jetzt etwas gemerkt haben könnte. „Ich freue mich auf dich! Hab eine schöne Woche!", sagte ich zum Abschied und er antwortete: „Dann bis Samstag um sechs."

Meine Schwester und ich planten das nächste Treffen bei uns zu Hause sehr genau. Es war Zeit, ihn einzuweihen, denn es war nicht zu übersehen, dass eine von uns keinen Spaß mehr am Spaß hatte.

Zuerst würde ich in Erscheinung treten und sie bliebe im Hintergrund. Ich würde das von uns beiden gekochte Essen servieren und ihm dann feierlich eine Überraschung ankündigen. Sie würde aus dem anderen Zimmer kommen und er würde plötzlich doppelt sehen. Wie spannend! Wir waren sehr neugierig, ob er es mit Humor nehmen oder enttäuscht sein würde. Es hat auch schon Jungs gegeben, die waren sauer und haben gesagt, wir hätten doch nicht alle Tassen im Schrank. Aber diesmal hatten wir beide ein gutes Gefühl. Und letztendlich kam es so, wie wir beide es nie vermutet hätten.

Samstag, Punkt 18:00 Uhr. Es klingelte. Ich hatte mein kurzes, rotes Kleid an. Ein Rot, das mit dem meiner Haare harmonierte. Schwarze Strümpfe und High Heels vollendeten das Bild. Es sollte ein besonderer Abend werden. Ich zupfte mein Kleid zurecht, schaute noch einmal in den Spiegel, dann öffnete ich die Tür. „Wow! … Du siehst wunderschön aus! Feiern wir heute etwas?", musste er sofort loswerden. Ich lächelte ihn verführerisch an und sagte leise: „Ja, heute habe ich eine Überraschung für dich! Du wirst staunen. Ich bin gespannt, was du dazu sagst." „Jetzt machst du mich neugierig. Wo ist sie? … Die Überraschung, meine ich." Ich führte ihn ins Wohnzimmer, an den für zwei gedeckten Esstisch mit Kerzenlicht, und sagte: „Hab noch ein bisschen Geduld. Ich richte erst noch das Essen für uns an." So lang wollte er scheinbar nicht warten und nahm selbst das Heft in die Hand. „Darf ich mir von dir vorher etwas wünschen?", fragte er. „Natürlich, nur raus damit." „Du siehst so verführerisch aus, ich würde dich gern zur Begrüßung küssen. So wie beim letzten Abschied." Das passte gar nicht in den Plan, aber Nein sagen konnte ich auch nicht. Wie hätte ich das begründet? Also tat ich ihm den Gefallen. Es war ein langer Kuss und er versuchte, all sein Gefühl hineinzulegen. Aber es kam bei mir nicht an. Er löste seine Lippen von meinen, nahm meine Hände in seine und sagte dann mit einem verschmitzten Lächeln im Gesicht: „Es ist schön, dich zu küssen, und es ist angenehm, dich im Arm zu halten. Aber ich fürchte, dass deine Schwester die ist, bei der meine Leidenschaft richtig angekommen ist. Ich hoffe, sie ist heute die Überraschung!" Mit weit aufgerissenen Augen stand ich da. Ich wusste nicht, was ich sagen sollte. Ich ging zur Zimmertür und öffnete sie wortlos. Sie kam langsam heraus und strahlte ihn an. Er sah sie an, dann mich, dann noch einmal sie. Es musste ein unvorstellbares Erlebnis sein, zwei Frauen gegenüber zu stehen, die beide aussahen wie die Verführung selbst. Zwei optisch völlig gleiche Wesen, von denen es nur eines geschafft hatte, sein Herz zu berühren.

Als er sich wieder gefasst und wir verstanden hatten, dass er uns statt wir ihn überrascht hatte, holte ich das dritte Gedeck und wir genossen zu dritt das Abendessen. „Seit wann weißt du es?", fragte sie ihn. Er lächelte und antwortete: „Es waren ein paar Dinge, die mir aufgefallen sind. Also rein optisch hätte ich gar nichts gemerkt. Aber ihr unterscheidet euch doch in dem, worüber ihr gerne redet. Es war für mich gleich so, als hätte ich bei der Party mit jemand anderem gesprochen. Das tat ich aber noch ab mit Partystimmung und so weiter. Aber beim Küssen … Da war mir alles klar!"

Die beiden bestanden darauf, miteinander noch das Geschirr wegzuräumen und nahmen es mir nicht übel, dass ich mich zurückzog.

# Vogelperspektive

Er stieg kurz nach acht in Hamburg-Altona in den ICE
und fand schnell seinen reservierten Platz Nr. 121 in
Wagen 11. Er packte seinen Koffer ins Gepäckfach und
holte aus seinem Rucksack den Laptop heraus, denn er
wollte auf der Fahrt nach München seine Fotoausbeute
der letzten Tage bearbeiten. Dafür hatte er auch einen
Einzelplatz mit Tisch gebucht, und so freute er sich darauf, seine vielen Bilder durchzusehen, zu bearbeiten
und einige für den ersten Teil eines Bildbands zusam-
menzustellen. Etwas nervig war, dass man wegen der
immer noch andauernden Pandemie während der Fahrt
eine Mund-Nasen-Bedeckung tragen musste. Er dachte
sich, wenn das Abteil so leer bleibt, kann ich das blöde
Ding sicher mal ausziehen.

Nach zehn Minuten hielt der Zug in Hamburg-Dammtor
und nur wenige Reisende stiegen zu. Einige Leute
durchquerten den Erste-Klasse-Bereich, in dem er saß,
aber niemand blieb in seinem Waggon. So war er mit
einem Mann, der vier Reihen vor ihm saß, in diesem
Bereich allein. Er hoffte, dass dies auch so bleiben
würde, und freute sich schon darauf, die Maske ablegen
zu können, wenn sie erst mal Hamburg hinter sich gelassen hätten und auf dem Weg nach Berlin waren.

In Hamburg-Hauptbahnhof wurde dann seine Hoffnung
jäh enttäuscht. Eine blonde Frau stieg zu und hatte
scheinbar Platz Nr. 122 gebucht, also direkt ihm gegenüber am Gang. Sie schleppte zwei schwere Koffer mit
und trotz seines Ärgers über die überflüssige Nachbar-

schaft bot er ihr mit einer Kopfbewegung und Handzeichen an, die Koffer im Gepäckbereich etwas weiter vorn zu verstauen. Die Blonde bedankte sich freundlich und dann saßen sie beide auf ihren Plätzen. Sie holte ihr Smartphone heraus und tippte und wischte dauernd darauf herum. Aus einem Augenwinkel schielte er ab und an zu ihr herüber, ohne dass sie es bemerkte oder sich davon stören ließ. Kurz hinter Hamburg-Harburg hatte er Lust auf einen Kaffee und wollte schon zum Speisewagen gehen. Da hatte er die Idee, sie zu fragen, ob sie auch etwas wollte. Da er Spanier war und nicht so gut Deutsch sprach, schaute er schnell bei Google nach, was man in so einem Fall sagen sollte. Dort las er, was der Übersetzer vorschlug, und versuchte es nachzusprechen. Das klang in etwa so: „Perdón. Ik holen Kaffee in Speisewagen. Sol ik Ihne etwas mitbringe?" Die junge Frau schaute etwas irritiert und sagte: „Das ist nett von Ihnen, aber nein danke."

Er trank seinen Kaffee im Speisewagen und als er zurückkam, schaute sie von ihrem Handy auf und er sah an ihren Augen, dass sie lächelte. Kaum saß er auf seinem Platz, fragte sie ihn: „Woher kommen Sie?" Er musste kurz nachdenken und antwortete: „Fue en Sylt para dos semanas." „Ich verstehe Sie nicht so gut, denn ich kann nur Französisch. Und ich glaube, Sie sprechen Spanisch, oder?" „Sí, soy español. ¿Y tú?" „Ich bin Österreicherin und fahre nach Hause. Ich wohne in Salzburg. Was machen Sie beruflich?" „Soy especialista en pájaros." „Was ist *pájaros?*" Er checkte sein Übersetzungsprogramm und sagte „Vögeln." Sie errötete und fragte nach: „Sie sind Spezialist in Vögeln?" „Sí. Fue en la isla Sylt para tomar fotos." Er schaute wieder auf sein

Programm und sagte: „Vögeln fotografieren in Sylt. Sehr schön."

Die junge Dame lief erneut rot an und sagte: „Aha, das stelle ich mir nicht so einfach vor. Haben Sie da bestimmte Strände besucht für Ihre Bilder?" Er versuchte ihre Worte im Handy einzutippen und glaubte, sie zu verstehen. „Sí, son zonas especialistas donde se puede encontrar pájaros." „Wohin fahren Sie heute?" Das verstand er und sagte: „Voy a Munich y mañana a Berchtesgaden. Tomo fotos allí también." Man sah der Frau an, dass sie irgendwie irritiert war. Sie überlegte wohl, ob er in einem Bordell oder in einem Swingerklub Fotos machte, traute sich aber nicht weiter zu fragen. Darauf wollte er wissen: „¿Cuál es su ocupación?" „Was ich beruflich mache? Ich bin Biologin. Habe in Hamburg an der Uni im Institut für Meereskunde einen Vortrag gehalten über unsere Forschung in Österreich zum Thema: ‚Klimarelevante Prozesse in Binnenseen'. Die Kollegen in Hamburg forschen ja im Meer und wir waren überrascht, wie viel Ähnliches wir herausgefunden haben." „No entendí eso. Por favor, un poco mas lento." Sie wiederholte ihre Rede langsam und er nutzte wieder die Hilfe des Übersetzungsprogramms. Dann sagte er: „Entonces ambos trabajamos en la naturaleza." *„Na ja",* dachte sie, *„so kann man es auch betrachten."* Aber sie sagte nichts mehr weiter dazu, sondern deutete ihm an, dass sie jetzt noch etwas schlafen wolle, weil sie schon so früh aufgestanden war. Er sagte: „Voy a trabajar en mis fotos. ¿Quizás usted quiere ver algunas un poco mas tarde?" Sie antwortete nicht darauf, denn an Pornos war sie nicht wirklich interessiert.

Sie schlief bis hinter Berlin, wachte kurz vor Wittenberg auf und sagte: „Jetzt gehe ich zum Speisewagen. Möchten Sie auch etwas?" Er strahlte sie an und meinte: „Sí, con mucho gusto. Un café solo, por favor." „Okay, bring ich mit." Es dauerte einige Minuten, bis sie zurückkam, und er überlegte inzwischen, welche Bilder er ihr zeigen könnte. Da er schon etwa 20 Fotos für seinen Bildband in einem Ordner gespeichert hatte, machte er schnell eine Diashow daraus, legte etwas klassische spanische Gitarrenmusik darüber und speicherte das Ganze ab. Dann klappte er seinen Laptop zu und nahm sich vor, zunächst mit ihr Kaffee zu trinken. Vorher schaute er noch ein paar Formulierungen in Deutsch auf seinem Smartphone nach und schrieb sie sich auf einen Zettel.

Als sie zurückkam, sagte er zuerst: „Viele Dank, das sehr nett von dir." „Keine Ursache, hab ich gern gemacht." Sie hatte auch für sich einen Kaffee mitgebracht und so kam es, dass sie jetzt beide ihre Masken absetzten. Er war überwältigt von ihrem Anblick und für einen Augenblick fehlten ihm die Worte. Schnell befragte er sein Programm und sagte zu ihr: „Sie sehe wunderschön. Schade, dass vorher Maske." „Oh, danke", antwortete sie. „Sie gefallen mir auch ohne Maske besser." Er schaute auf seinen Zettel und las: „Wenn Kaffee fertig, wollen Fotos sehen?" Sie zögerte, weil sie eigentlich keine von seinen Bildern sehen wollte. Aber da er so nett fragte, siegte ihre Neugier. Als sie den Kaffee geleert hatten, setzten beide wieder ihre Masken auf, er kam mit seinem Laptop in ihre Vierersitzgruppe und setzte sich neben sie.

Als er den Rechner aufklappte und den vorher gespeicherten Ordner aufrief, erschien als Erstes ein Bild einer riesigen Möwe im Gegenlicht auf einem Holzpfosten. Daneben stand: „Aves nativas en Sylt". Als auch das zweite Bild einen Vogel zeigte, diesmal ein Brandganspaar neben einem Nest mit Jungvögeln, lachte sie lauthals auf. „¿Qué pasó? ¿No le gusta mis pájaros?" Sie lachte immer noch und wusste nicht so recht, wie sie ihr Missverständnis erklären sollte. Dann versuchte sie es: „Ich hatte etwas ganz anderes erwartet." Sie nahm ihr Handy und tippte in einem Übersetzer herum. Dann zeigte sie ihm die doppelte Bedeutung des Wortes „Vögeln" im Deutschen. Jetzt war es an ihm, rot zu werden, und er sagte: „Ahora entiendo tu reacción."

Sie schauten weiter seine Bilder an und das Lachen über das Missverständnis hatte irgendwie eine Blockade bei beiden gelöst. Sie ließ sich von ihm die Bilder erklären, erzählte, dass sie auch schon auf Sylt gewesen sei, und fragte manchmal nach, wo genau ein Bild entstanden war.

Um 15:03 Uhr erreichten sie München. Längst hatten sie verabredet, dass sie dort zusammen etwas essen wollten. Wegen der Pandemie waren die Restaurants geschlossen, aber die Imbisse am Bahnhof waren geöffnet. So wanderten sie mit ihrem Gepäck zum Leberkäs-Stand und er probierte zum ersten Mal in seinem Leben eine Leberkäs-Semmel. Danach beschlossen sie, dass sie gemeinsam in sein Hotel gehen wollten, das in der Nähe des Bahnhofs lag. Sie buchte ihren Zug nach Salzburg auf den nächsten Morgen um. Auf dem

Weg im Taxi zum Hotel „Excelsior" in der Schützen-
straße nahm sie ihren Übersetzer zur Hand, tippte etwas ein und sagte zu ihm: „Veremos si eres un experto
en pájaros."

# Eis und heiß

„Geben Sie mir bitte drei Kugeln im Becher, Vanille, Schoko, Nuss", sagte die Frau zu ihr. Sie hatte den Schweiß auf der Stirn stehen. Zusammen mit einer anderen jungen Frau im Kirmeswagen verkaufte sie Speiseeis. Es war heiß im Wagen und das Eis war für die Kunden, kühlte sie selbst also nicht ab. Schnell zog sie ihren Portionierer durch die drei Sorten, legte die Kugeln in einen Becher, kassierte und dann kam der nächste Kunde dran. So ging das an diesem heißen Sommertag schon, seit sie ihren Dienst begonnen hatte. Das war vor mehr als zwei Stunden gewesen und gern hätte sie mal eine Pause gemacht. Aber die lange Schlange der Eisliebhaber hielt sie davon ab. Es war zwar nur ein Ferienjob, aber der Wagenbesitzer hatte ihr und ihren Kolleginnen, mit denen sie sich den Job teilte, eingeschärft: „Ihr müsst immer auf die Zufriedenheit der Kunden achten. Jeder von euch macht immer vier Stunden Dienst und ich sage euch: Das ist ein Knochenjob, ich weiß das. Aber dafür bezahle ich euch gut und in den vier Stunden gibt es keine Pause. Dazu ist an den Nachmittagen und bis in den Abend keine Zeit, weil dauernd viele Menschen anstehen werden. Ihr sorgt dafür, dass die Leute nicht lange warten müssen, und versorgt sie freundlich lächelnd mit dem gewünschten Eis. Zwei andere Kollegen bringen euch immer genug Nachschub, aber dazu müsst ihr rechtzeitig Bescheid sagen, wenn eine Sorte weniger wird. Verstanden?"

Heute war nun schon der fünfte Tag, an dem sie die erste Schicht nachmittags ab 13:00 Uhr übernommen hatte. Morgen und übermorgen, am letzten Tag der Kirmes, sollte sie die zweite Periode machen, die um 17:00 Uhr begann und bis 21:00 Uhr dauerte. Die letzte Schicht von 21:00 Uhr bis 1:00 Uhr hatte sie abgelehnt. „Der Nächste, bitte!" Auch dieser Kunde wurde zügig bedient und ging schleckend davon. Dann sah sie einen jungen Mann in der Schlange, der ihr auffiel, weil er so einen lustigen Hut aufhatte. Fast wie ein bayerisches Trachtenhütchen. *„Wo der wohl herkommt? Wir sind doch hier im Rheinland"*, dachte sie und bediente den nächsten Kunden. Als der Typ mit dem Filzhut drankam, schaute sie ihn genauer an und er blickte sie an. Seine blauen Augen hatten etwas Schelmenhaftes. Die runde Nickelbrille ließ ihn wie jemand aussehen, der sich mit vielen Details beschäftigte. Er hingegen sah ihre roten, kurz geschnitten Haare, ihre grünen Augen und brachte kein Wort heraus. Ein paar Sekunden vergingen und der nächste Kunde hinter ihm maulte schon: „Sach, wat de wills, Jong. Ich well he net bes morje stonn." „Was kann ich dir denn anbieten?", fragte sie ihn und er antwortete stotternd: „Zwei Kugeln in, in, in der Waffel." „Welche Sorten?" „Nimm das, was dir schmeckt." So nahm sie also Erdbeere und Zitrone und häufte die Kugeln auf die Waffel." „Super, die hätt ich auch genommen. Woher wusstest du das?" „Das macht eins achtzig", antwortete sie und errötete leicht. Er gab ihr zwei, sagte: „Passt scho" und lächelte sie an. Dann fragte er noch: „Wie lange machst du das heute hier?" „Bis fünf", antwortete sie und fügte an den nächsten Kunden gewandt hinzu: „Der Nächste, bitte!" „Dat wood och Zick,

Mädche, ich well zweimal zwei Kuele, eimol Vanille-Schoko un eimol Schoko-Nuss, ävver em Becher." Sie entnahm den Behältern die entsprechenden Sorten, füllte sie in Becher und übergab sie dem Wartenden.

Aus dem Augenwinkel sah sie, dass der Mann mit dem lustigen Hut sich nur ein paar Meter wegbewegt hatte und sie aus der Ferne ansah, während er an seinem Eis leckte. Sie konnte sich nur schwer konzentrieren und gab aus Versehen der nächsten Kundin die falschen Sorten, woraufhin diese sich beklagte. Der Besitzer des Wagens kam zu ihr und raunte ihr ins Ohr: „Pass auf, was du tust! Denk dran, dass wir die Kunden mit unserem Eis glücklich machen. Versau das nicht!"

Die letzte Stunde verging quälend langsam und sie riskierte nur noch manchmal einen Blick von der Schlange weg und suchte nach dem Filzhut, konnte ihn aber nicht finden. Ein wenig hoffte sie, dass er später wieder auftauchen würde. Endlich war es fünf und ihre Ablösung kam. Schnell ging sie hinter den Wagen in die Umkleide, zog ihre Eis-Uniform aus und Jeans und T-Shirt an. Als sie wieder herauskam, stand der Kerl mit dem Schlapphut neben dem Wagen, grinste sie an und sagte: „So schaust du also ohne Eishäubchen und Uniform aus. Das gefällt mir deutlich besser." Sie sah ihn an und fragte: „Und wieso trägst du diesen Trachtenhut? Arbeitest du im Bayernzelt?" „Nö, den hab ich beim Schießen an der Bude weiter hinten gewonnen. Dachte, dann zieh ich ihn gleich mal an. Möchtest du ihn mal aufsetzen?" „Nicht unbedingt. Aber ich hab ziemlichen Durst und hätte Lust, was trinken zu gehen. Und du?" „Ich könnte dich auf ein Kölsch einladen oder wenn du dafür noch zu jung bist, geht auch 'ne Cola." Er lachte und sie stupste ihn an: „Darfst du Wissenschaftler denn Bier trinken? Ich jedenfalls mach das manchmal." „Na, dann mal los, auf zur nächsten Bier Bude." Sie unterhielten sich mit einem Kölsch in der Hand und sie erzählte, dass sie heute nicht so viel Zeit habe, weil sie noch für ihre Eltern einkaufen müsse. Darauf verabredeten sie sich für den nächsten Abend.

Er holte sie um 21:00 Uhr ab und sie gingen zusammen über die Kirmes. Beim Autoskooter lud er sie ein, eine Runde mit ihm zu fahren, und sie stellte fest, dass er sie beide sehr sicher und geschickt durch die vielen Rowdies steuerte, die immer wieder andere Skooter rammen wollten. Beim Fahren mit der Raupe, die am Ende der Rundfahrt durch einen Vorhang geschlossen wurde, küssten sie sich und von da an hielten sie sich an der Hand. Gegen elf sagte sie, dass sie nach Hause müsse, sonst seien ihre Eltern sauer. „Darf ich dich nach Hause bringen?" „Ich fahre aber mit dem Bus und dann muss ich noch ein Stück zu Fuß gehen." „Und ich könnte dich mit dem Auto heimbringen, Mäuschen." „Oh, du hast ein Auto?" „Ja, alt und klapprig, aber es fährt." So gondelten sie also kurz darauf zusammen zu ihr nach Hause. Vor dem Haus schaltete er den Motor ab und sie küssten sich noch einmal. Als sie aussteigen wollte, fragte er: „Sehen wir uns morgen?" „Das geht leider nicht, denn morgen Abend kommen meine Eltern und meine Schwester und wir gehen noch einmal gemeinsam über die Kirmes. Das machen wir immer am letzten Tag." „Dann am Montag?" „Ja, gern. Da hab ich frei." „Können Mäuschen wie du denn schwimmen? Wollen wir ins

Freibad gehen?" „Sicher. Wann?" „Ich hol dich um zwei ab, okay?" „Ja, dann bis dahin, gute Nacht."

Der Sonntag verging für beide quälend langsam und am Montag um kurz vor drei stand er wieder in seiner Blechbüchse vor ihrem Haus. Als sie herauskam, winkte er ihr zu und sie stieg ein. Sie fuhren zum Freibad und bevor sie ausstiegen, sagte sie zu ihm: „Ich habe dir was mitgebracht." Sie holte ein kleines Päckchen aus ihrer Tasche und überreichte es ihm. Er packte es aus und zum Vorschein kam eine kleine, bunte Maus aus Plastik. „Hab ich für dich am Schießstand erworben. Du siehst, Mäuse können auch mit der Flinte umgehen. Und jetzt zeig ich dir gleich, wie Mäuse schwimmen."

Sie hatten viel Spaß im Wasser und auf der Wiese. Als sie einige Runden zusammen geschwommen waren, kam er am Beckenrand zu ihr, nahm sie in den Arm und sagte: „Ich finde, für eine Maus schwimmst du ganz gut, aber kannst du auch tauchen?" Damit umfasste er sie mit beiden Armen und drückte sie unter Wasser. Sie kam prustend wieder hoch und schnaubte: „Na warte, du Schuft, das kann ich auch." Und mit erstaunlicher Geschwindigkeit und Kraft war sie bei ihm, zog ihn vom Beckenrand weg und tauchte mit ihm zusammen unter. Er ließ es zu und nachdem beide wieder an der Oberfläche waren, nahm er sie zärtlich in den Arm, küsste sie und sagte: „Ich sehe jetzt, dass du eine starke Maus bist, und ich möchte, dass wir zusammenbleiben, hier im Wasser, aber auch danach. Bist du einverstanden?" Sie strahlte ihn mit ihren grünen Augen an, ihre roten, feuchten Haare glitzerten in der Sonne und sie flüsterte:

„Ja, das will ich sehr gern und ich möchte auch, dass du bald meine Eltern kennenlernst."

Gegen sieben wollten sie das Schwimmbad verlassen. Vorher aßen sie noch ein paar Pommes und tranken eine Cola. Im Auto nahm er die Plastikmaus, an der ein kleines Band befestigt war, und hängte sie an den Rückspiegel. „So hab ich dich jetzt immer bei mir, Mäuschen", sagte er zu ihr.

Sie trafen sich in den nächsten Wochen fast täglich und merkten beide, dass ihre Gefühle füreinander immer tiefer wurden. Aus den kurzen Küssen beim Verabschieden am Abend wurden intensivere, filmreife Kussszenen. Und die Umarmungen wurden zu Kuschel- und Streicheleinheiten.

An einem sonnigen Samstag im September holte er sie am Spätnachmittag von zu Hause ab und fuhr mit ihr in einen Wald. Dort steuerte er einen Parkplatz an und schaltete den Motor aus. „Was hast du vor?", fragte sie. „Ich wollte meinem Mäuschen einen geheimen Platz hier im Wald zeigen. Möchtest du ihn kennenlernen?" „Ja, wenn du mir versprichst, dass du bei mir bleibst, denn es wird ja schon bald dunkel. Und da möchte ich hier nicht allein sein." Er nahm eine Decke aus dem Kofferraum, sie bei der Hand und dann gingen sie los. Nach ein paar Hundert Metern verließ er den Hauptweg und bog in einen schmalen Pfad mit ihr ein. Kurz darauf erreichten sie eine kleine Insel zwischen den hohen Fichten, die mit Gras bewachsen war. Er breitete die Decke aus und lud sie ein, mit ihm Platz zu nehmen. Die Sonne erhellte den heimlichen Ort mit sanften, goldgelben

Strahlen und sie küssten sich. Er fing an, sie auszuziehen, und sie ließ es geschehen und machte das Gleiche mit ihm.

Es wurde für beide ein wunderschönes Erlebnis, denn es war das erste Mal, dass sie jemandem so nahekamen. Später, in der Dunkelheit, fanden sie lachend zum Auto zurück und sie fürchtete sich gar nicht mehr.

# Es war Notwehr!

Im Fernsehen lief an diesem kalten Winterabend gar nichts, was sie interessiert hätte. Also legte sie sich früh ins Bett und nahm ihr Buch zur Hand. Das Handy legte sie auf das Nachtkästchen, wo es lange Zeit stumm blieb. Gerade als sie in ihrem Krimi an eine spannende Stelle kam, holte ein leiser Piepton sie aus ihrer Konzentration. Es war fast Mitternacht geworden, und erst jetzt spürte sie, dass sie müde war. Sie beschloss, morgen weiterzulesen, und nahm ihr Telefon zur Hand. Sie war erstaunt über die Nachricht:

Christoph benutzt jetzt Telegram!

Was war das? Sie war sehr erstaunt. Christoph war vor fast 20 Jahren ihr Lebenspartner gewesen. Ein dummes Techtelmechtel seinerseits nach fünf Jahren Beziehung war damals Grund der Trennung gewesen. Es war schon vorüber, als sie auseinandergingen, aber sie konnte kein Vertrauen mehr zu ihm haben. Sie hatte keine Ruhe mehr, wenn er allein aus dem Haus ging, und das wollte sie nicht mehr. Ein paar Jahre hatten sie noch sporadisch telefonischen Kontakt. Man gratulierte einander zum Geburtstag, wünschte sich frohe Weihnachten oder ein frohes neues Jahr. Eines Tages kamen keine Antworten mehr zurück und er schickte auch keine Glückwünsche mehr. Sie dachte, er habe sicher eine neue Telefonnummer bekommen und sie ihr nicht mehr mitteilen wollen. Das war auch in Ordnung so. Was vorbei war, war eben vorbei. Sie wusste selbst nicht, warum sie die Nummer nie aus ihren Kontakten gelöscht hatte. Jedenfalls war sie immer noch da, wie sie gerade gemerkt hatte. Sie schaltete ihr Handy aus und entschied sich, erst einmal zu schlafen und vielleicht morgen eine kurze Antwort zu schicken.

Beim Frühstück fasste sie sich ein Herz und schickte Christoph ein paar Zeilen:

> Hallo Christoph! Wir haben lange nichts voneinander gehört! Wie geht es Dir?
> Liebe Grüße
> Dein Ex-Sonnenschein

Einen Moment überlegte sie, ob sie die Nachricht wieder löschen sollte. Er war wahrscheinlich nicht allein und wollte gar nichts von ihr wissen, sonst hätte er sich doch irgendwann einmal gemeldet. Aber dann war sie doch neugierig auf seine Antwort. Es war trotz allem schön, zu sehen, dass es ihn noch gab. Und was war schon dabei, nach so langer Zeit?

Es dauerte bis zum Abend, aber dann schrieb er doch zurück:

Hallo Sonnenscheinchen!
Das ist ja eine Überraschung! Wie lang ist das jetzt her?

Tatsächlich! Er antwortete! Sie freute sich wirklich sehr darüber und so begann ein längerer Chat:

> Fast 20 Jahre! Unglaublich, nicht? Was gibt's bei Dir? Erzähl, was machst Du so?

Bei mir hat sich in den Jahren viel geändert. Glaub mir, da schreib ich Stunden. Vielleicht haben wir einmal Gelegenheit, darüber zu plaudern. Wie ist es mit Dir? Bist Du in einer Beziehung?

Nein, mein Mann ist vor zwei Jahren gestorben. Und jetzt mit, Du weißt ja, 51 Jahren inzwischen, gibt es andere wichtige Dinge.

So? Welche zum Beispiel?

Ich bin vor Kurzem Großmutter geworden. Und zur Arbeit muss ich natürlich auch. Mir ist also nie die Zeit zu lang. Alles gut so, wie es ist. Und Du? Bist Du allein?

Ja, ich bin auch allein. Auch schon eine Weile. Bin auch ziemlich beschäftigt und mir fehlt nix. Fast gleiches Schicksal also. Wie bist Du eigentlich auf die Idee gekommen, Dich bei mir zu melden?

Na ja, weil Du doch jetzt auf Telegram umgestiegen bist,

habe ich eine Meldung bekommen, weil ich Deine Nummer all die Jahre nicht aus den Kontakten gelöscht hab. Weiß Gott, warum …

Na, ist doch gut! Alles hat seinen Grund und seine Zeit. Was hältst Du davon, wenn wir uns mal treffen? Einfach nur zum Quatschen über alte Zeiten.

Sie klärten im Chat ab, dass sie noch in derselben Stadt wohnten, und vereinbarten einen Treffpunkt in einem Café in der Innenstadt am Sonntag.

Sie war richtig aufgeregt, als sie sich auf den Weg zu ihm machte. Es ging ihr so viel durch den Kopf. *„Warum hab ich nicht nach einem Foto von ihm gefragt? Er hat kein Profilbild eingestellt. Warum bin ich überhaupt so unruhig? Das alles war so lange her. Es wird vielleicht ohnehin nur bei diesem Treffen bleiben. Dann geht wieder jeder seiner Wege. Seh ich eigentlich viel älter aus als früher? Und er? Ob er schon graue Haare hat? Er ist ein paar Jahre älter als ich … Also los, hinein ins Vergnügen!"*

Im Café suchte sie sich einen Platz, von dem aus sie gut zur Tür sah. Sie war extra ein bisschen früher da, damit er sie finden müsste, und nicht umgekehrt. Es wäre ihr peinlich gewesen, suchend durch das Lokal zu wandern, ohne zu wissen, ob sie ihn erkennen würde. Da saß sie nun also, bestellte einen großen Braunen und ließ unauffällig ihren Blick durch das Lokal schweifen.

Was sie nicht wusste: Er war schon da. Und er erkannte sie sofort. Das Profilfoto war topaktuell, wie er bemerkte. 51 Jahre hätte er ihr niemals gegeben. Sie sah sogar viel jünger aus, zumindest für ihn. Das machte sicher das blonde, lockige Haar. Sie war ein bisschen mollig, aber das passte gut zu ihrem Typ. Und schon auf dem Bild waren ihm ihre schönen, großen Augen aufgefallen. Er wollte sie noch ein paar Minuten nur ansehen, bevor er sich zu erkennen gab. Sie hatte schon ein paar Mal zu ihm hinübergesehen. Offensichtlich hielt sie Ausschau.

Ein Blick noch auf die Uhr, dann stand er auf, nahm seine Kaffeetasse und ging zu ihr hinüber. „Hallo Sonnenschein! Schön, dass du da bist!", sagte er mit einem freundlichen Lächeln zu ihr. „Darf ich mich zu dir setzen?" Kurz verschlug es ihr die Sprache, weil der Mann da so gar keine Ähnlichkeit mit Christoph hatte. Weder die Körpergröße noch irgendetwas an seinem Äußeren erinnerte im Entferntesten an ihren Ex. Gerade das Alter konnte noch hinkommen. Er hatte wahrscheinlich auch die 60 noch nicht lang hinter sich. So eine Veränderung konnte es doch sogar nach beinahe 20 Jahren nicht geben. Dann blinzelte sie ihn aus ihren großen braunen Augen an und sagte: „Hallo Christoph' brauche ich wohl nicht zu sagen, oder? … Bitte, nimm doch Platz." Jetzt schmunzelte er und setzte sich zu ihr an den Tisch. „Nein, ich gestehe. Ich bin nicht Christoph. Ich habe scheinbar nach ihm seine Nummer bekommen. Das heißt aber, der Gute ist seit Ewigkeiten nicht mehr unter dieser zu erreichen." „Das stimmt schon. Wir hatten mindestens zehn, ach was, fünfzehn Jahre gar keinen Kontakt. Umso größer war die Freude, dass er doch …" Sie unterbrach sich selbst und ihr Blick wurde traurig. „Wie kommen Sie eigentlich dazu, sich als ihn auszugeben? Ganz in Ordnung ist das nicht, finde ich!", protestierte sie leise, aber eindringlich. Daraufhin stellte er sich vor und gab auch gleich zu, dass er gar nicht in der Stadt wohnte, sondern ein paar Kilometer außerhalb. „Ich war sehr erstaunt über Ihre – darf ich nicht doch Du sagen? – deine Nachricht. Und dann habe ich das Profilfoto gesehen und konnte irgendwie nicht mehr wegschauen." „Ach, und dann haben Sie – äh, hast du – mich ausgefragt. Jetzt fällt mir ein, dass du nichts Konkretes gesagt hast, außer dass du auch allein bist", hielt sie ihm vor. „Genau. Das war aber Notwehr! Hätte ich sofort zugegeben, dass ich ein anderer bin, wäre unser Chat doch sofort beendet gewesen. Oder?" Jetzt musste sie lachen: „Notwehr! Soso … Eine alleinstehende Frau so hinters Licht zu führen! Aber du hast recht. Was hätten wir noch zu schreiben gehabt, wenn ich das gewusst hätte? … *Oh, sorry, dann muss ich gleich die Nummer löschen. Tschüss!*", sagte sie noch mit verstellter Stimme. „Siehst du, und hier ist es doch nett, nicht wahr? Wir können noch ein wenig plaudern, und wenn wir wollen, fahren wir dann nach Hause und sehen uns nie wieder. Ist ja nix passiert", setzte er als Option hinzu.

Im Gespräch mit ihm verflog ihre Enttäuschung rasch und sein freundliches Lächeln gefiel ihr. Sie saßen noch eine Weile zusammen und erzählten einander im

Schnelldurchlauf die wichtigsten Stationen ihres Lebens. Sie fanden einige Ähnlichkeiten und auch ganz große Unterschiede. Beide waren irgendwie fasziniert.

Schließlich bot er ihr an, sie mit dem Taxi nach Hause zu bringen. Er würde sie absetzen und dann weiterfahren. „Ist ja die gleiche Richtung", wie er meinte. Also hatten sie noch ein wenig Zeit, sich zu verabschieden. Als das Taxi vor ihrem Haus anhielt, sahen sie sich zum ersten Mal bewusst in die Augen. Niemand sagte etwas. Der Chauffeur hüstelte: „Wie sieht es aus? Sind wir hier fertig oder geht's noch weiter?" „Oh, ach ja … Hm …", druckste erst sie herum, und er flüsterte: „Tja, dann wünsche ich dir einen schönen Abend! Danke für die schönen Stunden … Ich hab ja jetzt deine Nummer. Darf ich mich einmal melden?" Sie reichte ihm die Hand und antwortete: „Sehr gern! Ich hätte nichts gegen ein Wiedersehen."

Langsam schlenderte sie zu ihrer Wohnung, noch immer nicht ganz im Klaren, was ihr da gerade passiert war. Sie musste ihre Gedanken ordnen. An Lesen oder Fernsehen war heute nicht zu denken. Sie machte es sich auf ihrer Couch bequem und nahm ihr Handy aus der Tasche. Sie wollte den alles ändernden Chat noch einmal analysieren. Hätte ihr auffallen müssen, dass es nicht Christoph war?

Als sie die Nachrichten öffnete, bemerkte sie eine neue Meldung. Sie war von ihm …

Hallo, mein Sonnenschein!
Der Name passt zu Dir,
finde ich! Ich habe den
Nachmittag sehr genossen!

Wollen wir morgen auspro-
bieren, ob der Abend auch
so viel Schönes für uns bietet?

Und sie dachte gar nicht lange nach. Sie sagte einfach
zu.

# Ein guter Tipp

Wieder einmal saß sie in ihrem Büro am PC und wusste nicht, wohin mit ihrem Ärger. Egal was sie machte, immer war alles verkehrt. Ihre Chefin hatte jedes Mal an ihrer Arbeit etwas auszusetzen. Und sie fühlte sich immer öfter benachteiligt und ungerecht behandelt. Die Arbeit machte einfach keinen Spaß mehr. Jeden Tag überwand sie nur mit Mühe den Drang, einfach zu Hause zu bleiben und der Schinderei endlich ein Ende zu bereiten. Es blieb ihr auch nichts anderes übrig, denn der erträumte Lottosechser ließ auf sich warten, was die laufenden Zahlungen nicht taten. Richtig deprimierend war das alles. Und nirgends ein Ausweg in Sicht.

Der einzige Lichtblick an diesem Tag war das Treffen mit ihrer Freundin Sonja aus der Nachbarabteilung. Sie waren zum Kaffee verabredet und wollten anschließend spazieren gehen. Einfach ein bisschen raus, an die frische Luft und auf andere Gedanken kommen. Also beeilte sie sich mit der Korrektur von der Korrektur des letzten Artikels für die nächste Ausgabe der Firmenchronik. Und sie weigerte sich, ihn noch ein drittes Mal zu korrigieren, weil das ohnehin sinnlos war. Sie war jetzt schon in freudloser Erwartung der Kritik, die sie morgen einstecken würde. Noch ein Mausklick und das Ding war abgeschickt. Feierabend!

Sonja erwartete sie beim Haupteingang und sie gingen zu Fuß zum Café, wo sie einen schönen Sitzplatz auf der Terrasse ergatterten. Die erste halbe Stunde war schon gewohnheitsmäßig für Psychohygiene reserviert. Die beiden redeten sich alle unangenehmen Erlebnisse aus der Arbeitswelt von der Seele und ließen sich jeweils von der anderen bestätigen, dass das ganze Leben hart und unfair sei. Beim Spaziergang im nahen Park erzählte Sonja von einer Anzeige in der Rubrik „Jobangebote" in der Firmenzeitung: „Du hast doch auch schon einmal erwähnt, dass du dich verändern möchtest. In der Abteilung ‚Recht' suchen sie eine neue Mitarbeiterin oder einen Mitarbeiter. Das wäre doch allemal besser, als sich von der Halsabschneiderin tyrannisieren zu lassen, oder?" Sie horchte auf, denn der Gedanke kam ihr tatsächlich immer öfter in den Sinn. Schlimmer konnte es nirgends sein. „Ja, das klingt nicht schlecht", antwortete sie, „aber ‚Recht'? Ich weiß nicht, da müsste ich viel dazulernen. Das hat ja mit dem, was wir machen, nur im weitesten Sinn zu tun. Meinst du, die würden mich nehmen?" „Auf einen Versuch würde ich es ankommen lassen", riet ihr die Freundin, „du musst dich nur gut verkaufen."

Gleich am nächsten Tag schrieb sie eine Mail an die Personalabteilung mit der Bitte um einen Termin für eine Vorsprache. Sie vermied es auch, zwischendurch ihren Arbeitsplatz zu verlassen, um nur ja selbst ans Telefon gehen zu können, wenn ein Anruf von dort käme. Es wäre unangenehm gewesen, hätte jemand etwas davon mitbekommen, denn dann wüsste sicher auch sofort die Chefin von ihren Absichten. Diese Blöße wollte sie sich auf keinen Fall geben. Die Mühe lohnte sich jedenfalls. Kurz vor Mittag klingelte das Telefon. Sie vereinbarte mit der Sekretärin einen Termin für den nächsten Tag und beantragte sofort Zeitausgleich. Dabei schob sie eine ärztliche Untersuchung vor, um diesen unauffällig wahrnehmen zu können. Die halbe

Nacht lag sie wach im Bett und überlegte, welche Argumente sie dafür hatte, die Beste für den Job zu sein. War denn die schriftliche Bewerbung, die sie vorbereitet hatte, gut genug? Die andere halbe Nacht hatte sie Albträume. Die besten Voraussetzungen also für ein Vorstellungsgespräch um acht Uhr morgens!

Pünktlich wie die Uhr traf sie beim Personalbüro ein und wurde sofort vorgelassen zum Referenten. Sie trat vor zum Schreibtisch und sie schüttelten sich die Hände. „Nehmen Sie bitte Platz!", sagte der freundlich wirkende Mann. Sie wusste auch nicht warum, aber sie hatte hier mit einem alten Bürohengst gerechnet, der Fakten sammelnd studieren würde, wie geeignet sie für den ausgeschriebenen Job wäre. Und jetzt saß hier ein sportlich, aktiv wirkender Mann, irgendwo zwischen 30 und 35 Jahren, so wie sie, der sie ganz locker fragte: „Na, junge Frau, was kann ich für Sie tun?" Die Frage wunderte sie ein wenig, denn es war doch klar, dass sie auf die Job-Annonce kam. Also stellte sie klar: „Ja, also, ich möchte mich für die ausgeschriebene Stelle bewerben. Hier, bitte sehr, ich habe auch eine schriftliche Bewerbung mit." Er nahm die Mappe zur Hand und überflog den Inhalt, sichtlich interessiert. „So, so, Sie kommen also von der Abteilung ‚Betrieb' und wollen sich verändern." „Ja, das ist richtig. Es ist Zeit, einmal etwas anderes zu machen. Ich weiß auch, dass ich viel dazulernen muss, aber das ist für mich kein Problem. Für Fortbildung war ich immer schon sehr offen." „Das ist schon einmal gut. Erzählen Sie mir ein bisschen von Ihrer Arbeit und warum Sie glauben, hier richtig zu sein."

Also gab sie ihr Bestes und berichtete von ihrem Arbeitsbereich, wobei sie die unangenehmen Dinge vorsichtig aussparte. Und als sie begann, davon zu schwärmen, warum und wie gern sie die Abteilung wechseln möchte, kamen sie angeregt ins Gespräch. Gerade als sie erklären wollte, warum sie letztendlich die beste Wahl sei, kam die Sekretärin herein und machte den Referenten aufmerksam, dass sein nächster Termin anstand. „Oh, jetzt habe ich Sie aber lange aufgehalten!", entschuldigte sie sich. Er sah sie lächelnd an und antwortete lässig: „Das ist kein Problem. Ich habe mich sehr gern mit Ihnen unterhalten. Sie sind sehr offen, freundlich und sogar witzig. Ich danke Ihnen sehr für das Gespräch. Aber zum Schluss muss ich Sie noch fragen, woher sie die Info haben, dass in der Rechtsabteilung ein Posten frei sein soll. Das trifft nämlich gar nicht zu." Sie war sprachlos. Der Kerl hatte sie fast eine Stunde reden lassen und sie in dem Glauben gelassen, das sei ein Vorstellungsgespräch. Zu seiner Rettung fügte er gleich noch hinzu: „Aber ich habe ja jetzt Ihre Unterlagen. Darf ich mich bei Ihnen melden, wenn etwas frei wird?" „Äh, ja. Bitte, gern. Ich werde wohl meine Freundin fragen müssen, welchem Irrtum wir da zum Opfer gefallen sind. Ich bin ganz sicher, sie sagte Abteilung ‚Recht'!"

Sie hatte das Büro verlassen und er saß da und starrte in die Luft. Er musste auch erst verarbeiten, was da gerade passiert war. Welcher Zufall hatte die denn hierher geführt? Er hätte sie am liebsten sofort eingestellt, gern auch in seinem Bereich, der Personalabteilung. Sie gefiel ihm, nicht nur optisch, nein, sie hatte etwas Anziehendes und Interessantes. Er hatte gar nicht bemerkt, wie schnell die Zeit während des Gesprächs verflogen war.

Drei Wochen später plagte sie sich gerade wieder mit der dritten Korrektur eines Berichts, als das Telefon klingelte. Sie glaubte, nicht richtig zu hören, als sie seine Stimme vernahm. Er stellte sich vor und fragte dann: „Haben Sie noch immer Interesse an einer Veränderung? Nächsten Monat wird ein Posten in der Personalabteilung frei. Ich hätte da an Sie gedacht."

# Wie man sich täuschen kann

In der Mittagspause traf sie sich mit zwei Kolleginnen aus einer anderen Abteilung. Die beiden posaunten das letzte neue Gerücht aus: „Der neue Kommunikationschef sieht toll aus, hat eine Superfigur, Dreitagebart, ist sehr sportlich und freundlich und zuvorkommend zu jedem. Aber der soll schwul sein", sagte Angelika. Und Susanne fügte hinzu: „Ja, ich hab den gestern in der Küche getroffen. Da wusch er seine Kirschen, die er mitgebracht hatte, einzeln unter warmem Wasser. Wer macht denn so was? Und dann bot er mir auch gleich welche an." „Sag bloß, und hast du sie angenommen?" „Klar, er hat seine Wäscherei abgeschlossen, mit mir währenddessen geplaudert und hat mir dann ein paar Kirschen in eine kleine Schüssel gefüllt. Die waren echt lecker." „Und sauber vor allem", prustete Angelika. Nach der Pause, als sie wieder an ihrem Computer saß, schaute sie im Intranet, wie der Typ aussah. Das Foto war sehr ansprechend. *„Der könnte mir gefallen",* dachte sie, *„aber wenn der wirklich schwul ist …"*

Drei Tage später bekam sie einen Anruf von der Chefsekretärin, zu der sie ein gutes Verhältnis hatte. Frau Schneider fragte, ob sie Lust hätte, sie während ihrer vierwöchigen Kur zu vertreten. Sie überlegte kurz und dachte: *Ein bisschen Abwechslung vom Alltag am PC für die Datenerfassung wär doch ganz schön",* und sagte zur Chefsekretärin: „Grundsätzlich schon, wann soll das denn sein?" „Ich bin noch bis Ende der nächsten Woche hier, da könntest du ein- oder zweimal vorbeikommen, ich zeig dir alles und dann wirst du das schon schaffen." „Ja gut, dann komme ich am Montag gegen drei mal zu dir und du weist mich ein." „Okay, aber ich werde es zuerst noch dem Boss sagen, damit er dich bei deinem Chef anfordern kann. Vielleicht ruft dich einer von beiden noch deswegen an."

Tatsächlich kam ihr direkter Vorgesetzter am nächsten Tag zu ihr und fragte: „Na, was höre ich, Sie haben Ambitionen für Höheres?" „Nein, wie kommen Sie darauf?" „Na, wenn Sie jetzt schon im Chefsekretariat vertreten, kann ich mir sicher bald einen Ersatz für Sie hier suchen." „Meinen Sie? Ich hatte das so verstanden, dass das nur für vier Wochen Vertretung sein soll. Mehr weiß ich nicht." „Hören Sie: Ich finde, Sie machen hier einen super Job, und wenn Sie wegwollen, können Sie das auch sagen. Dann helfe ich Ihnen. Aber Sie müssen das nicht heimlich machen." „Herr Landmann, ich versichere Ihnen, ich weiß nur von einer Vertretung für Frau Schneider während ihrer Kur. Das möchte ich wirklich gern machen. Aber was anderes hab ich nicht im Sinn." „Okay, dann sage ich dem Chef Bescheid, dass das in Ordnung ist."

Nach dem Wochenende, an dem sie noch mal über die Vertretung nachgedacht hatte, war sie zu dem Schluss gekommen, sie könnte sich wirklich mal verändern. So ging sie gut gelaunt zu Frau Schneider. Dort erfuhr sie die wichtigsten Dinge, die in dem Büro zu erledigen waren. Dabei wurde ihr auch klar, dass die Sekretärin nicht nur für den Firmenleiter, sondern auch für den Kommunikationschef zuständig war. Das Sekretariat lag zwischen den beiden Büros und beide Telefonnummern landeten auf dem Apparat der Sekretärin. Während ihrer Einführung ging Frau Schneider auch mit ihr zu beiden Herren ins Büro und stellte sie vor. Der Firmenchef maulte nur kurz, er habe jetzt grad keine Zeit, sie solle sich alles gründlich zeigen lassen, damit auch nichts schiefgehe, wenn Frau Schneider weg sei. Der angeblich schwule Öffi, so nannte ihre Kollegin ihn, plauderte ein wenig mit beiden Damen und meinte: „Ich bin ja selbst erst einige Wochen hier. Wir werden sicher gut zusammenarbeiten."

So kam es also, dass sie eine Woche später am Schreibtisch von Frau Schneider Platz nahm und sich mit ihrem Passwort in deren PC einloggte. Oh Gott, da waren mehr als 20 Mails gekommen, die sie dem Chef bringen musste. Der las nämlich selbst keine E-Mails, sondern wollte sie immer von der Sekretärin vorgelegt bekommen. Also druckte sie den Kram aus, steckte jede Mail in eine Mappe und brachte sie dem Chef hinein. Der Öffi kam erst gegen halb zehn und flötete: „Heute war so schönes Wetter, da bin ich gleich einen kleinen Umweg mit dem Motorrad gefahren." „Oh, Sie fahren Motorrad? Das würde ich auch gern einmal machen." „Na, dann besorgen Sie sich einen Helm und wir machen mal eine Spritztour. Ist irgendetwas für mich in der Post gewesen?" „Nein, heute früh noch nicht." „Okay, dann versuchen Sie gleich, ob Sie den Chefredakteur von der Abendzeitung ans Telefon kriegen. Mit dem muss ich einen Artikel über unser neues Lager besprechen." „Wird gemacht."

Ihr Arbeitstag verging wie im Flug, ständig läutete das Telefon, eine Besprechung bei einem der beiden Herren löste die andere ab und so war sie ganz erstaunt, dass plötzlich der Öffi aus seinem Büro kam, den Helm in der Hand, und ihr einen schönen Feierabend wünschte.

Abends rief sie ihre Freundin Elvira an, deren Mann auch Motorrad fuhr, und fragte, ob sie ihr ihren Helm ausleihen könne. „Klar", sagte Elvira, „willst du dir auch eine Maschine kaufen?" Und sie erzählte, dass sie Vertretung im Chefsekretariat mache und der Öffi ihr angeboten habe, sie mal auf dem Bike mitzunehmen. „Ist er nett?", fragte Elvira. „Ja, aber er soll schwul sein." „Na, dann musst du ja keine Motorradpanne im Wald befürchten, hihi." Noch am selben Abend holte sie sich den Helm ab und nahm ihn am nächsten Morgen mit ins Büro.

Als sie dem Öffi den Kaffee brachte, fragte sie vorsichtig: „Wann können wir denn mal eine Spritztour machen?" „Oh, Sie sind ja von der schnellen Truppe. Das gefällt mir. Und wenn ich mir das Wetter und meinen Terminkalender anschaue, würde ich sagen, heute wird die Mittagspause etwas länger und wir fahren zum Eisessen in die Eifel. Kennen Sie den Italiener dort in Bad Münstereifel?" „Ja, sehr gut. Da komme ich her und das ist mein Lieblingsitaliener."

Punkt zwölf kam er aus dem Büro und meinte: „Und, sind Sie bereit für den Trip zum Italiener?" „Aber sicher. Ich freue mich auf die Fahrt und auf das Eis." Bevor sie losfuhren, sagte er zu ihr: „Also, jetzt lassen wir das Sie mal weg, denn ich nehme keine fremden Frauen auf meiner Maschine mit. Einverstanden?" „Ja, natürlich. Gilt das nur auf dem Bike oder auch später im Büro?" „Schaumer mal. Komm, jetzt steig auf und halt dich an mir fest."

Sie genoss die Fahrt, denn er fuhr schnell, aber umsichtig. Da die Strecke sehr kurvenreich war, musste sie sich gut an ihm festhalten. In Bad Münstereifel parkte er sein Motorrad und fragte: „Warst du heute zum ersten Mal auf einem Motorrad?" „Wieso, hab ich was falsch gemacht?" „Nein gar nicht, ich hatte das Gefühl, dass es dir gefallen hat und dass du dich instinktiv auch richtig in die Kurven gelegt hast." „Danke, ich bin schon ein paar Mal mit meinem Cousin gefahren, aber seit der eine neue Flamme hat, nimmt er mich nicht mehr mit." „Verstehe, na, dann komm, stärken wir uns mit einem Eis für die Rückfahrt."

Im Eissalon kamen die beiden ins Plaudern und sie merkte, wie freundlich und interessiert er seine Fragen stellte, wie gut er auf sie einging. Nach einer halben Stunde schaute sie auf die Uhr und erschrak: „Ich denke, wir müssen zurück, nicht dass ich Ärger mit dem Chef bekomme." „Ach Quatsch, das würde ich dann schon abbügeln." Und so machten sie sich auf den Rückweg. Als sie auf das Firmengelände einbogen, schaute der große Chef gerade aus dem Fenster. Er sah die beiden ankommen, öffnete das Fenster und deutete mit erhobenem Zeigefinger sein Missfallen an. Sie befürchtete schon Schlimmes und sprintete schnell an ihren Arbeitsplatz zurück. Als ihr Pilot kurz darauf ins Zimmer kam, fragte er: „Warum bist du so schnell verschwunden?" „Hast du den Chef nicht am Fenster gesehen?" „Ach, lass mich mal machen", antwortete er und ging in seiner Motorradkombi und mit Helm zum Chef ins Büro. Sie verstand nicht, was die beiden besprachen, hörte nur ab und zu beide lachen.

Abends, als sie mit ihrem Öffi allein war, fragte sie ihn: „Was hat der Boss gesagt?" „Wozu?" „Na, zu unserem verlängerten Trip." „Ach nichts, ich hab ihm erzählt, dass wir zusammen bei der Redaktion der Zeitung waren, weil ich dich dort vorstellen wollte, und dass der Chefredakteur uns zum Eis eingeladen hat." Sie saß mit offenem Mund da und konnte so viel Dreistigkeit nicht fassen.

Die vier Wochen Vertretung gingen sehr schnell vorbei und sie war schon wieder seit einer Woche an ihrem alten Arbeitsplatz, da stand am Freitag der jährliche Betriebsausflug an. Diesmal sollte es in einen Weinort am Rhein gehen, was bedeutete, dass die meisten Mitarbeiter die Zeit in den Weinlokalen mit Essen und vor allem Trinken verbringen würden. Im Bus setzte der Öffi sich neben sie und schlug vor, im Ort mit der Seilbahn auf einen Berg zu fahren. „Ich kenne den Platz dort oben, war schon ein paar Mal mit dem Bike da. Die Aussicht ist toll und das Essen auch. Heute ist es sicher auch nicht so voll wie an den Wochenenden."

Also sonderten die beiden sich von dem Rest der Mannschaft ab und gingen schnurstracks zur Seilbahn. Oben angekommen, machten sie einen längeren Spaziergang, genossen bei Traumwetter den herrlichen Blick auf den Rein und die übrigen Berge, bevor er sie einlud, im Lokal mit ihm essen zu gehen. Nachdem sie Platz genommen hatten, musste sie für kleine Mädchen. Er blieb am Tisch, und als sie zurückkam, sagte er: „Der Kellner hat gefragt: ‚Was möchte Ihre Frau essen und trinken?' und so hab ich einfach was für dich bestellt. Hoffe, es wird dir schmecken." „Sagst du mir denn, was du ausgesucht hast?" „Lass dich überraschen." Dann brachte der Ober zwei Gläser Weißwein und eine Flasche Wasser und sie sagte: „Die Wahl der Getränke ist schon mal gut, wenn jetzt noch das Essen passt, frage ich mich, woher du das gewusst hast."

Sie schwatzten, bis das Essen kam, und er meinte, mit Frau Schneider sei das Arbeiten nicht so schön wie mit ihr. Der Kellner brachte ihnen kurz darauf zweimal Kalbschnitzel mit Spargel und Kartoffeln und sie war wieder überrascht. „Das hätte ich auch bestellen können. Wer hat dir das eingeflüstert?" „Niemand, aber ich wünsche dir jetzt guten Appetit." Sie blieben nach dem Essen noch zwei Stunden sitzen, bestellten Kaffee und Erdbeerkuchen und unterhielten sich prächtig. Später schlug er vor, zu Fuß den Berg hinabzugehen, und so kamen sie erst am frühen Abend im Ort wieder an und gingen in eines der vielen Weinlokale. Er fragte sie, ob sie noch einen Weißwein wolle, und bestellte für sich aber nur Wasser. „Bin schließlich mit der Maschine gekommen und da trinke ich normalerweise gar keinen Alkohol. Das Glas heute Mittag war eine Ausnahme."

Nachdem alle angetrunkenen und entsprechend lauten Kollegen eingesammelt waren, konnte der Bus sich auf den Heimweg machen. Sie saßen wieder nebeneinander und er fragte sie, wie sie nach Hause komme. „Mit dem Bus." „Es ist noch nicht so spät. Magst du noch auf ein Glas mit zu mir kommen?" Sie sagte zu und so fuhren sie mit dem Motorrad zu ihm nach Hause, sie allerdings diesmal ohne Helm. In seiner Wohnung öffnete er eine Flasche Weißwein und sie nahmen auf dem kuscheligen Sofa Platz. „Also, ich sag dir jetzt was", meinte er, „ich glaube, du solltest dir einen Helm kaufen, wenn du noch öfters mit mir fahren willst. Denn so ganz oben ohne ist mir das zu gefährlich." „Willst du mich denn noch öfters mitnehmen?" „Auf alle Fälle, wenn du es auch willst."

Am Montagmorgen im Büro schaltete sie ihren Rechner ein und schrieb als erste Aktion eine E-Mail an ihre beiden Kolleginnen: „Hallo Angelika und Susanne, ich kann mit einem Gerücht aufräumen. Der neue Kommunikationschef ist definitiv nicht schwul."

# Auf Abwegen

Es war ein Sonntag wie im Bilderbuch. Der Winter kämpfte gerade ums Überleben, wobei ihn der Frühling zum ersten Mal in diesem Jahr so richtig in die Schranken wies. Sonnenschein, milde Temperaturen und Windstille, eine Kombination, die sie unweigerlich nach draußen trieb. Sie war sehr froh, dass sie sich mit ihrer Freundin Erika und deren elfjährigem Sohn Lukas verabredet hatte. So musste sie nicht allein losmarschieren. Das dachte sie jedenfalls, dann klingelte ihr Handy und Erika war dran: „Hi, du! Es tut mir leid, aber ich kann heute doch nicht kommen. Ich muss dringend zu meiner Schwester, sie braucht meine Hilfe." Nach einem kurzen Moment der Enttäuschung war für sie klar, dass sie auch allein losziehen würde. „Das ist sehr schade", antwortete sie, „dann eben das nächste Mal." Und mehr aus Höflichkeit als ernst gemeint fügte sie hinzu: „Wenn Lukas möchte, kann er auch ohne dich mitkommen. In der Lobau gefällt es ihm sicher. In der Natur ist immer was los." Sie war überrascht, als der junge Mann zusagte, war er doch bisher noch nie mit ihr allein unterwegs gewesen.

Die Lobau ist ein wunderschönes Naturparadies im Osten Wiens. Man sollte es nicht für möglich halten, aber das ist ein wahrer Dschungel in der Großstadt, ein Teil des Nationalparks Donau-Auen. Eine Unzahl von Pflanzen gibt es da zu sehen und Vogelbeobachter kommen voll auf ihre Kosten. Sie kannte sich in diesem Gebiet sehr gut aus, denn sie hatte schon in ihrer Kindheit viel

Zeit dort verbracht. Lukas war begeistert, als sie vorschlug, den Waldweg zu verlassen und durch das Unterholz zu wandern. Es sollte ein richtiges Abenteuer werden.

Während die beiden so kreuz und quer durch das Geäst stapften und sie beobachtete, wie sehr es dem Jungen gefiel, hier auf Abwegen zu wandeln, und wie sehr er darauf vertraute, dass sie den Rückweg wieder finden würde, dachte sie daran, wie schön es war, mit ihren Kindern hier umherzustreifen, als diese noch klein waren. Jetzt waren sie erwachsen und kamen nur mehr selten dazu, mit ihr Ausflüge zu machen.

Mittlerweile wurde das Dickicht immer dichter. Während Lukas noch leicht unter den Ästen durchschlüpfen konnte, wurde das für sie immer schwieriger. Also suchte sie nach Stellen, wo auch sie leichter weiterkam. Schließlich gelangten sie an einen Seitenarm der Donau. Es war ganz still, nur manchmal konnte man einen Vogel hören. Lukas griff sich am Ufer ein paar kleine Steine und ließ einen nach dem anderen gekonnt über die Wasserfläche hüpfen. Sieben-, acht-, neunmal kamen die Steine mit der Wasseroberfläche in Kontakt, bis sie endlich versanken. „Wetten, das schaffst du nicht!", rief er ihr zu und lachte, als sie es auch versuchte. Drei, vier, fünf, plumps – weg war der Stein. Mehr sollte es auch nach dem fünften Versuch nicht werden. Aber es war ohnehin Zeit, ans Umkehren zu denken. Lukas erriet sogar die richtige Richtung für den Heimweg.

Natürlich gingen die beiden auch diesmal querfeldein und nicht auf langweiligen Wegen. Plötzlich, als sie gerade wieder überlegte, wie sie zwischen all den Ästen in eine aufrechte Position gelangen konnte, rief ihr jugendlicher Begleiter: „He, was ist das? Schau mal, was ich gefunden habe!" Sie eilte zu ihm und nahm ihm das schmutzige Etwas aus der Hand. Sie wischte Blätter und Erde ab und stellte fest, es handelte sich um ein Portemonnaie, genau genommen eine Herrengeldbörse. Sie staunten nicht schlecht, was da zum Vorschein kam. Jede Menge Karten, Ausweise und ein paar Hundert Euro! Für den Elfjährigen war das jetzt Abenteuer pur. *„Wie kam das hierher? Mitten im Dschungel ... Weitab von allen Wegen ... Wie kann man so etwas hier verlieren? Werden wir am Ende noch etwas Schlimmes finden, wenn wir weitergehen?"* Sie musste ihn regelrecht beruhigen: „Ach nein, ganz bestimmt nicht! Da war sicher nur jemand auf Abenteuersuche, so wie wir. Und du weißt ja, dass viele Männer ihre Börse in der Hosentasche tragen. Da ist so was schnell passiert." „Darf ich den Schatz nach Hause tragen?", fragte er, noch immer sehr aufgeregt. „Natürlich", sagte sie, „du hast ihn ja auch gefunden." Jetzt suchten sie doch den nächsten zivilisierten Weg und wanderten zügig heimwärts. Immer, wenn ihnen jemand entgegenkam, versteckte Lukas die Börse unter seiner Jacke und setzte den unschuldigsten Blick auf, den er draufhatte.

Sie blieb noch bei ihm, bis seine Eltern zurückkamen. Und so nützten sie die Zeit, in der Börse nach Hinweisen zu suchen, die sie zu dem Besitzer bringen würden. Die Fotos in den diversen Ausweisen dürften jeweils in verschiedenen Jahren entstanden sein. *„Ein sehr wandelbarer Typ"*, dachte sie. *„Wie er wohl in Wirklichkeit aussieht?"* Mit den Daten, die sie fanden, und ein biss-

chen Detektivspürsinn kamen sie bald an seine Telefonnummer. Nach mehreren unbeantworteten Anrufversu-
chen sah sie nach, ob er WhatsApp nützte. Bingo! Da
war er. Flink schrieb sie ihm eine kurze Nachricht, er
möge doch kurz zurückrufen, damit sie ihm seine Geld-
börse bringen könne.

Sie war schon lange wieder zu Hause, als er tatsächlich
antwortete. Er ließ seiner Freude freien Lauf und bedankte sich überschwänglich für die Mühe, ihn ausfindig
gemacht zu haben. Als sie zu erzählen begann, wie es
zu dem Fund kam, konnte er sich genau erinnern, wann
er dort gewesen war, und er erzählte auch, dass er die
Börse irgendwo im Unterholz verloren haben musste.
„Ja genau", sagte sie, „mitten im Urwald, wo sonst keine
Menschenseele hinkommt." „Ja. Ich selber hätte dort
nicht mehr hingefunden. Wissen Sie, ich wandere gern
abseits der Waldwege. Und ich nehme nie denselben
Weg noch einmal." „Ich auch!", gab sie zurück. „Es ist
viel schöner, sich abseits der Wanderwege zu bewegen. Dabei habe ich sogar gelernt, mich nach dem Son-
nenstand zu orientieren." Sie unterhielten sich noch
eine Weile, dann verabredeten sie sich für den nächsten Tag. Lukas musste natürlich mitkommen. Sie rief ihn
sofort an und gab ihm Zeit und Treffpunkt bekannt.

Sie war ein paar Minuten vor ihm da und hielt Ausschau
nach ihm. Als er auf sie zukam und sie ansprach mit den
Worten: „Guten Tag, kann es sein, dass Sie etwas für
mich haben?", war sie verblüfft. Sie hätte ihn nicht erkannt, obwohl sie Fotos von ihm gesehen hatte. Es
stimmte also: ein wandelbarer Typ ... „Ja", antwortete

sie, „wenn Sie der Mann aus dem Jungle sind." Sie lächelte. „Ja, ich liebe die Lobau. Ich bin dort in der Nähe aufgewachsen", bestätigte er. Dann überreichte sie ihm sein verloren geglaubtes Eigentum mit den Worten: „Die Börse sieht schrecklich aus. Sie ist ja auch lang auf dem Waldboden gelegen." Da lachte er und gab zu: „Oh, nein, die hat vorher schon so ausgesehen! Zum Glück hab ich eine neue!" Sie unterhielten sich noch sehr angeregt, bis Lukas dazukam.

„So, so, du bist also der Pfadfinder, der den verlorenen Schatz wiedergefunden hat!", sagte er zu dem Jungen. Lukas war richtig stolz darauf und nickte bestätigend. Als ihm der fremde Mann zum Dank einen Hunderteuroschein in die Hand drückte, konnte er das gar nicht fassen. „Was? So viel? Das ist doch … Ich weiß nicht … Danke!", brachte er aufgeregt stotternd hervor. „Lass nur", sagte der Fremde, „das hast du dir verdient! Wer so aufmerksam durch die Natur geht und dann noch so ehrlich ist, alles abzugeben, muss belohnt werden. Ich bin stolz auf dich und danke dir wirklich sehr!"

Die nächsten Tage dachte sie oft an ihn. Die Trennung von ihrem Mann lag schon eine gefühlte Ewigkeit zurück und dieser Fremde hatte ihre Gedanken in eine Richtung gelenkt, die auf ihrem Gefühlskompass schon lange nicht mehr angezeigt worden war. Er hatte ein freundliches, offenes Wesen, konnte gut erzählen und liebte die Natur. Das Übergabetreffen war ihr plötzlich viel zu kurz vorgekommen. Sie hätten doch auch in irgendein Café gehen können. Einmal ertappte sie sich sogar dabei, sich vorzustellen, wie es wäre, mit ihm durch die Lobau zu wandern. Querfeldein bis zum Wasser. An einem schönen Frühlingstag …

Und dann die Überraschung: Er hatte ihre Telefonnummer nicht sofort gelöscht, sondern schickte ihr eine freundliche Dankesnachricht. Zum Schluss schrieb er: „Vielleicht haben Sie ja Lust, einmal zu zweit durch den Urwald zu schlendern. Wie wär's am Sonntag?"

# Seitenwechsel

Das Badewasser ist eingelassen. Am Fußende der Wanne brennen drei Kerzen, die einen warmen Vanilleduft verströmen. Nur beim Spiegel ist noch eine kleine Lampe an. Die angenehme Stimmung wird noch durch sanfte Entspannungsmusik untermalt. Panflötenmelodien von Edward Simoni. Vorsichtig steigt sie ins heiße Schaumwasser und lässt sich langsam nieder. Ihr Körper versinkt in dem Nass, bis nur mehr ihr Kopf zu sehen ist. Das lange, blonde Haar hat sie zusammengeknotet und ihre Brille abgelegt. *„Wie schön diese Ruhe ist",* denkt sie und schließt die Augen.

Die beiden Kinder sind über das Wochenende bei ihrem Vater. Alle zwei Wochen, darauf haben sie sich geeinigt. Diese Auszeit nützt sie gern für sich, wenn es irgendwie möglich ist, denn nicht nur die beiden Kleinen im Alter von drei und fünf Jahren fordern sie sehr, sondern auch der Job. Als Krankenpflegerin muss sie nicht nur körperlich hart arbeiten, sondern auch noch den Schichtdienst wegstecken. Heute hat sie frei und lässt es sich so richtig gut gehen. Erst hatte sie ein Buch mit ins Bad nehmen wollen, aber dann beschloß sie, es zu lassen. Sie will einfach nur ihren Gedanken nachhängen, denn zu viel ist in den letzten Wochen geschehen.

Die angespannte Situation während und nach der Scheidung ist schon Vergangenheit. Man hat sich geeinigt, dass es den Kindern gut gehen soll, und bemüht sich um ein gutes Auskommen, was zum Wohle aller Beteiligten gut gelingt. Meistens jedenfalls. Sie hatte sogar gedacht, wieder für eine neue Beziehung offen zu sein und sich mit Jonas eingelassen. Zu Beginn hatte sie das sehr genossen. Er war sehr charmant und bemühte sich sehr, auch den Kindern zu gefallen. Sie fand ihn total witzig und interessant. Stundenlang konnten sie miteinander reden, ganz anders als in ihrer ersten Beziehung. Nur im Bett wusste sie nicht so recht, wie sie ihre Gefühle einordnen sollte. Er war sehr zärtlich und einfühlsam, aber der Funke sprang irgendwie nicht über. Bald war klar, dass die erste Ekstase der Verliebtheit nicht ewig halten würde. Jonas spürt das auch. Wahrscheinlich wurden deshalb die Abstände zwischen ihren Treffen immer länger.

Jetzt, während ihre Hand mit dem Schwamm langsam über ihren nassen Körper gleitet, wird ihr bewusst, dass sie auch früher schon immer irgendetwas dabei vermisst hat. Rein körperlich hat ihr nie etwas gefehlt. Es gab da sehr befriedigende Momente. Aber das, was sie von Freundinnen öfter hörte, dass das Herz Sprünge macht, dass man vor Aufregung kein Wort herausbringt oder dass man vor Sehnsucht keinen Bissen mehr herunterbringt, das kannte sie nicht. Deshalb war sie so verwirrt, als sie vor etwa drei Wochen IHR begegnet ist.

Als sie Simona und Pauli in den Kindergarten brachte, rief das Mädchen vor Freude: „Schau, Mama! Da ist Linda!" Und sie lief aufgeregt zu ihr hin. Linda war neu in der Gruppe und Simona mochte sie gleich sehr gern. Ihre Mutter, eine Frau um die 30, vielleicht etwas jünger, war gerade dabei, die Sachen ihrer Tochter auf den Haken zu hängen, als sich ihre Blicke trafen. Es war, als hätte sie der Blitz getroffen. Ihr wurde ganz heiß und sie spürte ihr Herz bis zum Hals schlagen. Sie drehte sich schnell zu ihrer Tochter um, weil sie fürchtete, dass die fremde Frau bemerkte, dass ihr die Röte ins Gesicht stieg. *„Was ist das? Wie kann so etwas geschehen?!"*

Das war ein völlig neues Gefühl. Sie wollte nicht unhöflich sein. Deshalb ergriff sie nicht gleich die Flucht, sondern grüßte erst einmal höflich: „Hallo, ich hab schon viel über Linda gehört. Simona mag sie sehr gern. Freut mich, dich kennenzulernen!" Sie reichte ihr etwas verlegen die Hand und eine freundliche Stimme antwortete: „Hi! Ja, ich weiß, Linda hat auch schon erzählt, dass sie gern mit deiner Tochter spielt. Sie ist ein entzückendes Mädchen." „Danke, Simona auch." Die Konversation wirkte ein wenig verkrampft. Keine wusste so recht, was sie sagen sollte. Aber irgendwie konnten sie den Blick nicht voneinander lösen. Es war beinahe magisch. Zum Glück fiel ihr ein, dass sie zur Arbeit musste, und so verabschiedete man sich auf ein ungewisses nächstes Mal.

Sie musste sehr achtgeben, dass sie bei den Patienten keine Fehler machte, so schwer fiel es ihr, sich zu konzentrieren. Immer wieder kreisten ihre Gedanken um diese Erfahrung der anderen Art. Hat sie sich nur eingebildet, dass es der Frau ähnlich ging wie ihr? Sie wirkte nicht ganz so nervös wie sie selbst, aber doch berührt. Als sie sich die Hände gaben, durchströmte sie eine wohlige Wärme, als ob die Energie von ihrem Gegenüber direkt auf sie übersprang. Sie verstand gar nicht, wie so etwas passieren konnte. Sollten das etwa die Gefühle sein, die sie bei ihren männlichen Partnern vermisst hat? Sie ertappte sich dabei, nachzudenken, ob sie jemals Gefallen an Frauen gefunden hatte. Aber diese Möglichkeit hatte sie wirklich noch nie in Betracht gezogen.

Nachdem eine Kollegin sie auf ihre Unkonzentriertheit ansprach, riss sie sich zusammen und schob die Gedanken beiseite. Als sie wieder auf dem Weg zum Kindergarten war, um die zwei Helden abzuholen, hatte sie sich so weit beruhigt, dass ihr klar war, ihre Sinne mussten für einen kurzen Moment verrückt gespielt haben. Alles war gut so, wie es war, und das würde es auch bleiben.

Ein paar Tage später trafen sie sich wieder am Morgen. Die Kinder begrüßten sich stürmisch und sie konnten es gar nicht erwarten, in die Gruppe zu kommen. Dann verließen die beiden Mütter den Kindergarten zusammen und blieben vor der Tür stehen. Lindas Mama berührte sie an der Schulter und fragte vorsichtig: „Wir feiern in zwei Wochen Lindas Geburtstag. Simona steht auf der Wunsch-Gästeliste ganz oben. Würdet ihr kommen? Pauli natürlich auch." Sie meinte, in ihrem Blick ein erwartungsvolles Blitzen gesehen zu haben, und antwortete spontan: „Ja, gern. Dann können wir vielleicht auch ein bisschen miteinander schwätzen." Und so sehr sie sich auch bemühte, die Frau neben sich als gleich gepoltes Wesen zu betrachten, so sehr wurde ihr klar, dass das völlig unmöglich war. Sie fühlte sich von ihr angezogen. Während sie miteinander sprachen, prägte sie sich ihr Gesicht ein. Es war schlank, von kurzen dunklen Haaren umsäumt und wirkte irgendwie frech. Ihre Figur versteckte sie unter weiten Kleidern. Aber es war zu erahnen, dass sie weibliche Formen hatte. Ganz langsam nahm sie dieses Gefühl des Hingezogenseins an. Die eindeutigen Signale konnte sie nicht mehr negieren, und das wollte sie auch gar nicht mehr. Sie sagte sich: *„Warum nicht solche Gefühle zulassen, nur weil ich sie nicht für einen Mann hege, sondern für eine Frau?"*

Der Kindergeburtstag war nicht nur für die Kids aufregend. Als die anderen Familien alle nach Hause gegangen waren, blieb sie noch eine Weile da. Im Kinderzimmer wurden die Geburtstagsgeschenke ausprobiert, während die beiden Mamis im Wohnzimmer berieten, wann sie einmal gemeinsam etwas unternehmen könnten. „Jedes zweite Wochenende sind die Kinder bei ihrem Vater. Da kann ich auch mal allein was anstellen. Wie ist das bei dir?", fragte sie neugierig. „Ich habe Linda ohne Mann bekommen, wenn du verstehst, was ich meine. Aber manchmal bleibt sie über Nacht bei meiner Mutter", lautete die Antwort, „das mit dem Wochenende lässt sich also machen." Und sie lächelten sich zufrieden an, während sie sich mit einem guten Glas Kindersekt zuprosteten.

So langsam spürt sie, dass das Wasser nur mehr lauwarm ist, also steigt sie aus der Badewanne und trocknet sich gut ab. Liebevoll macht sie sich für ihre Verabredung zurecht. Vorfreude und Zufriedenheit strahlen aus ihrem Gesicht. Wer hätte so was je gedacht? Sie bläst die Duftkerzen aus, löscht das Licht und macht sich auf den Weg zu ihr.

# Kommst du jetzt?

Er hatte den Termin verschwitzt, bis zu dem er die 16 Klausuren hätte nachsehen müssen. Das war ärgerlich. Er schrieb seinem mit ihm beurteilenden Kollegen, dass er versuchen wollte, die Resultate übers Wochenende nachzusehen und dann die Noten durchzugeben. Da die Studenten ihre Projekte am folgenden Dienstag vor der Prüfungskommission präsentieren sollten, mussten vorher alle schriftlichen Noten vorliegen.

So fing er also am Sonntag zu Hause an, die 16 Dokumente in Augenschein zu nehmen, aber ständig wurde er von seinen Kindern gestört. „Papa, kannst du mal … Papa, schau mal! … Papa, ich muss mal! …" Also beschloss er, am nächsten Tag in die Uni zu fahren und dort weiterzuarbeiten. Das gefiel ihm gar nicht, denn es war Rosenmontag und normalerweise hätte er irgendwelche Umzüge mit seiner Familie besucht. Aber Dienst ist Dienst und Schnaps ist Schnaps. Vielleicht konnte er ja bis zum Nachmittag fertig werden und dann noch seiner Familie irgendwohin folgen. Und abends vielleicht mit seiner Frau auf einen Ball oder in eine Kneipe gehen, wenn die Schwiegermutter auf die Kinder aufpassen würde.

Als er am Montag gegen neun in seinem Büro eintraf, war seine Assistentin schon da. „Was ist los mit dir, keine Lust auf Karneval?", fragte er sie. „Eigentlich schon, aber meine Freundin hat sich wohl an Weiberfastnacht erkältet und liegt mit 40 Grad Fieber im Bett. Allein will ich nicht weggehen und außerdem sind hier eh viele Sachen liegen geblieben. Die kann ich heute in

Ruhe abarbeiten. Wieso bist du denn hier?" „Ach, ich hab total verpennt, dass ich diese 16 Klausuren noch korrigieren muss. Morgen finden die mündlichen Prüfungen statt und die Noten der schriftlichen Arbeiten müssen vorher feststehen. Die Kollegen haben mich gestern erinnert." „Kann ich dir irgendwie helfen?" „Nicht wirklich, außer mit einem Kaffee oder so …"

Sie ging gleich in die Küche und wenige Minuten später stellte sie einen dampfenden Becher auf seinen Schreibtisch. Sie lächelte ihn an und fragte: „Sonst noch Wünsche, Herr Professor?" „Jetzt grad nicht, aber ich komm drauf zurück." Sie ging ins Vorzimmer und er hörte sie kurz darauf in ihre Tasten hämmern. Er begann die dritte Arbeit zu lesen und beim zweiten Absatz schüttelte er den Kopf. *„Was hat der sich denn hier gedacht? Das passt doch gar nicht zu seinem Thema. Sicher irgendwo geklaut …"* Er las weiter und erkannte schnell, dass diese Arbeit keine gute Note bekommen würde. Einige Stellen im Text markierte er, fügte Kommentare ein und am Schluss vergab er nur fünf von zehn möglichen Punkten. Die nächste Arbeit las sich flüssiger und er hatte Spaß dabei, sich das darin beschriebene Projekt vorzustellen. Der Text war präzise und in vieler Hinsicht sehr genau, es gab gut gemachte Grafiken und das Ganze klang nach einer Superidee. Auch nachdem er die Arbeit zweimal gelesen hatte, hatte er kaum etwas daran auszusetzen. So vergab er also neun Punkte.

Als er aufschaute, sah er seine Assistentin in der Tür stehen. Sie hatte ihm scheinbar schon einige Zeit zugeschaut. Grinsend fragte sie: „Wie wär's mit einer kleinen

Pause? Ich habe ein paar Berliner dabei und die könnten wir uns teilen. Magst du noch einen Kaffee dazu?" „Lass mich wenigstens noch eine Arbeit anschauen, denn ich habe erst fünf fertig. Sagen wir in circa einer halben Stunde?" „Na gut, dann machen wir aber gleich eine längere Pause. Ich komme wieder."

Die halbe Stunde verging für ihn sehr schnell; sie hingegen hatte gar keine Lust mehr zu arbeiten und langweilte sich. Sie setzte den Kopfhörer auf und schaltete das Fernsehprogramm auf ihrem Rechner ein. Da lief die Übertragung der Rosenmontagszüge und sie wurde ein bisschen traurig, dass sie den Tag hier verbrachte. Sie dachte darüber nach, ob sie ihrem Professor nicht noch etwas mehr als ein Lächeln entlocken konnte. Heimlich war sie schon länger in ihn verliebt. Sie wusste, dass er verheiratet war und vier Kinder hatte. Aber am Rosenmontag war doch ein kleiner Ausrutscher erlaubt. Sie dachte darüber nach, wie sie ihn davon überzeugen könnte.

Gegen zwölf holte sie die Berliner, machte frischen Kaffee und schaute nach, ob der Sekt von Weiberfastnacht noch im Kühlschrank war. Sie fand ihn und stellte die Flasche und zwei Gläser zum Kaffee und den Berlinern auf ein Tablett. Dann stöckelte sie in sein Büro und machte, ohne dass er es mitbekam, den Sekt auf. Erst als der Korken knallend aus der Flasche sprang, schaute er auf. „Was hast du denn jetzt vor?", fragte er sie. „Ich will dich ein bisschen ablenken, denn schließlich ist Rosenmontag und da ist ja eigentlich Arbeiten verboten. Prost, mein fleißiger Professor!" Sie reichte ihm sein Glas, stieß mit ihm an und beide tranken einen

Schluck. Dann ging sie um den Schreibtisch herum und beugte sich zu ihm. Ehe er sichs versah, hatte sie ihn geküsst. Zuerst nur flüchtig, aber dann stellte sie ihr Glas ab, umarmte ihn und der Kuss wurde intensiver.

Er war ganz verdattert, aber es war ihm nicht unangenehm. Seine Assistentin war eine gutaussehende Frau und sie küsste wie ein Profi. Es dauerte nicht lange, da saß sie auf seinem Schoß. Als sie Luft holte, sagte er: „Was wird das hier?! So werde ich mit meinen Korrekturen nie fertig …" „Wieso, wir hatten vereinbart, dass wir eine längere Pause machen. Das war erst der Anfang. Komm, trink noch ein Schlückchen, küss mich noch mal und dann sehen wir weiter."

Eine Stunde später war die Sektflasche leer, der Kaffee kalt geworden und der Bildschirmschoner seines Laptops zeigte Bilder von seiner Familie. Das brachte ihn auf den Boden der Tatsachen zurück und so löste er sich von ihr und sagte: „Danke für die Pause, die war sehr schön, aber jetzt muss ich weiterarbeiten. Sonst wird das nix mehr." „Gib mir doch ein paar Arbeiten ab, vielleicht kann ich dir die Korrekturen abnehmen oder zumindest vorbereiten. Apropos abnehmen: Die Berliner müssen auch noch gegessen werden. Zwei für dich, einer für mich. Okay?"

Sie holte neuen Kaffee, beide setzten sich an den Besprechungstisch und aßen die gezuckerten Berliner. Als sie ihm den Zucker von den Lippen küssen wollte, wehrte er ab: „Bitte, lass uns jetzt erst mal arbeiten. Wenn die Arbeit fertig ist, können wir vielleicht noch eine kleine Pause einlegen." Sie strahlte ihn an und räumte Gläser und Geschirr ab. Dann bat sie ihn noch mal, ihr drei Projektarbeiten zu schicken, was er auch machte. Sie druckte sie aus und begann die Dokumente zu lesen und Hinweise am Rand zu vermerken. Sie kannte seine Art zu korrigieren und als sie ihm knapp zwei Stunden später die drei Papierstapel hinlegte, sagte sie: „Schau mal. Das musst du natürlich selbst in die Originale eintragen, aber ich denke, es ist in deinem Sinne." Er hatte inzwischen weitere vier Arbeiten korrigiert und so fehlten nur noch drei. Er machte sich daran, ihre Korrekturen einzuarbeiten. Dann schickte er noch zwei weitere Arbeiten zum Drucker, damit sie diese auch noch nachsehen konnte.

Gegen 17:00 Uhr waren alle Arbeiten geprüft und benotet und sie kam zu ihm an den Schreibtisch. „Ist jetzt noch Zeit für eine kleine Pause?" Er schaute auf die Uhr und meinte: „Ja, ein kleines Päuschen sollte noch drin sein." „Kommst du jetzt in mein Zimmer oder bleiben wir hier bei dir?"

# ¡Hola! ¿Qué tal?

So begrüßte ich ihn, als er zum ersten Mal zu mir kam. Er hatte sich telefonisch angemeldet und wollte möglichst alle zwei Tage spanische Konversation mit mir machen. „Na, dann kommen Sie erst mal her, und wir schauen, was wir machen", hatte ich am Telefon zu ihm gesagt. Nun stand er also vor mir, groß, dunkelhaarig mit einigen grauen Stellen, sicher ähnlich alt wie ich, und er lachte mich an. Ich redete gleich Spanisch mit ihm und fragte: „Willst du was trinken?", und er meinte: „Wasser reicht. Schließlich möchte ich was lernen bei Ihnen." „Wenn du was lernen willst, sollten wir gleich die Vornamen benutzen. Im Spanischen redet man sich weniger mit Señor und Señora an, sondern mit den Vornamen." „Sicher, dann also: Ich möchte bei dir was lernen, weil ich in sechs Wochen zu einem Projekteinsatz nach Bolivien fliege. Und da sollte mein Spanisch besser sein als heute." „Nun, was ich bis jetzt höre, ist doch schon ganz gut. Was, glaubst du, fehlt dir am meisten?" „Das Geplauder wie jetzt mit dir ohne große Inhalte geht schon. Aber wenn ich an mein Arbeitsumfeld denke, so habe ich keinen einzigen Fachbegriff drauf."

Ich holte eine Flasche Wasser und zwei Gläser und schenkte uns ein. „Was machst du denn genau?" „Ich bin Berater und in Bolivien soll ich einer Firma helfen, ihre Kommunikation und ihren Kauf, nein, Vertrieb zu verbessern." „Okay, wie wird das ablaufen?" „Nun, ich werde mir die Firma genau anschauen, viele Gespräche mit den Menschen führen und dann daraus Ideen entwickeln, was sie anders machen sollen." „Ah, verstehe.

Du wirst die Mitarbeiter interviewen, die Organisation näher untersuchen und dann mit dem Management zusammen neue Vorschläge und Strukturen erarbeiten." „Ja, Strukturen, das Wort hatte ich gesucht. Dabei kann es vorkommen, dass einige Mitarbeiter eine andere Aufgabe bekommen oder vielleicht sogar entlassen werden müssen. Das macht mir Sorge." „Ja, das ist sicher eine schwierige Aufgabe, aber das hast du doch bestimmt schön öfter gemacht." „Ja, aber noch nie in einem spanischsprachigen Land."

Wir plauderten weiter in unserer ersten Stunde und der Mann wurde mir zunehmend sympathischer. Denn seine offene Art und sein gewinnendes Lächeln nahmen mich irgendwie gefangen. Ich war sicher, das würde ihm auch in seinem Projekt gelingen. Am Ende der Stunde machten wir einen neuen Termin aus und er verabschiedete sich mit den Worten: „Vielen Dank für das angenehme Gespräch. Ich möchte das wirklich gern alle zwei Tage wiederholen. Es macht mir großen Spaß, mit dir zu sprechen, und ich verliere die Furcht vor der Sprache. Bis Donnerstag um vier also."

Als er weg war, googelte ich ein wenig nach ihm und fand heraus, dass er tatsächlich zwei Jahre älter war als ich und dass er aus der Nähe von Köln kam. Er hatte nichts über seinen Status in Facebook vermerkt und er trug keinen Ring, Also war er vielleicht nicht verheiratet. Beim nächsten Mal musste ich etwas mehr über ihn herausbringen. Als er klingelte, kämmte ich noch mal schnell mein Haar, das wie immer wild durcheinander war. Meine blonden Locken konnte man kaum bändigen. Noch ein bisschen Parfum, dann ließ ich ihn herein. „Oh", sagte er gleich, „du duftest aber gut. Das ist mir beim letzten Mal nicht aufgefallen." Dabei lächelte er mich verschmitzt an. Ich lief rot an und ging schnell in die Küche, um Wasser zu holen.

Bevor wir über sein Projekt redeten, sagte ich zu ihm, dass es sicher auch wichtig sein würde, seine private Situation, seinen Hintergrund und frühere Projekte gut erläutern zu können. „Da hast du recht. Wo soll ich anfangen?" „Na, stell dir vor, ich bin die Chefin der Firma in Bolivien und du stellst dich mir vor." „Bueno. Also, ich bin 64 Jahre alt, habe seit 30 Jahren in vielen Ländern als Berater gearbeitet. Ich habe drei Kinder und bin schon Großvater einer achtjährigen Enkelin." „Bist du verheiratet?" „Nicht mehr, das hat nicht mehr funktioniert und so haben wir uns getrennt. Und allein ist es auch ganz schön, jetzt habe ich auch mehr Zeit für die Kinder, für meine Enkelin und für meine Freunde, wenn ich zu Hause bin. Aber ich bin ja immer viel unterwegs. Das ist auch für eine Beziehung schwer."

Dann wechselten wir wieder zu seinen Projektthemen und ich war noch mehr von ihm fasziniert als beim ersten Mal. Einmal, als ich ihm Wasser nachschenkte, berührten sich kurz unsere Hände und ich hatte das Gefühl, mich trifft ein Blitz. Er lachte und meinte: „Oh, was war das? Sind wir elektrisch?" „Scheinbar, das kommt von meinem Teppichboden, das habe ich schon ein paarmal bemerkt." „Ich habe gesehen, wie deine Augen gezuckt haben, hoffentlich war es nicht schmerzhaft." „Nein, nur ein kurzes Blitzen. Nichts Schlimmes." Und den Rest der Stunde plauderten wir über uns. Er wollte wissen, ob ich verheiratet sei und Kinder hätte. Dass ich auch Single war, überraschte ihn offenbar, denn er sagte: „Das ist ja Verschwendung, so eine schöne Frau wie du sollte doch in festen Händen sein." „Warum? Ich war sehr lange in einer Beziehung, aber jetzt bin ich nicht gebunden. Ich brauch grad keinen Mann, ich komme sehr gut allein zurecht."

Er schaute mich ungläubig mit seinen großen blauen Augen an und sagte: „Na, dann denken wir ja ähnlich. Und es besteht keine Gefahr, dass wir uns ineinander verlieben. Wann treffen wir uns am Samstag?" „Ich bin unterwegs und komme erst gegen 19:00 Uhr zurück." „Sollen wir uns dann um acht zum Essen treffen? Sicher kennst du ein schönes Restaurant. Schließlich ist Valencia deine Heimat und ich bin zum ersten Mal hier." „Ich gehe gern ins ‚Levante Valencia' in der Avenida de Manuel de Falla. Das ist ein typisch Valencianisches Lokal. Würde dir das gefallen?" „Claro que sí. Reservierst du einen Tisch?" „Ja, mach ich, bis Samstag um acht dort."

Ich kam etwas abgehetzt von meinem Einkaufstrip mit meiner Schwester zurück, sprang schnell unter die Dusche und schaffte es, kurz nach 20:00 Uhr im Restaurant anzukommen. Er hatte sich schon ein Glas Rotwein und Wasser bestellt und fragte mich gleich nach meinem Getränkewunsch. „Rotwein ist für mich auch fein." Als der Kellner die Karten brachte, bestellte er einen Rotwein für mich und fragte: „Was hast du heute Schönes gemacht?" „Ich war mit meiner Schwester shoppen, und du?" „Hab in einem spanischen Roman gelesen, den ich in Deutsch schon kenne. ‚Das Café am Rande der Welt'. Kennst du die Geschichte?" „Ja, und ich finde sie faszinierend. Kennst du auch sein anderes Buch: ‚Was ich gelernt habe'?" „Nein, worum geht's da?" Darin erläutert er, dass man sich ständig weiterentwickeln soll durch den Austausch mit anderen Menschen." „Na, das tun wir doch auch gerade, oder?"

Die Plauderei beim Essen und die Paella, die ich ihm zuliebe mit ihm teilte, waren großartig. Wir tranken eine ganze Flasche Rotwein und danach noch zwei Hierbas zur Verdauung. Am Ende war ich leicht beschwipst und er fragte: „Wie kommst du nach Hause?" „Bin mit dem Bus gekommen, aber ich glaube, ich fahre jetzt lieber mit dem Taxi." „Darf ich dich begleiten?" Der Kellner rief uns einen Wagen und kurz danach saßen wir zusammen auf dem Rücksitz. Wieder berührten sich unsere Hände und ich denke, das war nicht unabsichtlich. Ich ließ es geschehen und er verstand diese kleine Geste.

Am nächsten Morgen wachte ich schon um fünf auf und er schlief noch. Ich schaute ihn lange an, machte mich mit den vielen kleinen Lachfalten an seinen Augen vertraut und fragte mich, wie das jetzt mit uns weitergehen würde. Kurz darauf wachte er auf, schaute mich an und fragte: „Bereust du, dass wir hier zusammen sind?" „Nicht im Geringsten. Ich fand es schön. Soll ich uns einen Kaffee holen?" „Ja, Kaffee wär toll."

Später saßen wir auf meiner Terrasse und redeten die ganze Zeit. Ich sagte: „Ich glaube, du musst dir um deine Sprache keine Sorgen machen. Aber ich würde gern wissen, ob du nach deinem Einsatz in Bolivien noch mal zurückkommst." „Seguramente volveré."

# Du musst ein Schwein sein

Wie oft hatte ihre Freundin Katja schon vorgeschlagen, einmal den großen Rosenmontagszug in Köln zu besuchen! Obwohl sie so sehr davon schwärmte, wurde irgendwie nie was daraus. Die 26-jährige geborene Rheinländerin, man erkannte ihre Herkunft immer noch deutlich an der Sprache, lebte schon sechs Jahre in Österreich und fühlte sich da auch sehr wohl. Aber das besondere rheinische Heimatgefühl und, damit verbunden, ein unbändiges Heimweh erwachten jedes Jahr spätestens zur Karnevalszeit wieder in ihr. In diesem Jahr musste es deshalb endlich sein.

Schon vor Wochen hatten sie Flüge und ein gemeinsames Hotelzimmer gebucht. Blieb noch die Wahl eines ausgefallenen Kostüms. Katja hatte ihr viele Fotos gezeigt und erklärt: „Lass dich dort ja nicht ohne Verkleidung blicken! Das geht gar nicht! Du wärst der einzige unmaskierte Mensch weit und breit, also … quasi nackt …"

Kurz darauf schnappte sie die Karnevalspezialistin und fuhr mit ihr zu dem großen Kostümverleih in der Innenstadt. Sie hatte noch keine bestimmte Vorstellung. Sie wusste nur, es musste bunt und auffällig sein, und frech. Sie kamen bei den Tierkostümen an, dann bei den Rittern und Burgfräuleins. Weiter vorbei an den Rockern und Gruselgesichtern, blieben sie kurz bei den Hexen und Zauberern stehen. Ein Hexenoutfit kam in die engere Auswahl, aber irgendetwas fehlte ihr noch. Die Kleopatra hätte ihr gefallen. Die war richtig sexy, aber wahrscheinlich würde sie darin erfrieren. Und Farbe fehlte ebenfalls. Also weiter. Fündig wurde sie in der Märchenabteilung. Das Rotkäppchen hatte alles, was sie wollte. Knalliges Rot, verführerische, figurbetonende Details und einen warmen Kapuzenumhang. Katja wirkte auch sehr zufrieden mit der Auswahl und überlegte erst, ob sie als böser Wolf oder Großmutter gehen sollte. Sie entschied sich aber letztendlich in eine ganz andere Richtung und übernahm die Rolle der Wahrsagerin.

Dermaßen perfekt ausgerüstet brachen die Damen am Samstag auf nach Köln. Den Sonntag nützten sie für eine Stadtbesichtigung, wobei Katja sich als großartige Fremdenführerin erwies.

Während sie sich für den Rosenmontagszug zurechtmachten, musste sie sich noch ein paar wichtige Unterweisungen anhören. „Es gibt ein paar Dinge, die du unbedingt wissen musst, bevor wir uns in den Trubel stürzen!", begann Katja sie zu belehren. „Erstens: Es kann immer und überall passieren, dass dich aus heiterem Himmel jemand küsst. Das nennt man hier *Bützchen* und ist ganz normal. Hau ihm also nicht gleich eine rein, das könnte böse enden. Zweitens: Gib acht, dass dir keine Kamellen auf den Kopf fallen. Das sind die Süßigkeiten, die von den Wagen in die Menge geworfen werden. Sammle einfach so viel, wie du kriegen kannst. Und drittens: Du wirst in diesen paar Stunden mehr Leute kennenlernen, als du dir vorstellen kannst. Und nichts, was die tun oder sagen, darfst du ernst nehmen!" Das versprach ja heiter zu werden!

Sie musterten sich noch gegenseitig und bestätigten einander, dass sie umwerfend aussahen. Das Rotkäppchen mit dem Korb am Arm wirkte auf den ersten Blick brav und scheu. Wenn sich aber der warme Umhang öffnete, kam das sexy rote Kleid zum Vorschein, in dem die weibliche Fülle erfolgreich präsentiert wurde. Der Blick wurde zuerst auf das üppige Dekolleté gelenkt und führte dann abwärts zu den schwarzen Netzstrümpfen und den hohen Stiefeln. Katjas Wahrsagerinnenkluft versprach nicht weniger. In der Tür hielt sie noch einmal ihre durchsichtige Plastikkugel in die Höhe und sprach kryptisch: „Magische Kugel, geheimnisvolle Macht! Lass das Fest beginnen und bescher uns eine fröhliche Nacht!" Die beiden lachten laut und machten sich auf den Weg. Beinahe hätte sie dabei ihre Kamera vergessen. Sie wollte doch unbedingt ganz viele Fotos von den Kostümierten machen.

Das Wetter hätte schöner nicht sein können. Strahlender Sonnenschein und fast frühlingshafte Temperaturen waren nicht nur zum Fotografieren ideal, man musste auch nicht frieren, was beim Karnevalszug schon mal vorkommen konnte. Sie bahnten sich einen Weg durch die jubelnde Menge, welche die ersten Wagen schon erwartete. An einer Straßenecke fanden sie noch einen Platz mit guter Übersicht, wo sie zuerst einmal bleiben wollten. Als sie sich umsah, wurde ihr bewusst, dass Katja wirklich nicht übertrieben hatte. Es gab hier nicht einen Menschen in Alltagskleidung. Und die Freundin versicherte ihr, dass das an diesem Tag in ganz Köln so sei. Jung und Alt waren hier im Ausnahmezustand und die Stimmung war sagenhaft. Dabei war noch nicht ein Wagen vorbeigefahren.

Jetzt hörte man von fern die erste Blasmusikkapelle an-rücken. Es ging los! In den ersten Reihen begann ein kurzes Gerangel um die besten Plätze, aber alles blieb friedlich. Der Humor ging hier so weit, dass man sich nicht die Köpfe einschlug, nur um ganz vorn zu stehen. Man wechselte sich einfach ab. So konnte auch sie die ersten Fotos von einem guten Platz aus schießen. Es wurde nun richtig laut und von den langsam vorbeifah-renden Wagen wurden immer wieder die angekündig-ten Kamellen geworfen. Sie hatte dabei mehr Angst um die Kamera als um ihren Kopf.

Nach einer Weile ließ eine junge Familie sie in die erste Reihe und suchte sich eine neue Position. Sie stieg bei einem Kaufhaus ein paar Stufen hinauf und bekam so ihre Motive aus einer ganz anderen Perspektive vor die Linse. Von hier aus sah sie auch die Passanten in ei-nem anderen Licht und begann, vorbeigehende Men-schen zu fotografieren. Natürlich war sie meistens da-rauf bedacht, keine Gesichter abzulichten. Am besten die Leute merkten gar nicht, dass sie gerade zum Model wurden. Wenn einem aber so ein Prachtexemplar von einem Schwein über den Weg lief, konnte man auf den Datenschutz keine Rücksicht mehr nehmen. Man musste einfach abdrücken. Und das tat sie auch.

Im selben Moment, in dem sie den Auslöser betätigte, erkannte sie, dass das Opfer ihr direkt in die Kamera blickte. Erschrocken schaute sie auf und sah auch schon das schelmische Grinsen in dem Schwei-negesicht. Das sah so lustig aus. Die aufgesetzten Schweinsohren, dazu ein Schweinerüssel auf der Nase. Das alles genauso rosa wie das restliche Gewand. Sie musste laut loslachen und konnte gar nicht mehr aufhören. „Na, Rotkäppchen! Ich würde an deiner Stelle ein harmloses Schwein nicht so schamlos auslachen. Das könnte schlimm enden!", rief er ihr zu, kam eilig näher und blieb ganz nah vor ihr stehen. Sie verstummte und wusste nicht, was jetzt auf sie zukam. „Du hast mich gerade fotografiert, oder?", fragte er in strengem Ton. „Hm, ja …", antwortete sie zögerlich. „Da gibt es nur eine Strafe für!", rief er und küsste sie einfach auf den Mund. Dabei umarmte er sie ganz fest.

Aus dem Augenwinkel sah sie, wie Katja ihr ein Zeichen mit den Händen gab. Sie deutete es als: „Nicht schlagen!", und damit lag sie völlig richtig. Als der Überraschungsmoment verflogen war, sagte sie schlagfertig: „Kennst du die Strafe dafür, wenn man ungefragt das Rotkäppchen küsst, du Schwein?" Als er sie völlig überrascht ansah, erkannte sie, dass der Rest, der von dem Mann zu sehen war, zugegebenermaßen sehr ansprechend aussah. Er war wahrscheinlich nicht älter als 30 Jahre, also höchstens ein bisschen älter als sie, war bartlos und hatte hellblaue Augen. Sie fand, dass diese bei dem rosa Gewand besonders auffielen, und musste sofort wieder lächeln. „Was muss ich tun, um dem Zorn des bösen Rotkäppchens zu entkommen?", wollte er schnell wissen. „Nun ja, weil du es bist, werde ich Milde walten lassen und dir nicht den bösen Wolf auf den Hals hetzen, wenn du bereit bist, mich … und natürlich meine Freundin, die Wahrsagerin … auf eine Tasse warmen Tee einzuladen." Er überlegte kurz, um dann zu antworten: „Das ist eine angemessene Strafe, die ich gern annehmen werde."

Es war nicht weit bis zu der nächsten Bar. Zwar gab es dort keinen Tee, aber heißen Glühwein, der seine Wirkung nicht verfehlte. Nachdem der junge Mann erzählt hatte, dass er noch seinen Kumpel, Popeye the Sailor, abholen wollte, beschlossen sie, das zusammen zu tun, um nachher zu viert durch die Stadt zu ziehen. Der Spinat essende Seemann war auch sehr gelungen. Zur Matrosenuniform die ausgestopften, hautfarbigen Ärmel mit Anker-Tätowierung, das war eine eigene Fotoserie wert, genau wie das Schwein.

Die Stunden verflogen, der Alkoholspiegel stieg langsam, aber stetig, und die jungen Leute hatten offensichtlich den Spaß ihres Lebens. Die Fotos wurden immer unschärfer und sie wusste nicht, warum. Also packte sie die Kamera ein und fragte in die Runde: „Wäre es jetzt nicht an der Zeit, etwas zu essen? Wo kann man denn hier am Abend hingehen?" Er schlug das Gaffel Kölsch vor, was alle Einheimischen sofort guthießen. Also marschierten sie durch die immer noch beachtliche Menschenmenge Richtung Dom.

Auch hier war noch die Hölle los und die Lautstärke, die sich durch die Musik und die Menschenmenge ergab, war grenzwertig. Sie war irgendwie recht aufgedreht, konnte sich das gar nicht erklären. So viel hatte sie doch noch nicht getrunken, meinte sie, sich zu erinnern. Nach einer guten Portion *Himmel un Ääd* würde sie sicher wieder klarer sehen. So war es auch, wenigstens für einige Zeit. Die Frage, wo sich denn hier die Toiletten befänden, beantwortete Freund Schwein: „Das ist hier ein wenig kompliziert. Aber wenn du willst, zeig ich dir den Weg. Ist für uns Säue eh derselbe Weg."

Sie gingen Hand in Hand durch den Saal, damit sie sich nicht verlieren würden, bis sie vor zwei Türen stehen blieben. Auf einer ein D, auf der anderen ein H. „Siehst du, so wie sich das gehört", sagte er, nicht mehr ganz deutlich verständlich. „Ein D für Deutsche und ein H für Holländer." „Das ist jetzt aber echt blöd!", lachte sie. „Du gehörst da hinein, wo das D steht, aber wo soll ich jetzt hin? Ich bin aus Österreich und finde nirgends ein Ö!" „Das ist doch ganz einfach! Ausländische Gäste dürfen sich aussuchen, wo sie hingehen!" „Oh ja, das klingt logisch. Dann nehm ich das D so wie du." Als die beiden von der Toilette herauskamen, beklagte er sich, dass eine Frau zu ihm gesagt habe, er sei hier falsch. „Macht aber nichts. Ich hab ihr das erklärt. Hier steht doch D für DIE Sau. Und ich bin doch eine", erzählte er belustigt.

Als sie beim Ausgang zum Gastgarten ankamen, merkten sie, dass sie in die falsche Richtung gegangen waren. Plötzlich standen sie ganz allein da. Ein paar Heizpilze machten den Platz nicht ganz so ungemütlich. Aus den Fenstern drang gedämpftes Licht und ihr Temperaturempfinden war ohnehin bereits vom Alkohol getrübt. Jedenfalls sahen sie sich in die Augen. Den Rüssel hatte er schon lange vorher abgenommen, also war er beim Küssen nicht mehr im Weg. Und das mit der unpraktischen Schweinshaut mussten sie auch irgendwie gelöst haben, denn sie kamen erst eine halbe Stunde später an den Tisch zurück, wo sie natürlich gehörig gehänselt wurden. „Na, wie seht ihr denn aus? Hat euch doch noch der böse Wolf erwischt?", fragte Katja. Und Popeye war ganz neugierig auf die Erklärung, warum sein Ringelschwänzchen nicht mehr da sei. Sie errötete, weil ihr einfiel, dass sie beim Ausziehen … Ach, sie wollte gar nicht so genau darüber nachdenken. Gerettet wurden die beiden erst, als eine Polonaise begann und sie sich nach und nach anhängen sollten. Noch nie hatte sie so gern bei diesem Tanz mitgemacht.

Auf dem Heimflug waren sie und ihre Freundin sehr ruhig. Die Nacht war kurz gewesen und man versuchte, Erinnerungsfetzen zu lichten und zu ordnen. Sie waren sich aber einig, dass sie noch nie so viel Spaß gehabt hatten. „Die Jungs waren doch zuckersüß, nicht?", fragte Katja. „Allerdings", antwortete sie, „das waren sie. Aber unvorsichtig waren wir schon. Was, wenn ich jetzt ein kleines Mitbringsel mitgenommen habe? Ich weiß nicht einmal, wie das Schwein heißt." Der Herr auf dem Nebensitz sah kurz von seiner Zeitung auf, über den Brillenrand hinweg direkt zu ihr. Jetzt fiel ihr auf, dass sie nicht geflüstert hatte. „Nein, nicht so, wie Sie meinen … Ach was!", wollte sie sich noch rechtfertigen, erkannte aber die Sinnlosigkeit. „Da hast du nicht unrecht. Aber schön war es doch."

Eine Woche später, wieder im Alltagsleben angekommen, hatte sie die innere Unsicherheit noch immer nicht überwunden. Sie dachte daran, was Katja zu ihr vor dem Umzug gesagt hatte: „Du darfst nichts, was dort gesagt oder getan wird, ernst nehmen!" *„Was, wenn ich es aber doch müsste …?"*

Dann die grenzenlose Erleichterung, ausgerechnet auf der Toilette! Sofort rief sie Katja an und musste es loswerden: „Schwein gehabt, ich bekomme kein Ferkel!"

# Kacke am Dampfen

„Können Sie bitte ganz schnell jemand vorbeischicken? In meinem neu eröffneten Physiotherapie- und Saunazentrum ist ein Abflussrohr undicht. Es stinkt fürchterlich und ich kann keine Kunden hereinlassen", so klang ihr Hilferuf beim Installateur. Die freundliche junge Dame an der Zentrale des Installateurs antwortete: „Das sieht nicht gut aus, alle Monteure sind unterwegs und auch den ganzen Tag verplant. Ich will aber gern versuchen, den Chef zu erreichen, ob er selbst kommen kann oder ob er einen der Jungs abziehen kann." „Das wär furchtbar nett, denn ich weiß echt nicht, wie das hier weitergehen soll."

Zwei Stunden später saß sie in ihrem Büro, hielt sich die Nase zu, weil es immer noch nach Fäkalien roch. Sie überlegte, ob sie außer dem Installateur, der beim Umbau mitgeholfen hatte, doch einen anderen anrufen sollte. Da klingelte das Telefon und der zuerst angerufene Klempner, an dessen Stimme sie sich gut erinnerte, meldete sich: „Wat is dann loss, junge Frau?" „Bei mir ist sozusagen die Kacke am Dampfen, ein Abflussrohr im Haupteingangsbereich ist undicht, die ganze Wand ist nass und es stinkt furchtbar. Hab meine Kunden und Mitarbeiter alle nach Hause geschickt und brauche dringend Hilfe." „Okay, das hab ich verstanden. Ich hole einen Mitarbeiter bei einer anderen Baustelle ab und bin gleich bei Ihnen, sagen wir in 30 Minuten. Trinken Sie inzwischen einen Schnaps zur Beruhigung und setzen Sie die Gasmaske auf. Wir sind schon so gut wie da."

Als der Chef mit seinem Mitarbeiter kurze Zeit danach bei ihr klingelte, war sie schon ganz aus dem Häuschen und sprudelte: „Sie können sich gar nicht vorstellen, wie froh ich bin, dass Sie da sind. Hoffentlich können Sie den Fehler schnell beseitigen." „Immer mit der Ruhe, junge Frau, ich rieche schon, was Sie so nervös macht. Alfred, bring den Boschhammer mit aus dem Auto und die große Werkzeugkiste."

Damit folgte er ihr in den Eingangsbereich des Zentrums. Er sah sofort, dass auf der gegenüberliegenden Wand von der Decke bis zum Boden ein großer feuchter Fleck war, und meinte: „Können wir mal nach oben gehen?" Als sie oben ankamen, sah der Meister sich die Toilette näher an und wusste gleich Bescheid. „Sehen Sie die Feuchtigkeit hinter der Kloschüssel? Ich denke, dort ist das Rohr undicht und das Abwasser sucht sich einen Weg nach unten." Sein Mitarbeiter kam mit dem Werkzeug und sie fingen gleich an, die Toilette abzubauen und die Fliesen auf dem Boden und an der Wand aufzuschlagen. „Um Gottes willen", rief sie, machen Sie nicht so viel kaputt, ich habe nur noch zehn von diesen Fliesen. Ich will doch nicht die ganze Toilette neu fliesen müssen." „Alles klar, junge Frau, jetzt lassen Sie uns das mal hier machen. Es geht nicht mehr kaputt als notwendig, aber die endoskopische Schadensbeseitigung wie bei Chirurgen wurde bei uns noch nicht erfunden. Gehen Sie mal einen Kaffee trinken und bis dahin suchen und finden wir hier das Problem."

Sie ging in ihr Büro zurück und hörte die beiden Handwerker klopfen und schrauben, stöhnen und manchmal auch fluchen. Nach einer knappen Stunde kam der junge Mitarbeiter zu ihr und sagte: „Der Chef meint, jetzt könnten Sie mal nach oben kommen und selbst gucken." Mit einem mulmigen Gefühl stieg sie die Treppe hoch und staunte nicht schlecht. Es waren tatsächlich nur sechs Fliesen aus Boden und Wand herausgebrochen, das Loch war schon wieder zu und der feuchte Zement glänzte. „Na, wat sagen Sie jetzt?", fragte der Installateur. „Das Rohr ist wieder dicht und wenn Sie jetzt noch den Fliesenleger bitten, die fehlenden Fliesen einzusetzen, ist hier oben schon wieder alles paletti. Unten müssen Sie die Feuchtigkeit noch ein paar Tage trocknen lassen und dann soll der Maler schnell mal über die Wand streichen und es ist wieder alles wie neu. Haben Sie Handwerker an der Hand oder soll ich meine Kollegen mal anrufen?" „Das ist ja super, ich rufe gleich mal meine Handwerker an und wenn die ein zeitliches Problem haben, sage ich Ihnen Bescheid. Vielleicht können Ihre Kollegen ja schneller." „Na also, so gefallen Sie mir schon besser. Sie können ja schon wieder lachen."

Sie ging mit ihm die Treppe hinunter und bevor er sich verabschieden konnte, rief sie: „Einen Moment noch, ich hab da noch was für Sie." Und sie drückte ihm einen Kinogutschein in die Hand. Damit wurden verärgerte Kunden besänftigt und jetzt wollte sie dem freundlichen Installateur eine Freude damit machen. „Oh, danke", sagte er, da kann ich ja meine Nichte mitnehmen. Die geht gern ins Kino." Und schwups war er aus der Tür.

Sie blieb verdattert stehen und dachte: *„Der Mann ist doch furchtbar nett und eigentlich hatte ich ihm eine*

*Freude machen wollen. Aber dass er jetzt mit seiner Nichte ins Kino geht ... Ob der nicht verheiratet ist?"* Und dann versuchte sie Fliesenleger und Maler anzurufen, erreichte aber nur die Mailboxen. Also rief sie ihre Mitarbeiterinnen und Mitarbeiter an und sagte, dass sie morgen wieder öffnen könnten. Der Fliesenleger rief noch am selben Abend zurück und versprach, am nächsten Abend vorbeizukommen. Von dem Maler hörte sie nichts. Also rief sie später noch einmal auf der Handynummer des Installateurs an und bat ihn, ob er helfen könne, einen Maler zu beauftragen. „Klar, ich mach's dringend. Dann wird der Gerhard schon spuren. Verlassen Sie sich drauf. Aber wissen Sie was, ich bringe Ihnen morgen früh ein Trockengerät vorbei, das stellen Sie auf und die Wand wird im Nullkommanix wieder trocken."

Tatsächlich rief der Maler am nächsten Morgen an und fragte, wann er kommen solle. Sie sagte ihm, dass sie gleich ein Trocknungsgerät bekomme und dass er deshalb noch ein paar Tage warten müsse. Der Maler meinte: „Na, dann komme ich nächste Woche Mittwoch, ich denke, am besten wird es bei Ihnen abends gehen, wenn die Kunden weg sind, oder?" „Ja, könnten Sie um acht?" „Na klar, dann sind alle meine anderen Baustellen schon abgearbeitet."

Kurz darauf erschien der Installateur mit dem Trockengerät und baute es direkt vor der feuchten Wand auf. „Geben Sie dem Teil eine Woche, leeren Sie den Wasserbehälter regelmäßig aus, dann ist das Ganze nächste Woche vergessen." „Super, ich finde, Sie haben einen tollen Job gemacht und möchte Ihnen noch was schenken." Damit überreichte sie ihm einen Gutschein für sechs Massagen. „Dann tun wir Ihnen auch was Gutes. Machen Sie einfach die Termine aus, die für Sie am besten passen, und wir bringen ihren von der Arbeit gestressten Rücken auf Vordermann."

Nach drei Tagen sagte ihre Mitarbeiterin von der Rezeption: „Gleich kommt der Installateur, der wollte unbedingt von dir massiert werden." Überrascht ging sie schnell noch mal ins Bad, kämmte sich, brachte ihr Make-up in Ordnung und besprühte sich mit ihrem Lieblingsparfum Cloé. Als er kam, ging sie mit ihm in den hintersten der Behandlungsräume, damit sie etwas mehr Ruhe hatten. Er sah heute auch sehr adrett aus, denn er hatte keinen Arbeitsanzug, sondern legere Freizeitkleidung an. So gefiel er ihr noch besser und sie bat ihn, den Oberkörper frei zu machen und sich auf die Liege zu legen. Fünf Minuten später trat sie zu ihm und fragte: „Wo tut der Rücken denn am meisten weh?" „Eigentlich überall, also fangen Sie oben an und hören Sie unten auf, das kann alles nur besser werden."

Sie verbrachte fast eine Stunde bei ihm und sie erzählten sich während der Massage viel voneinander. Sie hörte, dass er verwitwet war und seine Kinder allein großgezogen hatte, inzwischen studierten beide und kamen nur an den Wochenenden nach Hause. Außerdem kümmerte er sich um seine kranke Mutter, die mit im Haus lebte. Zwischendurch hörte sie immer mal wieder auf zu massieren und sagte: „Ach, interessant. Wie schaffen Sie das alles?" „Der Mensch schafft viel, wenn er nur will." „Aber Sie müssen doch auch mal ein bisschen an sich denken." Das tu ich doch grade. Und das fühlt sich gut an. Außerdem wollte ich Sie fragen, ob Sie mit mir ins Kino gehen statt meiner Nichte." Jetzt wurde sie ein bisschen nervös, denn das hatte sie insgeheim gehofft. „Ja, ich begleite Sie gern, wenn es nicht grad ein brutaler Actionfilm sein muss." „Nö, ich dachte eher an eine Schnulze. Suchen Sie sich was aus."

Am folgenden Abend holte er sie um sieben ab. Der Film hieß: „Der geheime Garten". Sie erzählte ihm auf dem Weg, dass sie das Buch schon vor langer Zeit gelesen hatte und die Geschichte sehr rührend gefunden hatte. Im Kino ließen sie sich von Mary und ihren Freunden in den geheimen Garten entführen und mitten im Film nahm er ihre Hand und hielt sie ganz fest. Sie ließ es nicht nur geschehen, sondern freute sich sehr darüber. Nach dem Film gingen sie noch in eine Kneipe und tranken ein Glas Wein zusammen. Sie fragte: „Wie hat dir der Film gefallen?" „Der Film war toll. Hab mir manchmal vorgestellt, auch mehr Zeit in meinem Garten zu verbringen. Aber noch schöner wär es, mit dir an meiner Seite nicht nur im Kino, sondern in meinem Garten auf der Bank zu sitzen. Wenn es nach mir geht, könnten wir so etwas öfter machen." Gerührt von seinen Worten, stammelte sie: „Ähm, ja, weißt du, das hatte ich gehofft, und jetzt sagst du genau das. Ich freue mich darauf, mehr Zeit mit dir zu verbringen. Was wollen wir als Nächstes machen?" „Nun, wir könnten zusammen nach Hause gehen." Sie errötete und dachte: *„Gut, dass ich heute Nachmittag aufgeräumt habe! Was würde er sonst von mir denken, wenn er das übliche Chaos bei mir vorgefunden hätte?"*

# Treffen sich zwei …

„Wie kann ich Ihnen helfen?" Der freundliche Mitarbeiter im Sexshop kommt gleich auf mich zu, als ich den Laden betrete. Ein bisschen peinlich ist mir das schon, denn ich war noch nie in so einem Laden. Aber meine Frau hatte etwas aufgeschnappt und mich beauftragt, mal nachzufragen. Also antworte ich: „Ich habe gelesen, dass es jetzt ein neues Gerät gibt, das ‚Astrein' heißt. Haben Sie das?" „Astrein? Was soll das sein?" „Ein Dildo aus Holz." „Hab ich noch nie gehört. Warten Sie mal, ich schau mal nach." Er geht zu seinem Computer und hackt in die Tasten. Da spricht mich von hinten eine Frau an: „Heute ist doch gar nicht der erste April. Sind Sie sicher, dass Ihre Frau Sie nicht zum Narren gehalten hat?" „Wieso denken Sie das?" „Na, ich habe letztens den Kabarettisten Markus Krebs gesehen und der erzählte die Geschichte: ‚Treffen sich zwei Männer in der Kneipe. Manni sagt zu Fritz: Stell dir vor, meine Frau hat einen Onlineshop eröffnet. Die verkauft jetzt Holzdildos unter dem Markennamen Astrein.' Also ich denke, Ihre Frau hat das nicht wirklich ernst gemeint."

In dem Moment kommt der Verkäufer zurück und sagt: „Diese Dildos sind im Moment leider vergriffen und ich weiß auch nicht, wann wir sie wieder reinbekommen. Aber wenn Sie Ihrer Frau was Gutes tun wollen, das Modell hier aus Kautschuk wird sehr gern genommen. Da höre und lese ich immer nur positive Rückmeldungen." Ich schau mir das Ding an und denke nach. *„Wenn meine Frau mich auf den Arm genommen hat, will sie dann wirklich so ein Instrument haben?"* Die

Frau neben mir sagt: „Ehrlich gesagt, schaut dieser Gummiknüppel doch nicht wirklich schön aus. Haben Sie nichts Ästhetischeres?" „Wieso, der ist doch fast wie echt, meine Dame. Haben Sie den schon probiert?" „Gott bewahre, ich ziehe die Liveversion vor. Solche toten Gegenstände überlasse ich anderen." Jetzt bin ich vollends verwirrt und sage zum Verkäufer: „Da werde ich meine Frau lieber noch mal fragen, bevor ich mit dem falschen Teil nach Hause komme." „Nehmen Sie den hier doch einfach mit. Wenn Ihre Frau ihn nicht mag, können Sie den gern umtauschen, solange er in der Originalverpackung bleibt." „Nein, ich denke, ich frag lieber und komme noch mal wieder." „Dann bringen Sie Ihre Frau am besten mit. Das ist immer das Sicherste."

Ich schaue mich noch ein wenig im Laden um und bin einigermaßen erstaunt, welche Vielfalt an Hilfsmitteln, Schriften und Filmen hier angeboten wird. Die Dame neben mir hat ein Video ausgesucht und zahlt das gerade. Danach wendet sie sich zum Gehen. Ich schließe mich ihr an und draußen sagt sie: „Wollen wir zusammen einen Kaffee trinken? Da drüben ist ein nettes Plätzchen, wir könnten draußen sitzen und vielleicht sogar ein Eis essen bei dem tollen Wetter heute." „Wenn ich Sie einladen darf, gern." „So war das nicht gemeint. Ich dachte nur, wir könnten noch ein bisschen plaudern." „Ja das können wir, aber nur wenn ich die Rechnung übernehmen darf."

Kurz darauf sitzen wir unter dem Sonnenschirm, haben Kaffee und Eis bekommen und sie fragt mich: „Sagen Sie, war das Ihr erster Besuch in dem Sexshop?" Ich laufe rot an und antworte: „Hm, ja, hat man das gemerkt?" „Ein bisschen, aber das macht ja nichts. Ich habe ja auch erst damit angefangen, nachdem mein Mann gestorben ist. Insofern war meine Antwort im Shop nicht ganz korrekt. Ich liebe zwar Sex mit lebenden Personen, aber es gibt in meinem Alter nicht so viele Gelegenheiten. Also habe ich auch ein Sexspielzeug zu Hause. Für alle Fälle." Ich denke darüber nach, was sie mir wohl damit sagen will, und schon plappert sie weiter: „Sehen Sie, solche Sachen müssen einem ja nicht peinlich sein. Aber so ganz verstehe ich nicht, wieso Ihre Frau Sie hierhergeschickt hat." „Ehrlich gesagt, ich auch nicht. Unser Sexualleben ist ziemlich eingeschlafen, weil sie das kaum noch will. Als sie mir das mit dem Astrein gesagt hat, dachte ich, vielleicht können wir damit das Miteinander ein wenig neu beleben." „Aber wenn es doch gar keinen Astrein gibt? Was sollte dann die Aufforderung an Sie?" „Das frage ich mich auch, seit wir da drinnen waren. Ich glaube, ich werde tatsächlich nach Hause gehen und sagen: Astrein war vergriffen. Lass uns mal gemeinsam hingehen und was für dich aussuchen." „Da bin ich aber auf die Reaktion gespannt."

Wir plaudern noch einige Zeit weiter, dann zahle ich die Rechnung und will mich von der Dame verabschieden. „Danke für das nette Gespräch. Hat mich sehr gefreut, Sie kennenzulernen." „Wir könnten doch in Kontakt bleiben und Sie erzählen mir beim nächsten Mal, was Ihre Frau gesagt hat beziehungsweise ob sie mit zum Sexshop kommt." Und damit überreicht sie mir ihre Visitenkarte. Ich bedanke mich höflich und sage: „Leider habe ich keine Karte, aber ich sehe hier Ihre Mobilnummer.

Ich rufe Sie kurz an, dann haben Sie meine Nummer auch." Danach verabschieden wir uns und gehen auseinander.

Zu Hause erzähle ich meiner Frau, dass die gewünschten Holzdildos gerade nicht zu bekommen seien, und frage, ob sie mal mit in den Laden kommen wolle, um ein anderes Teil auszusuchen. Sie grinst und sagt: „Bist du also tatsächlich im Sexshop gewesen? Ich wollte mal testen, ob du das wirklich machst. Astrein war ein Spaß, den ich letztens im Fernsehen gehört habe. Aber weder so ein Ding noch ein anderer wird mich wieder für Sex begeistern, das musst du doch inzwischen wissen. Oder?" „Na, ich hatte ein wenig Hoffnung, dass damit bei uns beiden wieder was aufleben könnte. Aber dass du mich so aufziehst und in den Pornoladen laufen lässt, war nicht die feine englische Art."

Einige Tage später finde ich eine Nachricht auf meinem Smartphone. „Hallo, ich bin morgen Nachmittag in der Stadt gegenüber von Astrein. Haben Sie Zeit? Gruß H." In einer ruhigen Minute antworte ich: „Ja, das könnte gehen. Passt Ihnen 15 Uhr?" Kaum zehn Sekunden später schreibt sie zurück: „O. K.!!!!! Freu mich drauf."

Und so fahre ich am nächsten Tag los und bin schon um 14:30 Uhr im Café. Ich bestelle einen Espresso und spiele inzwischen mit dem Smartphone. Aber ein wenig nervös bin ich auch, kann mich gar nicht auf das Spiel konzentrieren und verliere dauernd. Was wäre, wenn … Ob die Frau auch Lust auf Sex mit mir hätte? Sie ist eine sehr gut aussehende und gepflegte Frau. Also, ich könnte es mir vorstellen. Aber was macht das dann mit uns und wird meine Frau was merken? Oh nein, das geht nicht.

Genau um drei kommt sie an meinen Tisch und fragt: „Ist hier noch ein Plätzchen frei?" „Ja, nehmen Sie gern Platz. Was darf ich Ihnen bestellen?" „Heute lade ich Sie ein und ich nehme auch einen Espresso und ein Spaghettieis." „Wieso wollen Sie mich einladen?" „Na, als kleine Revanche fürs letzte Mal und weil ich eine neugierige alte Kuh bin. Hab mich die ganze Zeit gefragt, wie das Gespräch mit Ihrer Frau verlief." Die Serviererin kommt und ich bestelle. Dann erzähle ich ihr von dem blamablen Erlebnis. „Oh, Sie Armer. Das hatte ich befürchtet. Wie fühlen Sie sich damit?" „Ziemlich doof, ehrlich gesagt. Sie hatte mit ihrem Wunsch bei mir halt Hoffnungen geweckt und dann lässt sie mich wieder so abblitzen." „Das ist wirklich kein schöner Zug. Ich kann gut verstehen, dass Sie sauer sind." Unser Kaffee und das Eis werden gebracht und danach flüstert sie mir zu: „Suchen Sie jetzt nach Alternativen?" „Wenn das so einfach wär. Ich bin schon fast 70 und da laufen einem die Damen nicht mehr hinterher. Außerdem weiß ich gar nicht, ob ich meine Frau betrügen könnte." „Eine Frau, die Sie so behandelt, verdient aber nichts anderes." Wir essen Eis und trinken Espresso und es entsteht eine Gesprächspause.

Plötzlich sagt sie: „Ich merke schon, Sie sind ein Kavalier und nicht mit Wilhelm dem Eroberer verwandt. Daher ergreife ich jetzt mal die Initiative: Ich bin schon 70, aber ich hätte große Lust, mal mit Ihnen das Bett zu teilen." Ich verschlucke mich fast an meinem Eis und laufe knallrot an. „Sie meinen, Sie würden mit mir altem Knacker schlafen?" „Ja, aber nur, wenn wir jetzt mal langsam zu den Vornamen übergehen. Und wenn du versprichst, dass Astrein aus dem Spiel bleibt. Ich mag es lieber live."

# So ein Hundeleben

Hermine und ihre Freundin waren wie jeden Morgen mit Struppi, einem Havaneser, unterwegs. Dieses morgendliche Ritual hatten sie entwickelt, seit sie beide im Ruhestand waren. Das gab Hermine die Gelegenheit, ihren Hund auszuführen und dabei ein Schwätzchen mit ihrer besten Freundin zu halten. Diese freute sich immer auf die Promenade, denn allein wäre sie nie so konsequent täglich spazieren gegangen. Heute hatten sie einiges zu besprechen, denn ihr 70. Geburtstag stand in vier Wochen an und sie wollte ein paar Ideen von Hermine erfragen, welche die Zeremonie schon hinter sich hatte. „Meinst du, wir sollten die Feier zu Hause halten oder lieber in einem Restaurant?" Hermine überlegte kurz und antwortete: „Ich hab ja zu Hause gefeiert und kann dir nur empfehlen, es nicht zu tun, außer du hast genügend Helferlein. Denn sonst haben deine Gäste ein schönes Fest und du hast viel Arbeit." „Aber zu Hause ist es doch viel gemütlicher." „Das mag sein, aber wenn du ein schönes Plätzchen außerhalb findest, kann das auch ganz toll werden. Ich war letztens mit meinem Mann im Restaurant ‚Zur goldenen Blüte' und fand sowohl die Atmosphäre als auch das Essen ausgezeichnet. Schau dir das doch mal an." „Allein möchte ich das nicht so gern machen, würdest du mich begleiten?" „Na klar, wenn du mich einlädst, immer", antwortete Hermine grinsend.

Inzwischen waren sie an der großen Wiese angekommen, wo Struppi immer von der Leine gelassen wurde und ein bisschen allein herumrennen durfte. Von der anderen Straßenseite kam ihnen ein Mann entgegen, der einen weißen Zwergpudel an der Leine hatte. Beide waren ihnen schon öfter begegnet und weil sie und die Hunde sich kannten, ließ er auch seine schwarze Schönheit los und sie rannte hinter dem Havaneserrüden her. Die beiden Freundinnen und der Mann beobachteten, wie die Hunde herumtollten, und Hermine sagte zu dem Hundebesitzer: „Ich hoffe nicht, dass mein Struppi Ihre Pudeldame bespringt. Das gäb sonst karierte Hundebabys." „Keine Sorge, Leila ist nicht heiß, sonst hätte ich sie nicht losgelassen." Die drei unterhielten sich noch ein wenig, bevor Hermine ihren Struppi zurückpfiff und wieder anleinte. So setzten sie ihre Morgenrunde fort.

„Der nette Mann ist doch sicher auch in unserem Alter", sagte Hermine zu ihrer Freundin. „Meinst du, der ist auch allein, so wie du?" „Keine Ahnung, ist mir auch egal. Du brauchst uns nicht zu verkuppeln. Du weißt, dass ich nach dem Tod meines Mannes vor sechs Jahren kein Interesse an Männern mehr habe." „Das sagst du so. Stellt dir vor, es gäbe jemand wie ihn, dann hättest du auch einen Partner, der deinen Geburtstag mit dir planen und vorbereiten könnte." „Ach, du hast also keine Lust, mir dabei zu helfen. Das find ich ja schlimm von dir." „So hab ich das nicht gemeint. Natürlich will ich dir helfen, nicht nur beim Geburtstag, und das weißt du auch. Aber mit einem Partner an der Seite ist man nicht so allein. Das hat auch viele Vorteile." „Ja, vielleicht. Aber ich komme gut allein zurecht. Einen männlichen Partner in meinem Haus kann ich mir nicht vorstellen." „Der muss ja nicht gleich bei dir wohnen, aber ihr könntet vieles gemeinsam unternehmen." „Da redet die Richtige. Du erzählst mir dauernd, wie oft dein Mann dich nervt mit seinen Marotten und jetzt willst du mir so ein Schicksal auch verpassen. Nein danke."

Als sie nach Hause kam, setzte sie sich hin und fing an, eine Gästeliste aufzuschreiben. Kurz vor Mittag rief sie im Restaurant „Zur goldenen Blüte" an und reservierte für den übernächsten Sonntagmittag einen Tisch für zwei Personen. Sie schaute sich im Internet schon einmal die Speisekarte an. Da sie sehr gern Fisch aß, entschied sie sich für einen Zander in Kräuter-Pfeffer-Kruste mit Möhren-Lauch-Gemüse. Die Vor- und Nachspeise sowie den Wein wollte sie dann nach der Empfehlung vor Ort auswählen. Sie informierte Hermine kurz per WhatsApp, dass sie für ihren Mann am übernächsten Sonntag etwas zu Mittag vorbereiten müsse, damit sie beide zusammen das Geburtstagsmenü auswählen könnten.

Das Thema Geburtstag beschäftigte die beiden Damen auch auf den nächsten morgendlichen Runden, weil Hermine natürlich wissen wollte, wen ihre Freundin denn alles einladen wollte. Bei den meisten Gästen war sie einverstanden, aber als sie hörte, dass sie auch die Bäckerin einladen wollte, war sie doch ein wenig überrascht. „Wieso willst du diese alte Tratschtante dabeihaben? Da kannst du gleich einen Journalisten vom Stadt-Anzeiger dazu bitten. Der berichtet dann wenigstens seriös über deine Feier. Aber Frau Hörnchen wird immer ein Haar in der Suppe finden und allen davon erzählen, die es hören wollen, und auch denen, die es nicht interessiert. Die quatscht einen doch immer voll in ihrem Laden." „Ach, so schlimm ist sie auch wieder nicht. Aber ich kaufe jetzt seit fast 40 Jahren mein Brot bei ihr. Da verdient sie eine kleine Anerkennung." „Von mir aus lad sie mal zu dir nach Hause auf einen Kaffee ein, aber doch nicht zu deiner Geburtstagsfeier."

Als sie in die Nähe ihrer Hundewiese kamen, sahen sie, dass die kleine schwarze Pudeldame schon dort herumlief, und Hermine ließ ihren Struppi auch von der Leine. Sie kamen bei dem Hundebesitzer an, der am Zaun stand und plötzlich wie verrückt nach seinem Pudel rief. Dann sah Hermine das Malheur. Offensichtlich war die Pudeldame heute läufig, denn Struppi war schon auf sie draufgeklettert. Sowohl ihr Rufen als auch das des älteren Herrn halfen nichts, die beiden Hunde ließen sich nicht trennen. Keiner der beiden reagierte. Hermine schaltete als Erste, kletterte über den Stacheldrahtzaun, riss sich dabei ein Loch in ihre Hose und rannte zu den beiden verliebten Hunden hin. Sofort leinte sie ihren Struppi an, der nur mit Mühe von der Hündin wegzubekommen war. Als sie wieder auf der Straße zurück war, hatte die Pudeldame auch den Weg zu ihrem Herrn zurückgefunden. Der Hundebesitzer sagte: „Na, dann wollen wir mal hoffen, dass dieser Ausrutscher keine Folgen hat. Sonst bekommen wir jetzt tatsächlich ein paar schwarz-weiße Hündchen." „Und was tun Sie dann mit denen?", fragte Hermine. „Verschenken, denke ich. Denn da es zwei verschiedene Rassen sind, werde ich kaum Käufer dafür finden." Dann ging er seines Weges.

Hermine holte ihre Freundin einige Tage später am Sonntag wie verabredet gegen elf Uhr mit dem Auto ab und sie fuhren zum Restaurant. Im Auto sagte ihre

Freundin: „Komisch, dass der Mann mit dem Pudel uns in den letzten Tagen nicht mehr morgens begegnet ist. Ob der sich eine andere Zeit oder einen anderen Weg ausgesucht hat?" „Na, kann schon sein. Wir werden sehen, ob er noch mal kommt. Im Übrigen ist mir das ziemlich egal. Du hast vielleicht ein Problem, wenn Struppi erfolgreich war, aber mich geht das nichts an."

Im Restaurant ließen die beiden Damen es sich gut gehen, genossen das wirklich erstklassige Essen. Hermine nahm nur ein kleines Glas Wein, weil sie ja fahren musste, aber ihre Freundin probierte zwei rote und zwei weiße Sorten. Die Entscheidung fiel ihr schwer, denn alle Weine waren sehr verlockend. Nach dem Nachtisch fragte sie den Kellner, ob sie eine Reservierung für eine Geburtstagsfeier in circa drei Wochen machen könnten. „Na sicher, meine Dame. Ich schicke Ihnen gleich den Chef vorbei." Und kurz darauf diskutierten und entschieden die beiden Freundinnen mit dem Chef über die Speisen- und Weinfolge, die den 18 geladenen Gästen serviert werden sollten. Dann legten sie das Datum fest, das am Sonntag genau in drei Wochen sein sollte.

Bei den Spaziergängen in den nächsten Tagen kam der Mann mit dem Pudel auch nicht und die beiden Frauen überlegten, was da wohl passiert sein könnte. Dann endlich, nach fast vier Wochen, tauchte er morgens wieder auf. Schon von Weitem winkte er ihnen, damit sie nicht weggehen würden. Er rief ihnen auch etwas zu, was man jedoch über die Entfernung nicht verstehen konnte, aber die Freundinnen waren eh sehr neugierig und erwarteten den Pudelbesitzer an der Wiese. Ganz außer Atem kam er bei ihnen an, ließ seinen Hund von der Leine und sagte zu Hermine: „Das kleine Techtelmechtel unserer Hunde war erfolgreich. Meine Leila bekommt wahrscheinlich vier kleine Welpen, hat der Tierarzt bestätigt. Was sagen Sie jetzt?" Hermine antwortete: „Dann kann ich Struppi jetzt auch freilassen. Es kann ja nichts passieren. Haben Sie denn schon eine Idee, wer die Welpen nimmt?" „Ja, für zwei habe ich Abnehmer in der Familie, mein Enkel ist zwölf und der wünschte sich schon länger einen Hund. Und die 13-jährige Enkelin meiner Schwester soll auch einen bekommen. Für die beiden anderen brauche ich noch Abnehmer. Wissen Sie vielleicht jemand?" „Meine Freundin hier wäre vielleicht interessiert, dann könnten wir immer zusammen mit unseren Hunden gehen." „Was, ich? Einen Hund? Wie kommst du darauf?" „Du hast doch schon öfter geäußert, dass du mit einem Hund nicht so allein wärest und dass es schön wäre, wenn wir beide mit Hund unterwegs wären."

Als die beiden Frauen wieder auf dem Rückweg waren, redete Hermine noch mal auf ihre Freundin ein: „Überleg es dir doch noch mal. Ich fände es toll, wenn du auch einen Hund hättest. Du hast doch Platz genug in deinem Haus und dein kleiner Enkel würde sich bestimmt auch freuen, wenn er ab und zu mit ihm spielen könnte." „Ja, das mag sein, aber die ganze Arbeit bleibt an mir hängen." „Na ja, so viel Arbeit macht ein kleiner Hund nicht, dafür macht er umso mehr Freude. Du wirst schon sehen, wenn er erst mal da ist, willst du ihn gar nicht mehr abgeben." „Na, mal überlegen."

Drei Tage später trafen sie den Pudelbesitzer wieder und er fragte sie direkt: „Haben Sie schon überlegt, ob

Sie ein Mädchen oder einen Rüden wollen? Ich hatte Ihre Freundin gestern Abend getroffen und sie hat mir schon erzählt, dass Sie vielleicht doch einen haben wollen. Das wäre wirklich toll. Denn für den dritten Welpen habe ich eine Familie in meiner Nachbarschaft gefunden. Dann hätte ich alle Nachkommen gut untergebracht." Sie zierte sich noch ein bisschen und sagte dann: „Ich habe keine Erfahrung mit Hunden, aber was würden Sie denn empfehlen?" „Nun, da Ihre Freundin einen Rüden hat und wenn sie solche Malheurchen wie unseres vermeiden wollen, wäre es besser, Sie nehmen auch einen Rüden. Ich schätze, in zehn bis zwölf Tagen werden die Welpen geboren und bleiben noch einige Wochen bei der Mutter. Dann können Sie bei mir vorbeikommen und sich einen aussuchen. Hier ist meine Karte. Sagen Sie mir doch Ihre Adresse, dann bringe ich Ihnen Ihr Prachtexemplar demnächst vorbei." „Das ist sehr lieb von Ihnen. Würden Sie mir denn auch ein paar Ratschläge geben, wie ich mit dem kleinen Kerl umgehen muss?" „Aber klar, das lernen Sie sehr schnell. Ich weiß zwar noch nicht, welche Rasse sich bei den Nachkommen mehr durchsetzen wird, aber sowohl Pudel als auch Havaneser sind pflegleichte und friedliche Hunde. Ich bin ganz sicher, Sie kommen damit gut zurecht." Die beiden lächelten sich an, gaben sich die Hand und sie sagte: „Ich rufe Sie nachher an und gebe Ihnen meine Adresse und Telefonnummer durch. Und dann freue ich mich, die kleinen Hundebabys bald zu besuchen. Darf ich Sie denn zu meiner Geburtstagsfeier einladen?" „Oh, das müssen Sie nicht. Aber ich freue mich sehr, wenn ich dabei sein darf."

Hermine schaute die beiden an und dachte: *„Wer weiß, vielleicht kommt der Mann nicht nur mit dem Hund bei ihr vorbei und sitzt am Geburtstagstisch neben ihr, sondern die beiden gehen sogar bald miteinander spazieren. Mal sehen, ob ich dann noch mit von der Partie sein werde. Wenn ich die Blicke sehe, die die beiden tauschen, hab ich da meine Zweifel."*

# Die gute Fee

Sie war fast fertig mit dem heutigen Tagesprogramm, als er von der Arbeit nach Hause kam. Alles war ordentlich geputzt, sie musste nur noch den Boden wischen. Ihm gefiel dieses Timing gut. Nicht, dass ihn ihre Anwesenheit gestört hätte, er sah nur nicht gern bei der Hausarbeit zu. Und während die Fußböden trockneten, tranken sie meist noch einen Kaffee zusammen und tauschten ein paar Neuigkeiten aus. In jenen Momenten gefiel ihr der Nebenjob als Reinigungskraft, den sie schon lange ausübte, um ihre Einkünfte ein wenig aufzupolieren. In diesem Haushalt half sie bereits seit zehn Jahren dabei, für Sauberkeit und Ordnung zu sorgen. Seine Frau Jolanda hatte sie damals eingestellt, weil ihr Arbeit und Haushalt zu wenig Zeit für ihr Hobby, das Reiten, ließen. Etwas Unterstützung, meinte sie, könnte sie gut gebrauchen. Irgendwann war ihr auch die Ehe zu viel geworden und sie ließ einen gutaussehenden, etwas traurigen Geschäftsmann im knackigen Alter von 35 Jahren allein zurück. Er bat seine Haushaltshilfe damals, die Stellung zu halten und ihn weiter zu unterstützen, was sie gerne tat. In den folgenden Jahren hatte sie so manches neue Foto auf der Kommode stehen und später wieder verschwinden sehen. Aber nichts war von langer Dauer.

Zwischen den beiden entwickelte sich allmählich eine Routine, die für beide bereichernd war. Sie kannte den Haushalt und brauchte praktisch null Anleitung. Sie konnte sich die Arbeit einteilen, wie sie wollte, was nicht bei allen Putzstellen der Fall war. Manchmal wurde sie schon herumkommandiert, dass sie meinte, im falschen Jahrhundert zu leben. Aber hier fühlte sie sich wohl und wenn er mit ihr bei der Kaffeejause saß und sie so zwanglos plauderten, fühlte sie sich wertgeschätzt und auf Augenhöhe mit ihrem Gegenüber.

Diesmal hatte er Apfelstreuselkuchen mitgebracht, weil er sich erinnert hatte, dass sie den gern mochte, und dazu einen kleinen Strauß Tulpen, weil er wusste, dass sie am Wochenende Geburtstag hatte. „Alles Gute fürs neue Lebensjahr und herzlichen Dank, dass Sie immer noch für mich da sind!", sagte er und zog den Sessel ein bisschen zurück, damit sie sich hinsetzen konnte. Sie war gerührt von seiner Aufmerksamkeit und antwortete verlegen: „Vielen Dank! Das ist eine schöne Überraschung! Ein netter Einstieg für den heutigen Abend." Er horchte auf: „Oh, haben Sie noch etwas vor?" „Ja, ich habe heute Abend eine Verabredung. Ich habe da jemand kennengelernt, wissen Sie …" „Das freut mich für Sie! Möchten Sie mir von ihm erzählen?", fragte er neugierig. Sie winkte gleich ab und meinte: „Ach nein, noch nicht. Wir treffen uns zum ersten Mal. Es gibt noch nicht viel zu erzählen, außer dass er ein bisschen jünger ist als ich. Aber meine 34 Jahre sind kein Problem für ihn." Er schmunzelte, sie auch. Er bemerkte ein Strahlen in ihren Augen, das ihm vorher noch nie aufgefallen war. Die Lachfalten in ihrem Gesicht fand er auf einmal unheimlich hübsch. „Ich möchte Ihnen lieber erzählen, was ich mir selber zum Geburtstag schenke", verriet sie ihm. Er wurde neugierig und hörte zu. „Ich habe mir vorgenommen, mich in Zukunft mehr auf meinen Hauptberuf zu konzentrieren, also ein paar Stunden im Museum aufzustocken und nur mehr in wenigen Haushalten zu putzen. Die Kunstgeschichte-Führungen gehen gut und das macht auch Spaß." Seine Frage war so vorhersehbar, dass sie die Antwort vorwegnahm: „Bei Ihnen würde ich gern noch weiterarbeiten, wenn Sie möchten." „Gott sei Dank! Ich habe schon befürchtet, jetzt verliere ich meine gute Fee! Aber die Idee ist großartig. Es freut mich ehrlich für Sie, wenn Sie in Ihrer Arbeit Erfüllung finden", antwortete er und nahm den letzten Schluck Kaffee.

Zwei Wochen später war sie wieder in der Wohnung zugange, als er früher als erwartet nach Hause kam. Während sie ihre Arbeiten noch zu Ende brachte, richtete er schon den Kaffee her und erwartete sie am Esstisch. „Na, wie war denn Ihr Rendezvous vor zwei Wochen?", fiel er gleich mit der Tür ins Haus. „Ach du lieber Himmel!", entfuhr es ihr. „Das war wohl nichts. Das Essen in dem tollen Restaurant war hervorragend und es hat alles sehr nett begonnen. Aber nach ein paar Gläsern Wein …" „Ist er zudringlich geworden!", fiel er ihr erschrocken ins Wort. „Nein", beruhigte sie ihn, „aber er begann zu erzählen, dass er demnächst ins Ausland ziehen wolle, irgendwo in den Norden. Und er hat eigenmächtig vorausgesetzt, dass ich mit ihm gehen werde. Richtig selbstverständlich war das für ihn. Und das geht doch wohl gar nicht. Wir kennen uns doch erst ganz kurz. Jedenfalls habe ich den Abend früh beendet und den jungen Mann nicht mehr wiedergesehen."

„Nein", sagte er leise, „das geht gar nicht. Der kennt Sie nicht. Er weiß nicht, mit wie viel Freude Sie Ihre Arbeit machen, wie gut Sie zuhören können. Er weiß nicht, wie gern Sie Apfelstreuselkuchen essen und dass Sie Ihren

Kaffee mit Milch und ohne Zucker trinken. Ihr rücksichts-volles Verhalten, Ihre Ehrlichkeit und Aufrichtigkeit, all das kennt er nicht. Dazu braucht es Jahre … Also … ich habe Jahre gebraucht."

# Größtes Glück!

Endlich Urlaub. Das Paar war in den Osterferien mit seinen beiden Töchtern nach Südfrankreich gefahren und sie hatten dort ein Mobilheim auf einem riesigen Campingplatz gemietet. Es war für die frühe Jahreszeit traumhaftes Wetter und sie verbachten viel Zeit draußen. Die sechsjährige Tochter fuhr ständig mit ihrem neuen Fahrrad auf dem Platz herum, die ältere fieberte ihrem 13. Geburtstag entgegen. Sie wollte ab sofort als junge Dame gesehen werden, denn schließlich würde sie in drei Tagen zum Teenager avancieren. Erste Schminke hatte sie sich als Geschenk gewünscht.

Der Platz war für die Vorsaison schon gut ausgebucht und gegenüber der deutschen Sippschaft war eine französische Familie eingezogen, ein junges Ehepaar mit einem etwa dreijährigen Sohn mit roten Haaren. Der Kleine war ein rechter Wirbelwind und ständig riefen seine Eltern ihm hinterher: „Felix, viens à moi." Aber Felix ließ sich nicht so einfach zurückbeordern. Er wollte die Weite des Campingplatzes erforschen, und das sowohl zu Fuß als auch mit seinem kleinen Dreirad. Also mussten Vater oder Mutter dauernd hinter ihm herrennen.

Die deutsche Ehefrau hatte ihren Spaß an dem kleinen Racker und abends, wenn alle Kinder schliefen, saßen die beiden Paare oft noch zusammen und unterhielten sich. Das französische Paar war voll des Lobes für die beiden wohlerzogenen deutschen Töchter, während die deutsche Frau von Felix schwärmte. An einem Abend, als sie gemeinsam zwei Flaschen des köstlichen französischen Rotweins geleert hatten, den sie immer in der nahe gelegenen Weinkooperative kauften, flüsterte die deutsche Frau ihrem Mann ins Ohr: „Wäre es nicht schön, wenn wir auch noch einen kleinen Sohn hätten?" „Was? Noch mal das ganze Spektakel mit Fläschchen und Windelwechseln? Ich dachte, du bist froh, dass wir das alles hinter uns gelassen haben." „Ja schon, aber wenn ich den roten Wirbelwind hier tagsüber rumflitzen sehe, ist mir das alles egal. Dann stelle ich mir vor, wir hätten auch so einen Stammhalter. Nach zwei Töchtern wäre das doch eine feine Abrundung unserer Familie." „Meinst du denn, wir bekommen das hin? Nicht dass wir eine weitere Tochter kriegen." „Na ja, die Chance besteht, aber das Risiko würde ich eingehen." Und so kuschelten die beiden sich eng aneinander.

Tagsüber sah er seine Frau immer wieder mit ihren Blicken die Späße vom kleinen Felix verfolgen und er konnte ihren Wunsch nach einem eigenen Sohn gut nachvollziehen. Er liebte seine Frau und auch seine beiden Töchter, aber ein Sohn wäre ganz sicher eine Bereicherung. Also fand das Kuscheln nicht nur in einer Nacht statt, sondern ihre Intimität bekam einen neuen Glanz, nachdem ihre sexuellen Aktivitäten nach so vielen Ehejahren ein wenig eingeschlafen waren.

Nach zwei Wochen war auch dieser Urlaub wie immer zu schnell wieder zu Ende und sie machten sich auf die Heimfahrt. Zu Hause musste er gleich in der folgenden Woche auf eine Geschäftsreise, die ihn etwa vier Wochen unterwegs sein ließ. In dieser Zeit telefonierten die beiden Turteltauben häufig und sie hatten das Gefühl, es habe sich etwas verändert. Als er zurückkam, hatte sie zur Begrüßung ein feines Abendessen gekocht und sie saßen zusammen im Esszimmer. Er holte eine Flasche des französischen Rotweins und schenkte ihnen ein. Als er mit ihr anstoßen wollte, nahm sie nur ihr Wasserglas und sagte: „Den Wein musst du jetzt in nächster Zeit allein trinken. Schließlich wollen wir doch für unseren Nachzögling nur das Beste, oder?" „Seit wann weißt du das?" „Seit letzten Donnerstag, aber ich wollte es dir nicht am Telefon sagen." Er ging zu ihr hin, nahm sie in den Arm, küsste sie und erwiderte: „Das ist eine wunderbare Nachricht und ich liebe dich dafür. Deine Idee war goldrichtig und ich freue mich jetzt auch schon, demnächst auf dem Fußboden zu liegen und mit unserem Sohn Eisenbahn zu spielen." „Und ich werde ihm beibringen, dass seine Schwestern damit auch spielen dürfen und dass er auch mit ihren Puppen kuscheln darf."

Im darauffolgenden Januar, kurz vor dem errechneten Geburtstermin, gab es erste Wehen und die beiden fuhren am Nachmittag zusammen ins Krankenhaus. Eine Hebamme untersuchte die Frau und meinte: „Sie sind zu früh, das wird noch dauern." „Wie lange haben Sie denn Dienst?" „Bis acht heute Abend, bis dahin könnten wir es geschafft haben, wenn Sie mithelfen." „Wer hat denn nach Ihnen Dienst?" „Frau Meierhofer." „Ah, die kenne ich auch schon. Dann ist es gut."

Als die Hebamme den Kreißsaal verlassen und die Frau sich wieder angezogen hatte, sagte sie zu ihrem Mann: „Komm, wir fahren wieder nach Hause. Bei der blöden Hebamme bekomme ich mein Kind nicht." Wieso?" „Ich mag sie einfach nicht und sie soll nicht unseren Sohn als Erste in der Hand halten. Frau Meierhofer war die Hebamme bei der Geburt unserer zweiten Tochter. Die ist mir lieber." „Hältst du denn so lange durch?" „Für unseren Sohn schaff ich das."

Also verließen die beiden das Krankenhaus trotz immer wieder einsetzender Wehen und fuhren zurück. Seine Eltern waren gekommen, um auf die anderen Kinder aufzupassen, und waren erstaunt, die beiden wieder zu sehen. Als sie hörten, was passiert war, sagte seine Mutter zu ihr: „Das verstehe ich gut, aber ich glaube, so cool wäre ich nicht gewesen."

Die Frau legte sich aufs Sofa, immer wieder schüttelte sie sich vor Schmerzen, aber sie biss die Zähne zusammen und sagte nichts mehr. Gegen 20:30 Uhr, als sie gerade wieder eine Wehenattacke hinter sich hatte, sagte sie: „Jetzt sollten wir fahren." Und sie mussten sich jetzt wirklich beeilen. Kaum im Kreißsaal angekommen, erblickte der Spross auch schon das Licht der Welt. Der stolze Vater wusch den verschmierten Kerl, überreichte ihn seiner Frau und sagte ihm ins Ohr: „Bonjour Felix, tu es notre plus grand bonheur!"

# Stella

Es war an einem Sonntagabend im Oktober und es goss in Strömen, und wenn ich sage in Strömen, dann meine ich das so. Wer schon mal einen Regen in den Tropen erlebt hat, weiß, was ich meine. Da kannst du auch nicht eine Minute draußen sein, sonst bist du mehr nass als nach drei Minuten Duschen.

Er stieg aus der KLM-Maschine und legte die 100 Meter zum Empfangsgebäude in Freetown im Laufschritt zurück. In dem heruntergekommenen Bau kam er dennoch klatschnass an und er wusste nicht so genau, ob nur vom Regen oder weil er in der feuchten Hitze schwitzte wie das sprichwörtliche Schwein. Die übrigen Passagiere kamen auch in die Halle, wo ein ehemals funktionierendes Transportband auf sie wartete. Einige, die noch nicht hier gewesen waren, stellten sich, wie sie es von zu Hause gewohnt waren, am Band auf und warteten auf ihre Koffer. Er und einige andere Ankömmlinge gingen am Band vorbei zu einem Loch in der Wand. Dadurch wurden nach einigen Minuten von außen die Koffer hereingeschoben. Er hatte Glück, sein Gepäck kam sehr schnell an.

Seine stabilen Koffer aus Aluminium erweckten das Interesse des Zöllners. Der hoffte wohl auf etwas Interessantes, das seinen Abend zu Hause versüßen würde. „Good evening, Sir, how are you, Sir? It is Sunday, Sir, and I am working, Sir", begrüßte der Mann in Uniform den Einreisenden. Er antwortete: „Yes, I know. But I am working as well." „No, Sir. You are travelling, Sir. And you could help me a little bit tonight." Er wollte sich nicht auf lange Diskussionen einlassen, denn er fürchtete, wenn der Zollbeamte den Koffer öffnen würde, könnten seine Augen noch viel größer werden. Also gab er ihm die Hand, in der er 100 Leoni versteckt hatte, und sagte: „I wish you a nice evening, but don't spend it at the bar, go home to your family." Dann nahm er seine Koffer und verließ das Gebäude, während der Beamte sich dem nächsten Reisenden zuwandte.

Draußen wartete der Fahrer seiner Firma auf ihn, nahm ihm die Koffer ab und trug sie zum Land Rover, mit dem sie dann in die Stadt fuhren. Acht Wochen sollte er jetzt hierbleiben und den Geschäftsführer vertreten, weil der sich im Urlaub zu Hause beim Sturz von der Treppe drei Wirbel gebrochen hatte und bis zur vollständigen Heilung flach liegen sollte. Seine Frau und seine kaum acht Monate alte Tochter hatte er traurig zurückgelassen und sie fehlten ihm jetzt schon. Wenn er im Hotel angekommen war, wollte er sie anrufen.

An der Rezeption empfing ihn eine junge Dame namens Stella. Ihr strahlendes Lächeln, das auch die dunklen Augen umrahmte, nahm ihn gefangen. Er erinnerte sich an sie von seinem letzten Projektbesuch vor drei Monaten und begrüßte sie freundlich. Sie ließ ihn sein Anmeldeformular ausfüllen, nahm seinen Pass und sagte, er werde ihn morgen zurückbekommen, wenn die Registrierung abgeschlossen sei. Als sie auf seiner Anmeldung sah, dass er zwei Monate bleiben würde, sagte sie: „In this case, I will give you a very nice room with some more space." „Thank you, Stella, that is very kind of you."

Danach ging er zu seinem Zimmer. Ein Boy brachte kurz darauf seine Koffer und er verabschiedete ihn mit einem kleinen Trinkgeld. Dann versuchte er, zu Hause anzurufen, aber er kam nicht durch. Er rief Stella an und fragte, ob das Telefon gestört sei. Sie erklärte, die internationalen Leitungen gingen schon seit einigen Tagen nicht mehr.

Da er also keine Möglichkeit hatte, zu telefonieren, weil es in Freetown noch keinen Mobilfunk gab, duschte er und ging an die Bar. Außer dem Barkeeper waren nur noch zwei freundliche junge Damen anwesend, die sich gleich zu ihm gesellen wollten. Er sagte, dass er lieber allein sein möchte, und beide zogen schmollend ab zu ihrem Tisch, wo sie ihre fast leeren Wassergläser traurig betrachteten. Beim Gespräch mit dem Barkeeper George erfuhr er, dass es im Süden und Westen des Landes Unruhen gegeben hatte. Der Bürgerkrieg aus dem Nachbarland Liberia drohte zu ihnen herüberzuschwappen. *„Da bin ich ja zum richtigen Zeitpunkt gekommen"*, dachte er, *„hoffentlich wird es nicht schlimmer."* Er bestellte ein weiteres Bier bei George, gab ihm den Hinweis, den beiden Damen einen Drink zu spendieren, und sagte: „Wenn sie schon kein Geschäft mit mir machen können, sollen sie wenigstens was zu trinken haben."

Kurz darauf kam Stella auch in die Bar und fragte: „Bekomme ich auch einen Drink?" „Sicher, was willst du denn haben?" „Ein Bier, so wie du." „Hast du Feierabend?" „Ja, jetzt geh ich gleich heim. Übermorgen komme ich noch mal zur Tagesschicht und dann ist

Schluss hier für mich. Am Freitag fange ich als Nachrichtensprecherin beim SL-TV an." „Oh, dann kann ich dich demnächst im Fernsehen bewundern?" „Ich hoffe, weiß aber nicht, wie lange es dauert, bis ich wirklich dort erscheine." Sie plauderten noch ein wenig weiter und er lud sie für den kommenden Samstag zum Abendessen ein. „Dann kannst du mir von deinen ersten TV-Arbeitstagen erzählen."

Die lokalen Arbeitskräfte traten gleich an seinem ersten Arbeitstag in einen nicht angemeldeten Streik. Er bestellte den Gewerkschaftsvertreter zu sich und fragte ihn: „Was ist hier los, Simon?" „Sir, die Leute haben es satt, dass immer wieder neue weiße Chefs hier antreten. Sie wollen mehr Geld." „Dann sag deinen Leuten, wenn sie nicht bis Mittag vom Hof sind und an ihre Arbeit gehen, können sie sich morgen bei der Personalabteilung gleich ihre Papiere abholen." „Aber dann steht ja die Firma still." „Ja und? Das tut sie jetzt auch. Also was soll's. Dann werden wir neue Leute einstellen und du wirst sehen, in zwei Wochen läuft der Laden wieder. Du hast dann natürlich auch keinen Job mehr."

Nachdem der Gewerkschaftsboss gegangen war, beobachtete er von seinem Fenster aus die Szene auf dem Hof. Er sah Simon auf seine Leute einreden und es erhob sich ein großes Geschrei. Viele waren offensichtlich der Meinung, man solle nicht einfach nachgeben. Aber nach einer halben Stunde hatte Simon sich durchgesetzt, die Menschen zerstreuten sich und gingen wieder an ihre Arbeitsplätze. Er versuchte von seinem Diensttelefon zu Hause anzurufen, bekam aber auch hier keine Verbindung. So schickte er seinen lokalen Stellvertreter James zur örtlichen Telecom, um herauszufinden, was da los sei.

James kam nach drei Stunden zurück und erklärte, die Satellitenverbindung sei defekt und man warte auf ein Ersatzteil. Das solle am nächsten Montag aus London geliefert werden. Also keine Telefongespräche mit der Heimat bis dahin. Für die geschäftlichen Dinge war es ihm egal, aber dass er seine Frau nicht wenigstens kurz sprechen und hören konnte, wurmte ihn schon sehr.

Am Samstagabend traf er Stella im Restaurant am Hafen und sie verbrachten einen sehr netten Abend zusammen. Das Essen war scharf wie immer in diesem Lokal und das Bier schmeckte auch. Sie plauderten über dies und das, er zeigte Stella Fotos von seiner kleinen Tochter, sie erzählte von ihren ersten Erlebnissen beim Fernsehen und beide fühlten sich sehr wohl miteinander. Zwischendurch überlegte er, was seine Frau wohl denken würde, wenn sie wüsste, dass er jetzt hier mit einer so charmanten Afrikanerin beim Essen war. Aber dann dachte er wieder: *„Na und, ist doch nichts dabei."* Nach drei Stunden ließ er seinen Fahrer zuerst Stella nach Hause bringen, bevor er sich am Hotel absetzen ließ. Für Sonntag hatte er sich mit ihr zum Baden verabredet und würde sie mit seinem Fahrer um 15:00 Uhr zu Hause abholen.

Zum Strand in Tokeh hatten sie etwa eine Stunde zu fahren, und dort angekommen, bestellte er in einer kleinen Bude zunächst mal zwei Bier. Denn es war wie immer auch um diese Tageszeit sehr heiß und feucht. Nach der Erfrischung mit dem kalten Bier gingen beide ins Wasser und schwammen eine Zeit lang zusammen. Als sie danach im Sand lagen, fing sie an, seine Haut zu streicheln, und sagte: „Es ist so schön, mit dir hier zu liegen. Können wir das öfter machen?" „Wenn du willst. Am Wochenende sollte das bei mir gehen. Und bei dir?" „Nächsten Samstag soll ich zum ersten Mal gleich mehrfach die Nachrichten lesen. Aber am Sonntag hab ich frei." Und dann küsste sie ihn einfach und er war vollkommen überrumpelt. Aber der Kuss fühlte sich gut an und er erwiderte ihn.

Es war finster, als sie wieder zurückfuhren, und er fragte sie, ob sie mit in sein Hotel käme. Sie zögerte zunächst, sagte dann aber: „Okay, jetzt darf ich das ja, denn ich arbeite ja nicht mehr dort." Die Nacht war noch jung und sie schien nicht enden zu wollen. Erst gegen fünf verließ sie das Hotel. Beim Frühstück ließ er die letzten Stunden noch einmal Revue passieren und sagte zu sich: *„Das war ein sehr schönes Erlebnis, aber ich muss aufpassen, dass ich mich nicht in sie verliebe. Wie soll ich das zu Hause erklären?"*

Am Mittwoch konnte er dann endlich telefonieren und er sprach lange mit seiner Frau, erklärte die technischen Probleme des Telefons, erzählte von diversen Problemen bei der Arbeit, aber natürlich nichts von Stella. Im Hintergrund weinte seine Tochter und seine Frau sagte: „Ich muss jetzt aufhören, die Kleine braucht mich." „Ich höre es, dann melde ich mich nächste Woche wieder, wenn die Technik es zulässt. Ich liebe dich und ich vermisse dich." „Ich dich auch."

Der nächste Sonntag verlief ähnlich wie der letzte und Stella erzählte ihm ganz aufgeregt von ihrer ersten

Nachrichtensendung. „Die wurde nicht live gesendet, sondern kurz vorher aufgezeichnet. Aber ich war gut und deshalb machen sie nächste Woche die Sendungen live mit mir. Ich bin immer abends bei den Spätnachrichten dran. Schaust du mal hin?" „Na sicher tu ich das", sagte er und küsste sie.

In der folgenden Woche saß er jeden Abend in der Bar und schaute um 22:00 Uhr die Nachrichten. Er hatte das Gefühl, Stella lächele nur ihn an, und George sagte: „Sie macht das ganz toll, oder?" „Ja, wirklich, gib mir noch ein Bier." Am nächsten Sonntag fuhren die beiden zu einem circa 300 Kilometer entfernten Dorf in der Nähe von Kenema. Stella wollte ihm zeigen, woher sie stammte. In der kleinen Hütte lebten ihre Eltern und fünf Geschwister und alle empfingen Stella und ihren Begleiter mit großem Hallo und Freude. Die Dorfbewohner liefen zusammen und alle wollten Stellas und seine Hände schütteln. Man merkte, dass sie sehr stolz auf ihre News-Lady waren, die auch noch einen weißen Beschützer dabeihatte. Sie erzählten, dass vor einigen Tagen einige Rebellen ins Dorf gekommen waren, um sich mit Essen und Trinken zu versorgen. Gott sei Dank seien sie friedlich gewesen, aber er merkte, dass die Menschen Angst hatten.

Die restlichen Wochen seiner Arbeit vergingen sehr schnell und die Wochenenden mit Stella genossen beide. Er ertappte sich dabei, dass er immer öfter darüber nachdachte, wie es sein würde, wenn er wieder zu Hause sein würde. Dann kehrte der wieder genesene Geschäftsführer zurück. Seine letzte Nacht verbrachte er mit Stella im Hotel. Sie weinte und fragte, wann er zurückkommen werde. Er gab eine ausweichende Antwort, denn er konnte das genaue Datum nicht nennen. Üblicherweise besuchte er das Projekt etwa alle drei Monate, und als er ihr das sagte, war sie sehr traurig. Am nächsten Tag flog er nach Hause und im Flieger dachte er die meiste Zeit an sie.

Die erste Nacht mit seiner Frau nach mehr als acht Wochen war sehr seltsam für ihn. Er wusste nicht, ob sie etwas bemerkte. Die samtweiche, dunkle Haut, die er noch vor einigen Tagen liebkost hatte, war noch in seinen Gedanken. Aber in den mit Arbeit vollgestopften Wochen verblassten auch bald die Erinnerungen an Stella und die Zeit in Freetown. Eines Abends hörte er in der Tagesschau, dass der Bürgerkrieg aus Liberia jetzt auch in Sierra Leone angekommen war. Es wurde von vielen Toten berichtet und er machte sich Sorgen, wie es Stella und ihrer Familie wohl gehe. Da er keine Telefonnummer hatte, konnte er sie nicht anrufen, und Fernsehen aus Freetown konnte er in Deutschland nicht empfangen.

Als er 14 Wochen später zu seinem nächsten Projektbesuch vor Ort war, fuhr er eines Abends zu Stellas Wohnung. Er fragte einige Mitbewohner und bekam nur ausweichende Antworten. Am nächsten Tag rief er beim lokalen Fernsehsender an und fragte nach Stella. Dort bekam er die lapidare Antwort: „She's gone. Maybe Foday killed her and her family in their village."

# Von null auf hundert

Advent, die stillste Zeit im Jahr. Oder doch nicht? Eine Weihnachtsfeier jagt manchmal die andere. Dazwischen arbeiten, die Kinder versorgen, Haushalt und die Vorbereitungen für ein schönes Weihnachtsfest mit der Familie. Sie konnte ein Lied davon singen. Ihr Mann war zwar keiner, der sich vor der Hausarbeit drückte oder der aus Prinzip seiner Frau alles aufhalste, aber er war viel unterwegs und so blieb automatisch der Löwenanteil aller Aufgaben an ihr hängen. Meistens brachte sie alles gut unter einen Hut und sie machte es auch gern. Sie war stark. Nur manchmal träumte sie davon, einfach einmal das zu machen, wonach ihr gerade war. Dann vermisste sie Ruhe und Entspannung und empfand so etwas wie einen Anflug von Unzufriedenheit.

Am Wochenende, gerade als sie wieder einmal einen Motivationsschub gebrauchen konnte, kam ihr Mann nach Hause und begrüßte sie herzlich. Auch die zwei Kinder waren begeistert, dass der Papa wieder da war. Er nützte das bisschen Freizeit immer, um ihnen nah zu sein. Am Abend, als die Kleinen schon schliefen, besprachen die Eltern die kommenden Termine. „Bleibt es dabei, dass deine Mutter die Kinder zu sich nimmt, wenn wir zur Weihnachtsfeier gehen?", wollte Robert wissen. „Ja klar", antwortete sie, „das ist ja schon lang vereinbart." Die Firmenfeier war jedes Jahr etwas Besonderes, jedenfalls für ihn. Da musste man nicht mit Hemd und Krawatte erscheinen und Stunden warten, bis endlich ein wenig Lockerheit einkehrte. Die Räumlichkeiten der Firma erlaubten es, dass man unter sich blieb. Mit etwa 50 Mitarbeitern in einem Restaurant zu feiern, fand der Chef einfach zu unpersönlich. Daher organisierten er und seine Frau das Event lieber in der Fima. Es gab einen geräumigen Saal, in dem eine große Tafel gedeckt werden konnte, und zwei Nebenräume mit einer Bar und einer großen Tanzfläche. Es wurde immer gefeiert bis in die frühen Morgenstunden. Sie begleitete ihn mehr höflichkeitshalber als gern. Alle kamen mit Begleitung, also tat auch sie ihrem Mann alle Jahre wieder den Gefallen.

Zwei Wochen später war es so weit, acht Tage vor dem Heiligen Abend. Die Aufregung bei den Kindern bewegte sich dem Höhepunkt zu und sie steckte mitten in den üblichen Vorbereitungen. Robert bemerkte ihre innere Anspannung und sagte bei der Ankunft auf dem Parkplatz zu seiner Frau: „Ach, sieh das doch ein bisschen locker! Eine kleine Abwechslung bei dem Stress kann dir doch nicht schaden. Im Gegenteil! Also, los geht's, hab Spaß! Du tanzt doch gern. Trau dich einfach."

Sie waren unter den ersten Gästen, ganz im Gegensatz zu anderen Treffen, wo er es mit der Pünktlichkeit nicht so hatte. Das Chef-Ehepaar begrüßte alle sehr herzlich und wünschte viel Spaß und gute Unterhaltung. Sie suchten einen Platz am Tisch, wo Leute saßen, die sie auch persönlich kannte. Zum Glück waren Heli und ihr Mann schon da und hatten für sie beide mit reserviert. Er und Robert waren seit einigen Jahren Kollegen und es war eine enge Freundschaft zwischen den Familien entstanden. Den einen oder anderen Abend verbrachten sie zusammen beim Grillen oder einfach mit Quatschen über Gott und die Welt. Sie unterhielt sich meistens mit Heli über die Arbeit und die Neuanschaffungen im Haus. Die Kinder waren selten Thema. Heli und er hatten keine gemeinsamen. Seine Tochter aus erster Ehe und ihr Sohn waren beide schon über 20. Das war der Unterschied. Ihre Kinder waren erst im Volksschulalter. Daher ergab sich hier nicht viel Gesprächsstoff. Ansonsten war von dem Altersunterschied zu dem Paar von fünf und acht Jahren nichts zu bemerken. Beide wirkten jünger, sportlich und waren sehr offen für Roberts Erzählungen aus seinem Leben, die er immer wieder gern zum Besten gab.

An diesem Abend begann alles ganz harmlos. Man aß zusammen, ließ sich den guten Wein schmecken und genoss die Musik, die der DJ sehr gefinkelt auswählte. Zuerst legte er aktuelle Musik auf, die täglich im Radio zu hören war. So kam erste Stimmung auf und die jüngeren Gäste kamen langsam auf Touren. Dann begann er, zwischendurch einzelne Oldies einzubauen. Als er merkte, dass sein Publikum sehr anerkennend reagierte, setzte er diesen Trend fort. Tanzmusik vom Feinsten und dazwischen Schmusesongs, die kein Herz kalt ließen. Auch das ihre nicht.

Sie wusste bereits, dass er auch gern tanzte und Oldies liebte, Heli aber nicht. Ihr Robert war ebenfalls eher ein Tanzmuffel. Was lag also näher, als dass sich die zwei zusammentaten und die Tanzfläche stürmten! Niemand dachte sich etwas dabei. Warum auch? Nicht einmal sie selbst taten das. Sie wollten einfach tanzen. Robert hatte sie sogar extra ermutigt, zu tun, was ihr Spaß machte. Ein paar Gläser Wein verfehlten ihre Wirkung auch nicht. Also ließen sie sich von Wanda Jackson mit Stupid Cupid erst einmal mitreißen. Dann kam Peter Kraus mit Corinna und sie kamen so richtig in Fahrt. Machte das Spaß! Stress und Frust waren wie weggeblasen. Zur Erholung bot der Musikus nun Pat Boone mit „Love Letters in the Sand". Er legte die Arme um ihre Hüften und führte sie genauso sicher wie vorher beim Boogie. Warum waren ihr diese starken Arme vorher noch nie aufgefallen? Er war ein großer, starker Mann und sah toll aus. Heli hatte da gut hingeschaut, fand sie. Aber da er ja der Freund ihres Mannes war und genauso verheiratet wie sie, trank sie diese Gedanken in einer Tanzpause mit einem Glas Mineralwasser hinunter. Jedenfalls hatte sie tatsächlich Spaß, was auch Robert mit Freude vernahm. Sie wurde gesprächiger und ging richtig aus sich heraus. Zwischendurch verschwand sie immer wieder mit ihrem Tanzpartner im Gewühl auf dem Parkett. Als sie wieder einmal total außer Atem zum Platz zurückkamen, brachte er ihr einen süßen Cocktail mit, natürlich auch einen für Heli. Als es auf Mitternacht zuging, waren ihre Füße schon ziemlich leicht, sie hatte das Gefühl zu schweben. Und in seinen Armen wollte sie abheben. Da ertönte plötzlich die „Unchained Melody" von den Righteous Brothers.

Es war ihm längst genauso gegangen wie ihr und jetzt musste er sie einfach umarmen und führte sie mit so viel Gefühl und Zärtlichkeit durch den mit Paaren überfüllten Raum. Jedes Wort sogen sie in sich auf und es war ihnen völlig egal, ob sie jemand beobachtete oder was die anderen dachten. Die meisten waren ohnehin mit sich selbst beschäftigt und hatten auch schon genug getrunken. Als der Song zu Ende war, sahen sie sich lange in die Augen und brachten kein Wort heraus. So intensiv hatte sie noch nie gefühlt und in seinen Augen las sie dasselbe. Zurück am Tisch waren sie fast genauso außer Atem wie nach einem Boogie. Sie war heilfroh, dass niemand eine Erklärung wollte, und war fast sicher, dass man nichts bemerkt hatte.

Ein paar Tage nach Weihnachten klingelte ihr Handy. Als sie sah, wer anrief, wurde ihr heiß und kalt und sie fühlte, wie ihr die Röte ins Gesicht stieg. Er musste gewusst haben, dass Robert unterwegs war, und wagte es, sie zu fragen: „Ich muss wissen, ob du bei der Feier genauso gefühlt hast wie ich oder ob ich mir das nur eingebildet habe! Wie war das für dich?" Sie rang nach Worten und versuchte sich zu sammeln. „Ja", antwortete sie dann leise, „ich bin fast verrückt geworden. Was war das? Wir kennen uns seit Jahren und nichts passiert. Und dann plötzlich … von null auf hundert. Da hat uns doch die Stimmung überrollt, meinst du nicht?" „Das kann schon sein. Aber vielleicht hat das ja einen Grund. Lass uns doch ein Treffen vereinbaren, um herauszufinden, ob uns mehr verbindet. Bitte!" Sie wollte sich nicht festlegen, viel zu sehr dachte sie an ihre Familie und an die Freundschaft, die daran hing. Sie brachte nur heraus: „Wann kann ich dich morgen gefahrlos anrufen? Ich denke drüber nach …"

# Die gleiche Macke

Lange hatte sie sich auf diesen Besuch im Museum gefreut. Schon vor drei Monaten, als die Ausstellung von
August Macke in der Presse angekündigt wurde, hatte
sie die Informationen aufgesogen und sich vorgestellt,
wie es sein würde, die vielen Originale von ihm zu sehen, von denen sie bisher nur Abbildungen kannte. Ihr
Lieblingsbild „Dame in grüner Jacke" sollte auch dabei
sein. Was gäbe sie darum, dieses im Original zu besit-
zen, aber das würde ihr niemals möglich sein. In ihrem
Wohnzimmer hatte sie eine gute Kopie des Gemäldes
hängen, das sie vor einigen Jahren für knapp 500 Euro
erstanden hatte. Sie hatte sich sogar extra eine Lampe
über dem fast quadratischen Bild anbringen lassen, damit die Farben darin voll zu Geltung kämen.

Sie lebte in Hamburg und würde mit dem Zug zur Ausstellung nach Wiesbaden fahren. Die Fahrkarte hatte
sie schon und ein Hotelzimmer von Freitag bis Sonntag
hatte sie auch gebucht. Sie wollte am Freitagnachmittag
hinfahren und hatte geplant, den ganzen Samstag im
Museum zu verbringen und auch noch den Sonntagvor-
mittag. Inzwischen träumte sie schon dauernd von Mackes Bildern, nicht nur von der Frau im grünen Mantel,
sondern auch von den anderen, in denen er Personen
abgebildet hatte, wie das „Paar am Gartentisch", „Promenade", „Mädchen unter Bäumen" etc.

Endlich kam der 19. März. Sie erledigte ihre Aufgaben
im Büro besonders schnell und saß um 15:01 Uhr am
Hamburger Hauptbahnhof im ICE nach Frankfurt am
Main. Sie holte den Ausstellungskatalog heraus, den sie

schon vor drei Monaten geordert hatte, damit sie sich schon einlesen und vor allem in die Bilder einsehen konnte. Mackes frische Farben und – so wie sie es deutete – seine fröhliche Welt zogen sie jetzt schon in den Bann. Von ihren Kolleginnen und Kollegen war sie aufgezogen worden: „Was, wegen einer Kunstausstellung fährst du extra nach Wiesbaden?! Die Bilder kann man doch im Internet anschauen. Was fasziniert dich daran so?" Sie war auf solche aus ihrer Sicht dummen Fragen gar nicht näher eingegangen. Sie verstand gar nicht, wie man Macke nicht lieben konnte, und sie wäre für eine solche Ausstellung auch noch viel weiter als 500 Kilometer gefahren. Denn für sie waren die Bilder viel wertvoller als andere Menschen. Seit dem Auszug bei ihren Eltern lebte sie allein in einer kleinen Wohnung in Hamburg-Altona, ging selten aus, höchstens um eine Ausstellung zu besuchen, die es manchmal auch in Hamburg gab. Aber Macke! Die wichtigsten seiner Bilder in einer Ausstellung? Das hatte es bisher in Hamburg so nicht gegeben. Vor ein paar Jahren war sie einmal in Bonn, im Macke-Haus, schon sehr fasziniert gewesen, aber in Wiesbaden würde sie viele Bilder sehen, die sie noch nicht kannte.

In Frankfurt stieg sie in die S-Bahn um und vom Bahnhof Wiesbaden nahm sie ein Taxi zu ihrem Hotel, denn es regnete, als sie dort gegen 20:00 Uhr eintraf. Zum „Mercure"-Hotel dauerte es nur ein paar Minuten. Sie hatte dieses Haus ausgewählt, weil sie dann zu Fuß zum Museum gehen konnte. Beim Einchecken an der Rezeption erkundigte sie sich nach Restaurants in der Nähe. Sie erfuhr, dass ganz in der Nähe ein thailändisches, ein japanisches und ein italienisches Lokal seien. So brachte sie nur schnell ihren Koffer ins Zimmer, nahm ihren Schirm und ging dann zum „Portofino". Hier bestellte sie sich eine Pasta Frutti di Mare, einen Frascati und ein Wasser. „Subito, Signora", sagte der Kellner und sie genoss das Abendessen. Anschließend ging sie nicht auf direktem Weg zum Hotel zurück, um sich nach der langen Zugfahrt und dem Essen noch ein bisschen die Beine zu vertreten.

Nach dem Frühstück am nächsten Morgen, es hatte aufgehört zu regnen, zog sie ihren grünen Mantel an und ging schon gegen 9:30 Uhr in Richtung Museum. Es warteten bereits einige Besucher vor dem Eingang. Sie hatte ihre Tickets für beide Tage schon online gekauft, so konnte sie gleich zum Eingang durchgehen. Voller Erwartung musste sie allerdings noch einige Minuten bis zur Öffnung warten. Aber dann konnte sie ihren Rundgang beginnen. Der Name der Ausstellung: „Paradies! Paradies?" hatte sie schon vorher in ihren Bann gezogen, aber sie verstand gar nicht, wie man das Paradies in Verbindung mit August Macke infrage stellen konnte. Für sie tat sich hier das Paradies auf. Nein, besser, es *war* das Paradies. Schon beim Seiltänzer im ersten Saal war sie ganz entrückt in die Welt vor mehr als 100 Jahren, als Macke dieses Bild schuf.

Im zweiten Raum, in dem die Familie und Mackes Ehefrau Elisabeth im Vordergrund standen, hielt sie sich sehr lange auf. Als sie einige Minuten vor der Dame mit dem grünen Mantel verweilte, wurde sie plötzlich von einer männlichen Stimme hinter ihr angesprochen: „Wenn Sie noch einen Hut anziehen, könnten Sie Mackes Modell sein für dieses Bild." Sie drehte sich um, um sicher zu sein, dass der Spruch ihr gegolten hatte. Da stand ein Mann um die 40, grinste sie an und sie musste ein wenig lächeln, als sie ihn näher betrachtete. Er schaute aus, als wenn er einem anderen Bild von Macke entsprungen wäre, nämlich den Spaziergängern auf der Brücke: dunkler Anzug, weißes Hemd und dunkler, nicht ganz zeitgemäßer Hut. Also sagte sie zu ihm: „Na, Sie könnten ihm aber auch Modell gestanden haben in Ihrem Anzug." „Es scheint, wir mögen ihn beide, oder?" „Mögen ist gar kein Ausdruck, ich würde am liebsten vor 100 Jahren gelebt und ihn persönlich getroffen haben. Seine Bilder strahlen so viel Leichtigkeit und Freude aus, dass er wahrscheinlich immer – wenn auch nur kurz – wie im Paradies gelebt hat. Der Name der Ausstellung passt meiner Meinung nach sehr gut zu ihm."

Er betrachtete das Bild mit der grünen Dame, schaute dann wieder sie an und errötete. „In dem Bild ist die Dame ganz allein und im Hintergrund sind zwei Paare. Darf ich fragen, ob Sie auch allein sind?" Jetzt wurde ihr ein bisschen mulmig und sie lief rot an, bevor sie antwortete: „Sie sehen doch, dass ich allein bin. Macke und ich. Mehr brauch ich nicht." „Könnten Sie sich vorstellen, mit einem Macke-Fan nach der Ausstellung einen Kaffee trinken zu gehen?" „Wenn dieser Fan bis heute Abend Zeit hat, so lange gedenke ich nämlich hierzubleiben."

Damit wandte sie sich wieder ihrem Bild zu und saugte die wirklichen Farben und die einzelnen Pinselstriche in sich auf. Er ging in den nächsten Raum und schaute sich die Landschaftsbilder an. Dabei dachte er darüber nach, was sie zu ihm gesagt hatte. *„Soll ich wirklich bis heute Abend hierbleiben?"* Er entschied sich, die Ausstellung weiter zu betrachten und noch mal drüber zu grübeln. Er mochte Macke und seine Bilder, war ein wirklicher Bewunderer der deutschen Expressionisten. Aber den ganzen Tag hier herumlaufen? Das war ihm entschieden zu viel. Er könnte doch auch einfach heute gegen 18:00 Uhr am Eingang auf sie warten. Würde er sich trauen, sie noch mal anzusprechen?

Sie blieb vor jedem der gezeigten Gemälde lange Zeit stehen und konnte sich immer in die Zeit versetzen, in welcher der Künstler die Werke geschaffen hatte. Bei den Bildern von seiner Tunisreise nahm sie sich vor, mal selbst dahin zu fahren und zu schauen, ob das Licht dort tatsächlich so intensiv war, wie sie es in seinen Bildern sah. Mittags ging sie ins Café „Mechthild" im Museum und erholte sich bei einem Kaffee und einem Stück Kuchen von den vielen gewonnenen Eindrücken.

Nach 13:30 Uhr begann sie ihren zweiten Rundgang und stellte fest, dass sie in einigen Bildern jetzt Dinge entdeckte, die sie beim ersten Mal nicht registriert hatte. Im Raum, in dem die Aktbilder hingen, dachte sie. *„Wie natürlich und rein doch diese Nacktheit hier bei Macke wirkt, bei manchen anderen Künstlern hat das oft etwas Vulgäres. Aber nicht bei ihm."* Sie fragte sich, ob sie sich wohl getraut hätte, ihrem Idol nackt Modell zu sitzen. Der Gedanke ließ sie erschauern, für Macke hätte sie das gemacht, aber für einen anderen Maler sicher nicht. Da fiel ihr der Herr vom Vormittag wieder ein. Er war scheinbar gegangen. Aber sie hatte so eine Ahnung, dass sie ihn noch einmal wiedersehen würde.

Als die Durchsage kam, dass das Museum gleich schließen würde, ging sie schweren Herzens zum Ausgang. Draußen im Licht der untergehenden Sonne sah sie den Mann im dunklen Anzug und mit seinem unmodischen Hut. Er kam ihr wirklich vor, wie aus einem Bild aus ihrem geliebten August Macke entsprungen. Aber sie traute sich nicht, zu ihm hinzugehen und er machte auch keine Anstalten, noch einmal näher zu ihr zu kommen. Im Vorbeigehen lächelte er sie an und sie lächelte zurück. Aber keiner von beiden schaffte es, ein Wort zu sagen.

# Kaminofen und Holzboden

Die beiden hatten sich ein neues Bett gekauft und bauten es gemeinsam zusammen. Das alte mitsamt den Erinnerungen und verjährten Erlebnissen war rechtzeitig zerkleinert und entsorgt worden. Es war der richtige Moment für eine weitere Erneuerung im eigenen Heim. Schon seit längerer Zeit hatte sie sich von Altem getrennt, neu dekoriert, gestrichen und tapeziert. Ihr Wunsch war es, alles so herzurichten, wie sie beide es sich wünschten. Er hatte ihr schon bei vielen Veränderungen geholfen und so war jetzt auch ein Neuanfang im Schlafzimmer fällig. Das neue Möbelstück war in sechs Kartons verpackt und hatte ziemlich viele Teile. Ein schönes Stück Arbeit lag also vor ihnen. Und während des Zusammenbauens erinnerte sie sich an ihr Kennenlernen und das erste Treffen.

Damals war sie unterwegs mit ihrer Tochter zum Imbiss um die Ecke, um dort entgegen ihren sonstigen Gewohnheiten zu essen. Am Tag vorher waren sie aus dem Urlaub in Italien zurückgekommen, wo sie mit ihren Eltern 14 Tage Ferien im Wohnmobil gemacht hatten. Die Auszeit hatte ihr gut getan, war aber auch zeitweise anstrengend, mit drei Erwachsenen und einem vierjährigen Kind auf so engem Raum. Jetzt, auf dem Weg zum Imbiss, piepste ihr Handy. Sie guckte nach und sah, dass sie ein Match auf ihrer Kennenlern-App hatte.

Vor ein paar Wochen hatte sie sich bei Tinder angemeldet, nachdem vor neun Monaten ihre Ehe in die Brüche gegangen war. Sie wollte nicht unbedingt schon wieder eine neue Beziehung, aber so manches fehlte ihr dann doch. Sie antwortete kurz auf die Nachricht und widmete sich dann dem Essen mit ihrer Tochter. Später schrieben sie sich eine kurze Zeit über die App, dann fragte er nach ihrer Handynummer, um auf WhatsApp weiterzuschreiben. In den nächsten Tagen tauschten sie immer mal wieder Nachrichten aus und erfuhren einiges voneinander.

Er war genauso alt wie sie und Pfleger in einem Seniorenheim. Er wohnte in der nahe gelegenen Großstadt, kam aber gebürtig aus der Eifel, er reiste gerne und ging regelmäßig schwimmen. Das passte zu ihren Wünschen und Hobbys und so verabredeten sie sich für ein erstes Treffen. Sie war ziemlich aufgeregt, aber zwei Tage vorher sagte er das Treffen ab, da er noch vieles für den lange geplanten Urlaub mit seinem besten Freund vorbereiten müsse. Sie merkte, dass sie enttäuscht war, obwohl sie sich vorgenommen hatte, sich nicht zu sehr darauf zu freuen. Dann machte er noch einige merkwürdige Bemerkungen, die ihr zu denken gaben. Scheinbar hatte er sich über sie eine falsche Meinung gebildet. Aufgrund ihres Jobs (Erzieherin) und der Tatsache, dass sie alleinerziehend war, mit einem manchmal etwas anstrengenden Kind und zwei Tätowierungen, glaubte er wohl, bei ihr ginge es recht chaotisch zu. Sie hatte es nicht nötig, sich einer Kategorie zuordnen zu lassen. Sie war nicht so, wie er dachte. Diese Art, vorschnell zu urteilen, gefiel ihr gar nicht, und sie entschied sich, den Kontakt abzubrechen. Sie schrieb ihm kurz etwas dazu und löschte dann den Chat und seine Nummer.

Vielleicht waren solche Portale nicht das Richtige für sie. Auch vor ihm hatte sie schon ein paar Matches mit merkwürdigen Typen gehabt, die sie schnell wieder löschte. Am nächsten Tag fand sie eine erneute Nachricht von ihm, er gab anscheinend nicht so schnell auf. Sie antwortete nicht sofort, musste erst mal nachdenken. Ein paar Stunden später schrieb sie zurück und machte deutlich, dass sie es gar nicht mochte, wenn sie in eine Schublade gesteckt wurde, bevor man sich überhaupt mal getroffen und sich einen persönlichen Eindruck gemacht hatte. Das fand er okay, allerdings müsse jetzt ein Treffen bis nach seinem Urlaub warten. In den Tagen bis zu seiner Abreise chatteten sie ab und zu. Dann fuhr er mit seinem besten Freund nach Saas-Fee. Sie musste erst mal googeln, wo das war. Ah, in der Schweiz, interessant. Da war sie noch nie gewesen.

Während seines Urlaubs schrieben sie regelmäßig und er schickte ihr Fotos. Die Landschaft war wirklich toll. An einem Tag bestiegen er und sein Freund mit einer Gruppe einen Viertausender, den Allalin. Auch davon schickte er Fotos, die sie daran erinnerten, dass sie mit ihrem Ex auch regelmäßig Urlaub in den Bergen gemacht hatte. Allerdings nie in der Schweiz oder im Hochgebirge. Sie schrieb ihm, dass sie auch gerne mal einen Viertausender besteigen würde. Das schien ihm zu gefallen. Nach einer Woche kam er mit dem Zug zurück, während sein Freund noch länger in der Schweiz blieb.

Sie planten ein neues Treffen, was gar nicht so einfach war. Als Altenpfleger musste er jedes zweite Wochenende arbeiten und sie musste organisieren, dass ihre

Tochter an einem dieser freien Wochenenden bei ihrem Vater war. Nach ein paar Tagen hatten sie sich für einen Freitagabend verabredet. Sie wollte etwas kochen und er sollte zu ihr nach Hause kommen.

Ihre beste Freundin Melanie war davon nicht begeistert und machte sich Sorgen. Für alle Fälle wollte sie an dem Abend erreichbar sein. Das war wirklich lieb von ihr. Sie hatte ihr auch in der Zeit nach der Trennung sehr geholfen und war für sie da gewesen, wenn Not am Mann beziehungsweise an der Frau war. Sie selbst machte sich keine großen Sorgen, er machte einen ehrlichen Eindruck. Sie schrieben ja jetzt schon ein paar Wochen miteinander. Kurz vor dem Treffen überlegte sie, was sie kochen sollte, und entschied sich für Lasagne. Die ließ sich sehr gut vorbereiten und konnte schon in den Backofen, während sie ihn vom Bahnhof abholte, da er kein Auto besaß. Als Nachtisch plante sie ein Tiramisu.

Zur Lasagne passte Rotwein am besten und sie fragte ihn nach seinem Lieblingswein. Es stellte sich heraus, dass er lieber Weißwein trank. Also besorgte sie welchen. Am Tag vor dem Treffen machte sich bei ihr doch ein wenig Nervosität bemerkbar. Sie hatte 17 Jahre lang kein Date gehabt. Vorsorglich hatte sie Kondome besorgt, man konnte ja nie wissen. Auch darüber und über einige andere intime Dinge hatten sie sich vorab schriftlich ausgetauscht. Sie wussten sogar schon von Fotos, wie sie unbekleidet aussahen. Während seines Urlaubs hatte er sie animiert, ihm Nacktfotos zu schicken. Sie fand das anfänglich befremdlich. Nicht weil sie prüde war, sie ging schließlich gerne in die Sauna. Auch etwas, das sie gemeinsam hatten. Aber sie mochte es nicht, sich selbst in Szene zu setzen und Fotos mit Selbstauslöser zu machen. Sie hatte es dann doch ausprobiert, fand es irgendwie aufregend und hatte ihm einige Aufnahmen geschickt. Da sie ihm gefielen, konnte sie sich nicht so schlecht angestellt haben, wie sie angenommen hatte. Auch er schickte ihr ein paar Bilder von sich. Er sah gut aus, schlank, muskulös, fit, wenig behaart.

Am Tag des Treffens bereitete sie das Essen zu, nicht ohne eine leichte Anspannung. Als sie mit den Vorbereitungen, inklusive Tisch decken, fertig war, ging sie ins Bad, um zu duschen. Währenddessen machte sie sich Gedanken, was sie anziehen sollte. Es war Juli und die Temperaturen angenehm warm. Er hatte einmal erwähnt, dass er es mochte, wenn Frauen Kleider und Röcke trugen und nicht nur Hosen. Also entschied sie sich für einen luftigen, grauen Sommerrock und ein mintfarbenes Top. Nachdem sie sich dezent geschminkt hatte, musste sie zum Bahnhof fahren. Inzwischen war sie sehr aufgeregt. Sie wartete am Nordeingang des Bahnhofs auf ihn. Als sie ihn entdeckte, stieg sie aus dem Auto. Er trug dunkle Jeans, ein gestreiftes Hemd und eine graue Jacke. Nach kurzer Begrüßung machten sie sich auf den Weg zu ihrem Haus. Als sie die Tür öffnete, nahm er schon den Duft wahr von Tomaten und italienischen Gewürzen, da sie den Herd schon vorher eingeschaltet hatte. Die Lasagne würde noch etwas Zeit brauchen. Also öffnete sie die beiden Weinflaschen und goss etwas in die Gläser. Für ihn weiß, für sie rot, da sie Weißwein nicht gut vertrug und auch nicht so gerne mochte. Über diesen unterschiedlichen Geschmack amüsierten sie sich. Während des Essens unterhielten sie sich über seinen Urlaub und tauschten sich über Reisen aus, die sie schon gemacht hatten.

Nach dem Essen setzten sie sich ins Wohnzimmer, er auf die Couch, sie in einen Sessel. „Der Holzboden und dein Kaminofen machen das Zimmer sehr gemütlich", bemerkte er, „ich kann mir gut vorstellen, hier im Winter … auf einem weichen Teppich … das offene Feuer … sehr romantisch!" Sie hörte ihm zu und träumte auch von einer Annäherung auf dem Teppich mit einem wärmenden Feuer im Ofen. Als er weitersprach, hatte sie den Eindruck, dass er überrascht war, ein aufgeräumtes Heim vorzufinden und keine chaotische Behausung. Sie wollte wissen, ob sie damit sein Vorurteil ausgeräumt hatte, und fragte nach: „Kann es sein, dass du anfangs ein falsches Bild von mir vor Augen hattest? In deinen Nachrichten hatte ich das so empfunden." Er räusperte sich und antwortete etwas verlegen: „Tja, weißt du, das ist tatsächlich nicht ganz falsch. Ich hatte ja, wie du weißt, vorher auch schon einige Dates und war von denen geprägt. Dazu las ich zwischen deinen Zeilen, dass dich die Alleinerzieherinnenrolle mehr als fordert und auf dem einen oder anderen Foto sah es nicht so ordentlich aus wie jetzt hier. Und ich gebe zu, die Tattoos haben irgendwie in das Bild gepasst. Schande über mich! Aber irgendwas hat mich trotzdem neugierig gemacht und magisch angezogen. Und das ist gut so!"

Ja, das war auch ihr Eindruck, und so setzte sie sich zu ihm auf das Sofa, wo sie sich mehrfach küssten. Etwas später schlug er vor, ins Schlafzimmer zu gehen. Dort genoss sie die Zärtlichkeiten und wurde sich bewusst, dass sie diese sehr vermisst hatte. Er blieb über Nacht und am nächsten Tag nach dem Frühstück brachte sie ihn wieder zum Bahnhof. Sie hatten sich für den Abend erneut verabredet und wollten zum „Rursee in Flammen" fahren.

So hatte es vor sechseinhalb Jahren angefangen. Damals hatte sie nicht erwartet, dass daraus so eine lange Beziehung werden könnte. Sie wohnten zwar nicht zusammen, was viele Leute in ihrer beider Umfeld merkwürdig fanden, aber für sie war es eine perfekte Lösung. Bot das doch die Möglichkeit, dass jeder auch mal Zeit für sich hatte. Er hatte seine kleine Wohnung behalten, die näher an seinem Arbeitsplatz lag. Es war zudem äußerst praktisch, wenn sie am Wochenende etwas in der City unternahmen.

Das neue Bett war inzwischen fertig und sah fantastisch aus. Sie konnte nicht anders, als ihn zu umarmen, und sagte zu ihm: „Weißt du noch, wie es damals mit uns angefangen hat?" Er erwiderte die Umarmung und küsste sie. Seine Antwort zauberte ihr ein Lächeln aufs Gesicht: „Ich weiß es noch ganz genau! Es waren drei Dinge, die mich damals gefangen haben: dein liebes Lachen, wie ich es jetzt gerade wieder an dir sehe, dann dein wunderschöner Holzboden und der Kaminofen mit den romantischen Aussichten!" Beide lachten herzlich und sie waren sich einig, jetzt musste das neue Bett eingeweiht werden!

# Am Gehpunkt

Als sie aufwachte, hatte sie ihren Traum noch vor Augen: *Am Strand von Lagos in Portugal hatten sie sich zuerst getroffen und nach einigen Tagen im warmen Sand geliebt.* Sie dachte an die vielen wunderschönen Jahre der anschließenden Partnerschaft, die Erlebnisse in gemeinsamen Urlauben auf der ganzen Welt. Sogar eine Rundreise in Afrika hatten sie zusammen unternommen und dabei in Zelten, Baumhäusern und im Wohnmobil übernachtet. Brüllende Löwen und röhrende Elefanten waren ihre Nachbarn gewesen und in einer Lodge hatte ein Hippo nachts hinter ihrem Zelt gegrast. Es kribbelte in ihrem Bauch, wenn sie daran dachte. Wie leicht hätte das riesige Vieh sie durch die dünne Zeltwand besuchen können! Aber es war ihnen nichts passiert. Im Gegenteil, viele, wunderschöne Bilder, die ihr Mann geschossen hatte, zeugten von tollen Erfahrungen nicht nur von dieser Reise. Einige davon hingen in ihrem Schlafzimmer.

Die Atlantiküberquerung mit der „Queen Mary" war ein einmalig schöner Trip, den sie kurz nach ihrer Hochzeit gemacht hatten. Die Ruhe und Distanz zu jeglichen beruflichen und privaten Störungen, die ihnen die Abgeschiedenheit auf dem riesigen Schiff beschert hatte, waren ein entscheidender Punkt ihres langjährigen Zusammenlebens. Sie hatten sich sehr zueinander hingezogen gefühlt und Pläne für die Zukunft geschmiedet. Er hatte sich gerade aus seinem Berufsleben vorzeitig in den Ruhestand verabschiedet, der aber zu einem Unruhestand wurde, weil er vielen ehrenamtlichen Tätig-keiten nachging. Sie plante in Kürze ebenfalls aufzuhö-ren und wollte dann an ihren Ort der ersten Begegnung zurück. Zudem hatten sie auf der Reise einige sehr nette Menschen kennengelernt, zu denen sie immer noch Kontakt hatten, obwohl die Reise bereits sieben Jahre zurücklag.

Aber jetzt war sie wieder in der Wirklichkeit. Sie musste langsam aufstehen. Ihr Hund verlangte nach seiner Morgenrunde. Schnell schmiss sie sich in Jeans und T-Shirt, aber ein erster Kaffee musste vorher noch sein. Miguel, der Boxer, schaute sie aus großen Augen an, die sagten: *„Nun mach schon, meine Blase platzt gleich."* Schon war der Kaffee durchgelaufen und sie öffnete die Terrassentür. Dann nahm sie mit ihrem Kaf-fee draußen Platz. Miguel folgte ihr und legte sich zu ihren Füßen nieder. Ihre Zehen streichelten sein wei-ches Fell und der Hund knurrte zufrieden.

Eine halbe Stunde später war sie mit Miguel am Strand unterwegs. Sie nahm ihm die Leine ab und der Hund durfte frei herumlaufen, denn um diese frühe Stunde waren noch keine Badegäste unterwegs. Nur ein paar andere Hundebesitzer hatten ebenfalls ihre Begleiter losgelassen. Einige der Tiere tollten im Wasser herum. Miguel machte das nicht. Das salzige Wasser war nicht sein Element. Früher, als sie noch am Rhein gelebt hatte, war Miguel öfter in die Fluten gesprungen und schien sich dort immer sehr wohlzufühlen. Aber hier, am Strand von Portimão, wo er wieder in seiner ursprüng-

lichen Heimat war, an dem Ort, den sie sich als Alters-
ruhesitz ausgesucht hatte, war der Atlantik nicht sein
Badeort.

Sie setzte sich in den schon warmen Sand und träumte
den Traum ein wenig weiter, aus dem sie vorher wach
geworden war. Ihr Haus am Praia de Rocha, der sich
ein wenig von dem Strand in Lagos unterschied, war
seit drei Jahren ihr neues Domizil. Damit hatte ihre Le-
bensveränderung angefangen. Ihr Mann wollte sich dort
nicht so recht wohlfühlen. Zu sehr zog es ihn immer wieder an fremde Orte. Sie war hier angekommen und
wollte am liebsten nirgendwo anders mehr hin. Vor Kurzem war er für vier Wochen zu einem Projekteinsatz
nach Mexiko gereist. Und als er zurückkam, schwärmte
er von dem Land und den Menschen und sagte, dass er
sicher bald noch einmal zu einer weiteren Aufgabe dorthin fahren würde. „Komm doch mit", hatte er gemeint,
„ich bin sicher, es wird dir auch gefallen." Aber für sie
waren Reisen ein Kapitel aus der Vergangenheit. Es
war gerade genug, dass sie einmal oder höchstens
zweimal im Jahr zurück an den Rhein reiste, um Ver-
wandte und Freunde zu treffen. Aber spätestens nach
drei Wochen wollte sie wieder in den Flieger nach Faro
steigen.

Beim letzten Besuch in ihrem alten Zuhause war es
dann zum Eklat gekommen. Die beiden Ehepartner
stritten oft miteinander und es ging immer um Kleinigkeiten. Und eines Morgens sagte er dann zu ihr: „Ich
denke, es ist besser, wenn wir uns trennen. Du lebst
dein Leben an der Algarve, was für mich eine sehr
schöne Erinnerung und ein tolles Urlaubsziel, aber

keine Heimat ist. Ich bleib hier und mache meine Reisen an irgendwelche Orte der Welt. Irgendwie kriegen wir unser Leben nicht mehr unter einen Hut." So war sie also noch am gleichen Tag aus der gemeinsamen Wohnung ausgezogen und sie hatten verabredet, dass er demnächst noch einmal zu ihrem Haus in Portimão kommen würde, um seine Sachen abzuholen.

Das war vor zwei Monaten gewesen und seitdem hatten sie kaum noch Kontakt miteinander. Manchmal schickte er ihr per Mail einige eingescannte Briefe, die noch an seine Anschrift gerichtet waren. Diese Nachrichten waren aber recht unpersönlich. Telefoniert hatten sie auch nicht mehr und sie fragte sich, wie die 15 Jahre, die sie zusammen geteilt hatten, einfach so von heute auf morgen verblassen konnten. Waren sie beide zu sehr zu Egoisten geworden? Jeder machte nur sein Ding und war damit auch zufrieden?

Miguel kam zu ihr zurück und wollte spielen. Sie nahm einen Ball, den sie immer dabeihatte, und warf ihn ins Wasser. Immer noch hoffte sie, dass der Hund doch mal ins Meer springen würde. Aber er wartete auch diesmal geduldig, bis die Wellen den Ball wieder ans Ufer spülten, dann schnappte er ihn geschickt auf, ohne dass er viel Wasser mit aufnahm, und brachte ihn zu ihr zurück.

Auf dem Rückweg begegnete ihr ihre Freundin Maria, die sie hier kennengelernt hatte. Maria war zwei Jahre jünger, lebte auch allein, denn ihr Mann war vor einigen Jahren verstorben. „Bom dia", begrüßten die beiden Frauen sich und wechselten ein paar Worte miteinander. Sie fragte Maria, ob sie abends auf ein Glas Wein vorbeikommen wolle. Diese stimmte zu und erwiderte:

„Dann bringe ich ein bisschen Käse mit und wir haben schon ein perfektes Abendessen und genießen das beim Sonnenuntergang auf deiner Terrasse."

Als die beiden dann gegen 21:00 Uhr mit dem schweren Rotwein anstießen, fragte Maria: „Wo schwirrt dein Mann denn gerade wieder rum?" „Keine Ahnung. Wir reden kaum miteinander." „Das ist schade. Da habe ich es besser. Ich gehe meinen Mann jeden Tag besuchen und wir unterhalten uns viel. Er erzählt mir von seinen Abenteuern mit den Engeln und ich frage ihn, was er morgen zum Mittagessen möchte. Dann gehe ich glücklich und zufrieden nach Hause und koche ihm eine Fischsuppe." Sie verstand ihre Freundin, dachte kurz nach und antwortete: „Ich lebe nur manchmal noch in den Erinnerungen an schöne gemeinsame Zeiten mit meinem Mann. Aber so wie bei dir wird das wohl nicht mehr werden. Dazu haben wir uns zu sehr auseinandergelebt."

# Bauer trifft Emanze

Die Situation war verfahren. Vor zwei Wochen hatten die Verhandlungen begonnen und in ihrer Runde sah es überhaupt nicht nach einer Einigung aus. Die beiden Parteien waren bei den Themen Frauen, Arbeit und Armutsbekämpfung noch sehr weit auseinander. Einer der Verhandlungspartner auf der anderen Seite fiel ihr immer wieder mit lockeren, aber unqualifizierten Sprüchen während der Diskussion auf. Er machte auf sie den Eindruck eines Machos und eines wenig ernsthaften Menschen. Heute hatte sie einen Vorschlag gemacht, der für Frauen ein Vorsorgeprogramm sichern sollte. Als Frau Anfang 50 hatte sie selbst sehr schlechte Erfahrungen gemacht, wie stiefmütterlich im Gesundheitsbereich die Vorsorge zum Teil gehandhabt wurde. Ihr Verhandlungsgegner der türkisfarbenen Partei, gelernter Landwirt und langjähriger Politiker, konterte: „I muass für meine Küh 'n Tierarzt selber arufe. Da wern doch Frauen selber zur Vorsorge gehe kenne."

Die Grüne mit den roten Haaren, die lange als Journalistin gearbeitet hatte, überlegte, ob sie ihm eine watschen sollte, entschied sich dann aber für die Antwort: „Im Gegensatz zu Ihnen und Ihren Kühen können Frauen selbst denken und entscheiden. Aber dennoch braucht es ein qualifiziertes Vorsorgeprogramm." Ihrem Gegenüber fiel die Kinnlade herunter, aber er schwieg erst mal. In einer Verhandlungspause am Nachmittag schlug er vor, sich abends zum Essen zu verabreden, damit sie ihre Diskussion unter vier Augen statt coram publico fortsetzen könnten. Sie wunderte sich über den lateinischen Ausdruck, das hätte sie nicht von einem Bauern wie ihm erwartet, und sagte zu. *„Vielleicht kann ich ihm ja allein eher ein Zugeständnis entlocken",* dachte sie. Also schlug sie vor, sich um 20:00 Uhr im Restaurant „loca!" in der Stubenbastei zu treffen.

Als sie gegen 20:25 Uhr eintraf, war er schon dort und begrüßte sie freundlich. „Bitte entschuldigen Sie die Verspätung, aber ich hatte noch eine kleine Diskussion mit meiner Tochter zu Hause." „Kein Problem, I hab inzwischen a Glasl Veltliner getrunken und die Karte studiert. I denk, wir werden beide was finden, denn es gibt ja hier kalorienarme und fettreduzierte Speisen genauso wie Rezepte aus Omas Kochbuch." „Deshalb hab ich das vorgeschlagen", antwortete sie.

Nachdem sie beide bestellt hatten, fragte sie ihn: „Sagen Sie mal, warum vergiften Sie oft die Atmosphäre durch blöde Bemerkungen? Sie machen auf mich den Eindruck eines Spielverderbers." „Oh, das tut mir leid, ich meine solche Dinge doch spaßig. Das dürfen Sie nicht immer so ernst nehmen." „Wann kann ich Sie denn ernst nehmen?" „Na, jetzt zum Beispiel. Ich möchte sehr gern, dass wir zu einem guten Ergebnis für beide Seiten kommen, und ich verstehe durchaus, dass Sie möglichst viel vor allem für Frauen erreichen wollen." „Nicht nur, auch das Thema Arbeit und Armutsbekämpfung liegt mir sehr am Herzen. Ich finde, wir haben immer noch zu viele Arbeitslose, und da vor allem Behinderte, und zu viele arme Menschen, die auf der Straße leben." „Das stimmt, aber gleichzeitig fehlen uns qualifizierte Arbeitskräfte, weil die Ausbildung nicht gut genug ist und weil wir zu wenig junge Menschen haben, also mehr Leute aus dem Ausland brauchen."

Die Bedienung brachte ihr Essen und sie widmeten sich zunächst mal ihren Speisen. Nach dem Hauptgang fragte er: „Darf ich Sie noch zu einem Nachtisch und einem Kaffee überreden?" „Das dürfen Sie, denn Nachspeisen sind mir die liebsten. Da schau ich auch nicht immer so genau auf die Inhalte." „Dann such ich was Besonderes für uns aus."

Inzwischen genoss sie das Gespräch mit ihm, denn sie hatten die Politik verlassen und er erzählte von seinem Bauernhof in der Nähe von Bregenz, von seinen Kindern und wie wichtig es ihm war, dass sie alle eine gute Ausbildung bekamen. Sie erzählte von ihrer Tätigkeit als Journalistin in vielen Orten auf der Welt und so lernten sie sich besser kennen. Die Verhandlungen am nächsten Tag in der Koalitionshauptgruppe verliefen wesentlich angenehmer als vorher, und am Abend, als sie auseinandergingen, bedankte sie sich bei ihm dafür, dass er heute keine dummen Späße gemacht hatte.

Zwei Tage später hatten sie sich beim Thema Frauen festgefahren, weil er unbedingt wollte, dass die Frauenquote in Aufsichtsräten von Unternehmen festgeschrieben werden sollte. Sie fand das lange nicht so wichtig, wie die Gleichberechtigung in der gesamten Gesellschaft noch besser zu regeln, worauf er wieder mit einer sexistischen Bemerkung reagierte. Sie konterte mit einem Zitat von Doris Day: „Wenn ein Mann etwas Blödes tut, sagt man: ‚Ist der nicht blöde?' Wenn eine Frau etwas Blödes tut, sagt man: ‚Sind Frauen nicht blöde?'

Und solange das so ist, müssen wir an der Gleichberechtigung in der Gesellschaft arbeiten."

Am Abend trafen sie sich beim Heurigen und sie warf ihm vor, heute erneut zu sehr den Macho rausgelassen zu haben. Er konterte wieder damit, dass sie nicht alle Sprüche gleich ernst nehmen solle, das sei doch spaßig gewesen, und alle außer ihr hätten gelacht. Nach dem zweiten Glas Wein beruhigte sie sich und sie konnten sich ernsthaft dem Frauen- und Gleichberechtigungsthema widmen. Nach mehr als zwei Stunden hatten sie einen Kompromiss gefunden, den sie am nächsten Tag in der Verhandlung präsentieren und zur Diskussion stellen wollte.

Er fand dann tatsächlich die Zustimmung aller Verhandlungspartner und so blieben bis Weihnachten nur noch wenige Punkte übrig, die zwischen den beiden Parteien strittig waren. Ein Punkt in der Armutsbekämpfung sorgte für längere Diskussionen und so trafen die beiden sich drei Tage vor Weihnachten erneut beim Heurigen. Nach einer hitzigen Runde begleitet von mehreren Gläsern Wein einigten sie sich auf eine Lösung, die er diesmal am nächsten Tag präsentieren wollte.

Da es schon nach Mitternacht war und die Verhandlungen am nächsten Tag wieder um neun beginnen sollten, lud er sie ein, mit ihm in seinem Hotel nahe beim Verhandlungsort zu übernachten und sich den langen Nachhauseweg in den Vorort zu sparen. So nahmen sie also ein Taxi zu seinem Hotel und landeten an der Hotelbar. Dort sagte er beim zweiten Gin Tonic zu ihr: „Ich würde gern die Verhandlungen mit dir auf ein anderes Thema lenken: Wie wär's, wenn wir in meinem Zimmer weitersprechen?" Sie antwortete: „Ich finde, es ist genug gesprochen, jetzt ist es Zeit zu handeln, damit wir danach noch ein wenig Schlaf bekommen." „Also komm, du rot-grüne Hexe. Dann zeig ich dir ein paar Dinge aus der Landwirtschaft, da wird dir Hören und Sehen vergehen."

Nach Redaktionsschluss des Buches erreichte mich noch ein Hinweis, der mich zu folgender Geschichte inspirierte und die vom Verlag noch mit aufgenommen wurde.

## Viva España

Sie war mega-nervös, als sie in der Schlange zum Einsteigen für ihren Flug von Bremen nach Málaga stand. Sie war 22 und es war ihr erster Flug, bei dem sie alles allein organisiert hatte. Jetzt schlotterten ihr die Knie, es war ihr abwechselnd heiß und kalt. Gut, dass sie in Málaga von Bekannten abgeholt werden würde, also musste sie nur noch den Flug überstehen. Da hörte sie hinter sich jemand mit fröhlicher Stimme fragen: „Was machst du denn in Málaga?" Sie war ganz verdattert und erkannte trotz der Maske, dass der gutaussehende junge Mann offensichtlich Spanier war. Seine dunklen Augen waren faszinierend und sie antwortete ihm: „Ich war schon oft mit meinen Eltern in Spanien und liebe das Land. Jetzt mache zum ersten Mal allein Urlaub bei Bekannten meiner Eltern, und du?" „Ich war jetzt acht Jahre in Deutschland und habe hier eine Ausbildung zum Elektriker gemacht und gearbeitet. Jetzt fliege ich nach Hause und freue mich, wieder bei meinen Eltern und Geschwistern zu sein."

Die vielen Lachfalten um seine Augen spiegelten die Freude wider, die ihm die Heimkehr bereiten würde. Sie konnte den Blick nicht mehr abwenden. Ein paar Minuten blieben ihr, um diese angenehme Plauderei zu genießen, bevor die beiden von zwei Kanadiern angesprochen wurden, die nicht wussten, wie man das Einreise-formular ausfüllen sollte. Und sie baten wegen der Te-lefongebühren darum, einen Hotspot zu bekommen. „Kein Problem", sagte der junge Mann und schaltete sein Smartphone entsprechend um. Gemeinsam halfen sie den Kanadiern beim Ausfüllen. Wahrscheinlich hiel-ten die zwei sie für ein Paar. Kurz darauf konnten sie in den Flieger steigen. Dort bedauerte sie sehr, dass er drei Reihen hinter ihr saß, denn sie hätte gern weiter mit ihm geplaudert. Das war doch eben viel zu kurz gewe-sen. Verstohlen schaute sie sich während des Fluges mehrmals um, um wenigstens einen Blick auf ihn zu er-haschen.

Nach der Landung trafen sie sich am Gepäckband wie-der und begannen erneut eine kurze Unterhaltung. Ein bisschen Spanisch, ein bisschen Deutsch, so wie vor-hin. Die zwei Sprachen waren kein Problem. Es fühlte sich für sie gut an, irgendwie eigenartig vertraut. Dieses Gefühl kannte sie so noch nicht.

Ihr Koffer kam zuerst, und die Bekannten, die sie abhol-ten, winkten auch schon, sie solle herauskommen. Das ging alles so schnell, dass nicht einmal Zeit blieb, sich zu verabschieden. Nur ein eiliger Blick und ein zaghaf-tes Winken in seine Richtung. Sie war sich sicher, das hatte er gar nicht mehr gesehen, denn auch er ver-schwand wortlos in der Menschenmenge.

So fuhr sie also mit ihren Gastgebern nach Hause, ohne mit dem jungen Mann Namen oder Telefonnummern ausgetauscht zu haben. Sie war etwas enttäuscht und fragte sich lange, was sie in dieser Situation hätte an-ders machen können.

Während des ganzen Urlaubs musste sie an ihn denken und war sauer auf sich selbst, dass sie nicht nach seinen Kontaktdaten gefragt hatte. Sie wollte sich die wenigen Gesprächsfetzen merken, die sie jetzt noch im Kopf hatte.

Zwei Wochen später flog sie zurück nach Bremen und erzählte zu Hause von Ihrem Urlaub und dem Erlebnis mit dem attraktiven jungen Mann. Sie machte kein Geheimnis daraus, dass sie ihn gern wieder sehen wollte, aber nicht wüsste, wie sie das anstellen sollte. Ihr Patenonkel gab ihr schließlich den Tipp, E-Mails an alle Elektrikerfirmen in Bremen zu schreiben und in Facebook Gruppen nach ihm zu suchen. Das tat sie auch. Sie nahm sich viel Zeit dafür, aber es war mühsam. Auf die E-Mails bekam sie keine Antwort und aus den sozialen Netzwerken kam auch nichts zurück, außer Nachrichten von anderen Spaniern, die sie gern kennenlernen wollten. Einer schrieb ihr: „Vergiss den Elektriker. Ich bin Schweißer, wir sind richtige Männer..."

Erst nach ein paar Wochen des Wartens und Zweifelns kam endlich eine Nachricht, die mehr versprach! Eine Deutsche namens Anja, die schon lange mit Carlos aus Spanien verheiratet war, versprach ihr bei der Suche zu helfen. Die Frau war ganz hin und weg von der Idee, weil sie sich an ihr Kennenlernen mit Carlos erinnerte, und sie setzte alle Hebel in Bewegung, um den Unbekannten aufzustöbern. Nach drei Wochen schrieb Anja ihr: „Ich glaub, ich habe ihn gefunden! Meine Freundinnen sind auch ganz aufgeregt und meinen, ich sei wohl unter die Kupplerinnen gegangen. Eine hatte zu ihr gesagt: „Que viva l'amor."

Die Hoffnung konnte wieder wachsen, und so schrieb sie also zaghaft eine erste Nachricht an den Angebeteten. Er antwortete fast sofort.

*Hallo Du Liebe!*

*Ich war sehr überrascht, dass du mich gesucht und gefunden hast. Das hab ich nicht erwartet.*

*Ola chico,*

*Nunca saliste de mi cabeza. Y siempre he soñado contigo...*

Nach vielen Dialogen per WhatsApp und am Telefon, in denen sie sich näher kennenlernten, fragte er sie, ob sie ihn mal besuchen wolle. Davon hatte sie schon oft geträumt, aber ihre Gedanken schwankten zwischen Vernunft, Vorsicht und dem Gefühl, es tun zu müssen. So buchte sie ein Hotelzimmer für das nächste Wochenende und flog am Freitagabend erneut nach Málaga. Auch heute war sie wieder nervös, aber diesmal war es keine Flugangst, sondern eher die ungeklärte Frage, wie es sein würde, ihn zu treffen. Er kam am Samstag früh aus Granáda angereist, da er am Freitag Spätdienst gehabt hatte. Er schrieb ihr von unterwegs, dass er ganz aufgeregt sei, aber sich sehr freute, sie zu treffen. In einem Café in Málaga sahen sie sich wieder, er trug ein gelbes T-Shirt und Jeans, sie hatte ein buntes Kleid angezogen. Die Begrüßung war herzlich, und den ganzen Vormittag redeten sie miteinander über ihre Berufe, ihre Familien und über ihre Gefühle. Nach einiger Zeit küsste er sie und sie genoss jede Sekunde. Die

Frage ging ihr immer wieder durch den Kopf: „Wie soll dieser Tag enden?" Um 14 Uhr lud er sie ins Restaurante José Carlos García zum Essen ein und dann spazierten sie gemütlich den Strand entlang. Beide waren unsicher, was sie mit ihren Händen machen sollten, doch irgendwann trafen sie sich, und das noch sehr unbeholfene Pärchen flanierte Hand in Hand, bis der nächste Hunger kam.

Das Abendessen nahmen sie im La Farola De Orellana in der Innenstadt ein. Die ganze Zeit über redeten und lachten sie viel miteinander und wurden sich immer vertrauter. So wohl hatte sie sich schon lange nicht mehr gefühlt. Sein Gesicht kannte sie mittlerweile auch ohne Maske, und die dunklen Augen hielten sie nun noch mehr gefangen.

Nach dem Dinner waren sie immer noch unsicher, ob sie jetzt ins Hotel gehen sollten. Beide wollten nichts überstürzen. Also nahmen sie noch ein paar Cocktails in einer kleinen Bar. Er flüsterte ihr zu, dass sie ihm gefährlich werden könnte, weil sie so gut aussähe. Sie hoffte, dass das heiße Gefühl in ihrem Gesicht nicht bedeutete, dass sie dunkelrot geworden war. Gegen Mitternacht fassten sie sich endlich ein Herz und gingen zu ihrem Hotel. Wortlos und als wäre es das Selbstverständlichste der Welt, betraten sie ihr Apartment und schlossen vorsichtig die Tür hinter sich.

Ich bedanke mich bei den vielen Menschen, von denen ich Anregungen für diese Geschichten bekommen habe. Außerdem danke ich sehr herzlich meiner Lektorin Alexandra Eryiğit-Klos, http://www.fast-it.net

Wenn Sie mehr über mich und meine Bücher erfahren möchten, so besuchen Sie doch meine Homepage: https://www.joveviller.com

Ihr Feedback zu meinen Büchern oder sonstige Nachrichten bitte an meine E-Mail: jove.viller@gmx.net

Auch über Rezensionen – dort, wo Sie das Buch gekauft haben – freue ich mich sehr.

Jove Viller, im April 2022

Bevor Sie das Buch nun zur Seite legen, möchte ich Sie einladen, auf den folgenden Seiten einen Auszug aus meinem ersten Roman „wörter-liebe" sowie aus meinem zweiten Roman „Quadriga-Liebe" zu lesen.

Jove Viller

# wörter-

# liebe

# PROLOG

Er: „Liebste, ich muss dir was sagen. Ich kann so nicht weitermachen."

Sie: „Was meinst du?"

Er: „Ich meine dieses Doppelleben, das ich seit einigen Monaten führe. Das bringt mich um."

Sie: „Aber wir haben doch eine sehr schöne Zeit miteinander und ich verlange doch gar nicht, dass du deine Frau verlässt."

Er: „Ich weiß, du bist sehr rücksichtsvoll und verlangst eigentlich gar nichts von mir."

Sie: „Was ist es dann?"

Er: „Ich fühle mich innerlich zerrissen. Ich liebe dich unendlich, aber irgendwie auch meine Frau. Das klingt selbst für mich komisch und ich hätte nie gedacht, dass mir das einmal passieren würde. Aber so ist es."

Sie: „Ich weiß das und ich kann damit leben. Das hast du von Anfang an gesagt und ich habe es akzeptiert. Was hat sich jetzt geändert?"

Er: „Ich weiß nicht, wie ich beides unter einen Hut bekommen soll. Wenn ich mit dir zusammen bin, sind wir beide sehr glücklich miteinander. Wenn ich zu Hause bin, denke ich dauernd an dich und ich weiß, ich sollte das nicht tun."

Sie: „Aber du hast auch gesagt, dass du deiner Frau nicht so nahe bist wie mir. Vielleicht ist es nur Gewohnheit, was euch beide noch verbindet. Willst du deshalb unsere Liebe aufgeben? Eine Liebe, wie weder du noch ich sie je erlebt haben?"
Er: „Du hast recht, eine Liebe wie unsere gibt's nur ein Mal. Und ich werde krank, wenn ich daran denke, dass ich dich

nicht mehr sehen soll. Aber meine innere Stimme, mein Gewissen sagt, ich darf das nicht tun. Ich habe meiner Frau versprochen, mit ihr zusammenzubleiben, bis dass der Tod uns scheidet. Und jetzt betrüge ich sie quasi seit einem Jahr. Ich hab keine Ahnung, ob sie was gemerkt hat. Man sagt ja immer, Frauen haben einen sechsten Sinn für so was. Aber ich will nicht, dass sie was merkt. Daher müssen wir beide uns trennen."

Sie: „Steht dein Entschluss ganz fest?"

Er: „Ich kann nicht anders. Es tut mir sehr leid und ich werde es bereuen. Ich will dir nicht wehtun und ich möchte am liebsten mit dir auf einer einsamen Insel glücklich sein. Aber da ist dieser Schatten, diese Stimme, die immer sagt: Das darfst du nicht."

Sie: „Wie stellst du dir das vor?"

Er: „Ich denke, wir verbringen den Tag morgen noch hier, fahren übermorgen wie geplant zu dir und ich fahre am Freitag nach Hause. Dann brechen wir den Kontakt ab und versuchen beide, unsere Leben allein in den Griff zu bekommen. Bis zu meiner Abfahrt am Freitag möchte ich aber, dass wir beide versuchen, unser Glück, unsere Liebe noch zu genießen, damit wir uns in guter Erinnerung behalten."

Sie: „Du willst ab Samstag jeden Kontakt einstellen?"

Er: „Ja, alles andere wäre falsch."

Sie: „Alles aufgeben, was wir schon erlebt und geplant haben?"

Er: „Ja, mein Entschluss steht fest, so wie jetzt kann ich nicht weiterleben."

Sie: „Und wie ich weiterlebe, ist dir egal?"
Er: „Nein, es ist, du bist mir nicht egal. Ich liebe dich, aber ich kann nicht bei dir bleiben. Meine früheren Versprechungen hindern mich daran."

Sie: „Du liebst also deine Frau mehr als mich?"

Er: „Nein, ich liebe dich. Aber meiner Frau gegenüber bin ich verpflichtet. Die Liebe zu ihr ist nicht mehr das, was sie einmal war. Das weißt du auch schon, das habe ich dir alles erzählt. Aber ich kann mich nicht von ihr lösen. Nenn es Gewohnheit, nenn es Verantwortung, nenn es, wie du willst, aber ich komme nicht von ihr los."

Sie: „Glaubst du, dass du mit ihr glücklicher bist?"

Er: „Nein, Glück, Liebe, Zärtlichkeit, Sinnlichkeit und gleiches Denken und Fühlen in vielen Dingen gibt es nur mit dir. Ich werde es schon auf der Rückfahrt bereuen, aber ich muss es tun."

# WÖRTER-DIEBE

# Linz
## 1.

Über zwei Stunden Autofahrt habe ich schon hinter mir. Von Wien nach Linz, ganz schön weit. Ich fahre nicht oft so weit weg. Und wenn doch, nehme ich normalerweise den Zug. Das ist bequem und günstig und ich komme nicht so müde an. Aber diesmal ist es etwas anderes. Ich muss auf jeden Fall flexibel sein. Für den Fall, dass ich schnell wieder nach Hause will, darf ich einfach nicht abhängig sein von so banalen Dingen wie Zugabfahrtszeiten. Das Auto sollte in der Nähe sein, man weiß ja nie … Zwei Stunden Rückfahrt würde ich im Notfall schon schaffen.

Die ganze Fahrt hindurch denke ich an das, was da vor mir liegt. *‚Was machst du hier? Bist du total verrückt geworden? Da musstest du tatsächlich 50 Jahre alt werden, um dich auf so was einzulassen?‘* Ich war doch bisher immer die Vernünftige in der Familie. Immer schön brav Vorbild sein und vor allem anständig! Na gut, *fast* immer, um hier ehrlich zu bleiben … Das, was ich hier vorhabe, passt eigentlich ganz und gar nicht zu meinem Lebensbild. Aber die Neugier und die Spannung, die sich in den letzten Wochen, nein, Monaten aufgebaut hatten, haben gesiegt.

Etwas abgehetzt komme ich am Bahnsteig an. Mein Zeitmanagement ließ ein wenig zu wünschen übrig. Irgendwo musste ich mich verschätzt haben. Zum Schluss hatte ich noch einige Minuten vom Parkhaus zum Bahnsteig laufen müssen. Da stehe ich also. Aufgeregt wie ein Teenager, mein Herz schlägt bis zum Hals. Ob vor Aufregung oder vom Laufen, ist schwer zu sagen. Und jetzt habe ich noch genau fünf Minuten, bis der Zug kommt. Fünf Minuten – oh Gott! Werde ich ihn gleich erkennen? Ich habe ein paar Fotos und wir haben uns per Skype gesehen. Aber sieht er wirklich so aus? Wenn ja, brauche ich wahrscheinlich kein Fluchtauto. Dann werde ich sowieso schwach … Ich darf gar nicht an seine angenehme Stimme denken mit diesem süßen kölschen Akzent. Nein, ich habe mich bestimmt nicht in ihm getäuscht! Das werden die zwei schönsten Tage seit Langem! Für uns beide! Ich weiß es!

Im Lautsprecher ertönt die Ansage, gleich wird der Zug einfahren! Ist er auch so aufgeregt wie ich? Oder ist er ganz gelassen, weil er so was öfter macht? Nein, auf keinen Fall! Oje, wie sehe ich eigentlich aus? Abgehetzt? Vom Winde verweht? Es ist ein regnerischer Tag und der Wind war entsetzlich gewesen. Zu spät für einen Spiegel, am Horizont taucht der Zug auf. Und irgendwie denke ich nur mehr: „Endlich!" Seit Wochen warten wir auf diesen Moment!

Langsam fährt der IC aus Würzburg ein, mein Blick streift über die Fenster, eines nach dem anderen. Es ist viel los in dem Zug. Offenbar wollen noch mehr Leute aus Deutschland unser schönes Österreich besuchen! Und dann sehe ich ihn! Er steht an der Tür und hat mich auch schon erkannt. Wir sehen uns nur einen Augenblick an, dann steigt er aus und kommt auf mich zu. In diesem Moment empfinde ich ein Gefühl von Nach-Hause-Kommen. Ich will ihm so viel sagen: ,Endlich bist du da! Ich warte schon so lang auf dich!' Aber ich kann es nicht. Ich sage gar nichts, genieße nur den Moment. Sein Gesicht ist mir so vertraut, als hätte ich es bisher nicht nur beim Skypen auf dem Bildschirm gesehen. Ich habe sofort das Gefühl, wir kennen uns ewig. Da weiß ich es! Ich hätte auch mit dem Zug kommen können. Ich denke, wir werden beide bleiben, zumindest einmal bis morgen …

# 2.

Ganz schön lang, so eine Zugfahrt von Würzburg nach Linz. Fast vier Stunden. Aber was soll's, jetzt habe ich mich schon ein paar Wochen auf dieses erste Treffen gefreut, da kann ich auch die paar Stündchen im Zug noch absitzen. Wie wird das sein, wenn ich sie zum ersten Mal live erlebe? Ihre Stimme kenne ich schon vom Telefon und ihre blauen Augen habe ich auf Bildern gesehen, die wir getauscht haben, und als wir letzte Woche mal geskypt haben. Sind die wirklich so strahlend? Werden wir uns auf dem Bahnsteig umarmen? Vielleicht vorsichtig küssen? Keine Ahnung. Das ist ein komisches Gefühl, jemanden zum ersten Mal zu treffen, den man übers Internet kennengelernt hat. Nicht, was Sie jetzt denken, keine Dating-Plattform. Nein, wir haben letztes Jahr angefangen, zusammen Wordox zu spielen. Das ist ein Spiel für zwei Personen, so ähnlich wie Scrabble, man muss auf einem schachbrettartigen Spielfeld Wörter bilden aus sechs vorgegebenen Buchstaben. Dabei kann man die Wörter des anderen ergänzen oder komplett benutzen, also z. B. einer schreibt: DIEB und man bekommt in seiner Buchstabenvorgabe unter anderem ein E und ein N. Also kann man das Wort DIEB ergänzen und DIEBEN daraus machen. Damit stiehlt man dem anderen vier Buchstaben und bekommt selbst sechs Punkte. Wer zuerst 25 Punkte erreicht, hat das Spiel gewonnen. So hatten wir beide auch mal angefangen, bis es mir zu dumm wurde, dauernd zu verlieren, und ich per Chat in dem Programm an sie geschrieben habe: „Kannst du mich auch mal gewinnen lassen?" Frech schrieb sie zurück: „Nö, wieso?" Das stachelte mich natürlich an und ich versuchte fortan, ihr möglichst viele Buchstaben zu stehlen, denn der Untertitel des Spiels lautet: Der Wörterdieb.

Aber nun hatten wir einmal angefangen mit dem Chat und bauten das aus. Morgens ein fröhliches „Guten

Morgen ;-)" oder abends ein müdes „Gute Nacht ;-)" waren die ersten zaghaften Botschaften, die wir austauschten. In den folgenden Monaten waren die Dialoge umfangreicher und wir hatten auch begonnen, in WhatsApp zu schreiben, weil die Buchstabenübertragung in Wordox limitiert ist und der Chat nach dem Ende eines Spiels verschwindet. So lernten wir uns näher kennen. Ich musste passen, als ich sie nach ihrem Wohnort fragte, und sie sagte: „im Marchfeld." Das hatte ich noch nie gehört und damit war für sie klar, dass ich nicht aus Österreich komme. Irgendwann hatten wir dann auch mal per WhatsApp telefoniert und sie sagte zu mir: „Deine Sprache klingt wie die in den Karnevalssitzungen aus Köln." Kein Wunder, denn da komm ich ja her. Mein Akzent lässt sich nicht verleugnen, den hört man sogar durch, wenn ich Englisch oder Französisch spreche. Aber was soll's, der Kabarettist Konrad Beikircher sagt das so: „Der Rheinländer an für sich ist ja von Natur aus Katholik, also quasi Chromosomonal-Katholik. Er ist Katholik in der barock-franziskanischen Ausgabe und das hört man auch sofort. Er wird immer von ‚unserem Herrjott' sprechen, so als ob der nur für den Rheinländer geschaffen wäre." Aber das ist ein anderes Thema. Jetzt war ich als Rheinländer mit Zwischenstopp bei meinen Kindern in Würzburg auf dem Weg nach Linz (nicht Linz am Rhein, sondern an der Donau), und dort sollte ich also eine Frau treffen, die ich über Wordox kennengelernt habe. Wie wird das sein? Was werden wir machen? Gut, ich hatte ein Hotelzimmer für uns beide reserviert, und das aber nur für eine Nacht, man weiß ja nie. Kann sein, dass wir beide oder einer von uns danach oder dazwischen oder schon gleich sagt: das war wohl nix.

Jetzt hielt der Zug grad in Passau. Also nur noch weniger als zwei Stunden, dann werde ich sie sehen. *‚Sie will mich am Bahnsteig erwarten. Habe ich eine Chance, sie vorher aus dem Fenster zu sehen? Will ich* *vielleicht weiterfahren, wenn ich sie entdecke? Glaub ich nicht. Ich denke, ich werde freudestrahlend aussteigen und sie in den Arm nehmen. Und dann? Ja, was dann? Was werden die ersten Worte sein, die wir miteinander wechseln, so von Angesicht zu Angesicht? Wenn doch nur der Zug endlich da wäre. Ich freue mich schon sehr, sie endlich live zu erleben.'* Wochenlang hatten wir uns das Treffen vorgestellt, hatten Linz als Ort ausgemacht, der für uns beide gut erreichbar ist. Ehrlich gesagt, hatte ich mir nachts auch schon mal vorgestellt, wie es mit uns im Bett sein würde. *,Geht das überhaupt? Schließlich bin ich schon 62 und verheiratet. Kann ich das weiter meiner Frau gegenüber geheim halten? Werde ich sie wiedersehen wollen? Oder sie mich?* So viele Fragen. Ich glaub, ich mach die Augen zu und versuche, ein wenig zu schlafen. Aber vorher noch schnell den Wecker stellen am Handy auf 15:30 Uhr, dann hätte ich noch ca. 15 Minuten bis zur Ankunft.'

Im Traum kommt sie mir entgegen, und das nicht am Bahnsteig, sondern zu Hause in Köln in der Schildergasse, also in der Fußgängerzone. Da wachte ich erschrocken auf. *,Wie soll das gehen? Da könnten wir entdeckt werden. Ich hab das Gefühl, ich muss umdrehen. Wie viel Zeit ist noch? Der Zug hält in Wels Hbf. Kann man hier aussteigen und zurückfahren? Ach Quatsch. Wer A sagt muss auch ankommen. Morgen fahre ich ja eh wieder zurück. Also die letzten 20 Minuten schaffe ich auch noch.'*

Dann fuhr der Zug in Linz ein und ich guckte aus dem Fenster. Plötzlich sah ich sie. Erwartungsvoll schaute sie zu den Zugfenstern. *,Hat sie mich entdeckt?'* Auf alle Fälle blickte ich in ihre Augen und die waren noch viel blauer, als ich sie nach dem Skypen in Erinnerung hatte. Ich könnte jetzt sofort darin eintauchen wie in die Fluten des Mittelmeers. Ihre blonden Locken wehten im Wind und sie suchte offensichtlich die Fenster ab, um mich zu entdecken. Das Blau ihrer Augen war das gleiche, wie das in ihrem Halstuch. ‚*Wat für e lecker Mädche*‘, dachte ich bei mir. ‚*Ist Blau wohl ihre Lieblingsfarbe, so wie meine?*‘ Jetzt aber schnell meinen Koffer gegriffen und raus aus dem Zug. Da sah sie mich, aber sie schritt nur ganz langsam auf mich zu. ‚*Hat sie die gleiche Furcht wie ich?*‘ Egal, jetzt hin zu ihr und sie in die Arme schließen ist das, was ich jetzt tun wollte und auch machte. Gut fühlte sich das an. Und alle Angst war weg, aber keiner von uns sagte was. Wir hielten uns nur fest.

Jove Viller

# Quadriga-

# Liebe

# PROLOG

„Was kann ich Ihnen beiden anbieten?" fragte die Stewardess.

Er: „Für mich einen Tomatensaft bitte."

Sie: „Ich hätt gern einen Kaffee mit Milch."

„Bitte sehr."

Sie: „Hat die uns jetzt für ein Paar gehalten?"

Er: „Das kam mir auch so vor. Aber wär das so schlimm?"

Sie: „Was meinst du? Suchst du eine neue Freundin?"

Er: „Nein, bin grad auf dem Weg zu meiner derzeitigen Freundin in München."

Sie: „Na so ein Zufall, ich fliege auch übers Wochenende zu meinem Freund."

Er: „Vielleicht sehen wir uns dann auf dem Rückflug wieder. Wann geht Dein Flieger am Sonntag?"

Sie: „Ich flieg um 16 Uhr 15 zurück. Hab am Sonntag abends noch eine Verabredung mit einer Freundin in Hamburg."

Er: „Dann passt es nicht, ich nehm den späten Flieger am Sonntagabend:"

Sie: „Was macht ihr denn am Wochenende in München?"

Er: „Wir gehen morgen eine Fotoausstellung besuchen und am Abend sind wir mit Freunden in einem Club verabredet. Und ihr?"

Sie: „Wir wollen morgen Abend ins Kino und den neuen Spider Man anschauen. Sonst weiß ich nicht, was Leo noch geplant hat."

Er: „Stehst du auf Spider Man Filme?

Sie: „Ja, schon ein wenig. Mich interessiert vor allem die Handlung. Leo ist mehr an der grafischen Umsetzung interessiert."

Er: „Das würde mich auch mehr interessieren. Ich bin Fotograf und Kameramann und würde gern mal an solch einem Film mitarbeiten. Aber leider mach ich meist nur so stinknormale Reportagen."

Sie: „Was sind das denn für Reportagen, bei denen du filmst?"

Er: „Sehr oft mache ich kurze Beiträge für Panorama, da komme ich natürlich viel rum und berichte zusammen mit anderen Kollegen über aktuelle Themen. Aber manchmal mache ich auch ganze Filme. Im letzten Herbst war ich mit einer Kollegin aus Köln eine Woche in Südtirol unterwegs. Da haben wir einen 45-Minuten Film über einen Fotografen gedreht, der seine Bilder auf großen Glasplatten macht. Er fotografiert alte Menschen und Berge und diese Bilder sind dann Unikate, die demnächst in einer Ausstellung gezeigt werden. Das hat großen Spaß gemacht und der Fotograf war wirklich nett."

Sie: „Das klingt ja spannend. Da bist du sicher viel unterwegs und am Wochenende fliegst du immer nach München?"

Er: „Wenn's geht, aber manchmal kommt Lydia auch zu mir. Vor zwei Wochen war sie da und wir haben uns Tina angeschaut."

Sie: „Das Musical von Tina Turner? Und wie war das?"

Er: „Mega. Ich bin ja nicht so ein Fan ihrer Musik, aber Lydia steht da drauf. Sie war ganz hin und weg."

Sie: „Ich wollte mit Leo auch schon mal hingehen, aber das haben wir noch nicht geschafft."

Er: „Ich find, das lohnt sich wirklich."

„Verehrte Passagiere, wir haben unseren Landeanflug nach München begonnen. Bitte schnallen Sie sich wieder an, schalten sie ihre elektronischen Geräte aus und verstauen sie. Klappen sie die Tische hoch, stellen die Rückenlehnen senkrecht und öffnen die Sonnenblenden."

Er: „Das ist ja jetzt schnell gegangen. War nett mit dir zu plaudern."

Sie: „Fand ich auch. Ich wünsch dir ein tolles Wochenende."

Er: „Ich euch auch:"

Sie: „Man sieht sich."

Er: „Ciao."

# Ich will Dich

# Leo
## 1.

Bin gespannt, wie die Blonde wirklich ausschaut. Wir haben ein paar Mal hin und her geschrieben und dann wollte sie mich treffen. Auf dem Foto schaut sie ja ganz super aus. Hoffentlich ist das im realen Leben auch so. Wenn ich so dran denke, was mir da alles schon passiert ist. Sofie, die letzte, die ich über Tinder kennengelernt hatte, war ein absoluter Reinfall. Ihr Bild war toll gewesen, aber die muss einen guten Fotografen haben. Denn als wir uns treffen wollten, fiel mir die Kinnlade runter. Ich hätt sie fast net erkannt. Und daher blieb es auch bei einem Kaffee, den wir im Cotidiano getrunken haben. Ich glaub, sie war sehr enttäuscht, denn ich war sicher nicht der erste, der sich so schnell von ihr verabschiedet hat. Diesmal habe ich mich mit Ariane im Café Rischart am Marienplatz verabredet. Das liegt schön zentral und wenn's passt können wir leicht von dort woanders oder zu mir nach Hause in Neuhausen fahren. Denn meine Eltern sind heute unterwegs. Weiß noch nicht, wo sie wohnt, aber vielleicht …

Das Rischart ist ein Traditionshaus, bekannt für seine herrlichen Mehlspeisen. Es wurde modern renoviert und ist in der Gegend total angesagt, also ideal für ein erstes Date. Ich möchte natürlich Eindruck schinden und bin eine Viertelstunde vor dem vereinbarten Zeitpunkt da. *‚Ist es jetzt besser, einen Platz auszusuchen, wo wir ein bisschen versteckt sind, um für Stimmung zu sorgen, oder wähle ich besser einen zentralen Platz aus, damit sie mich einfach schnell findet? Ach, da hab ich doch schon den perfekten Mittelweg entdeckt, einen Platz am großen Schaufenster, wo wir ein wenig abgeschieden sitzen, mit feinem Blick über den Marienplatz, aber vom Eingang kann sie mich auch gleich sehen.'* Während ich auf sie warte, trinke ich nur Wasser. Das ist auch gut gegen den trockenen Mund. *‚Interessant, es ist doch noch immer wieder ein wenig Aufregung dabei, obwohl das eigentlich keine neue Situation für mich ist.'*

Da…! Eine Blondine öffnet die Tür und schaut sich unsicher um. Ist sie das? Könnte schon sein. Frisur stimmt. Eine Ähnlichkeit mit den Fotos würde ich schon erahnen. Als sie tatsächlich in meine Richtung kommt, denke ich noch, dass sie aber in Tinder schlanker gewirkt hat. Da schwebt sie auch schon an mir vorbei zu dem Typ zwei Tische weiter hinten. Als ich mich nach dem Irrtum gerade wieder fange, steht sie plötzlich vor mir, kein bisschen unsicher, im Gegenteil. „Hi Leo, ich bin Ariane! Toller Platz hier, ich hab dich gleich gefunden!" strahlt sie und setzt sich zielsicher auf den Platz mir gegenüber. Also schüchtern ist sie wirklich nicht. Im Chat hat sie ja schon angedeutet, dass sie eine Person ist, die weiß, was sie will. Nach ihrem Auftreten zu urteilen, kann ich ihr das gut glauben. "Hi! Schön, dass du da bist! Find ich echt Mega, dass das so geklappt hat,"", begrüße ich sie und realisiere, dass ihre Fotos kein Fake waren. Unglaublich hübsch, die Frau! Das blonde, lange Haar fällt über ihre Schultern. Ein paar Strähnchen spielen kess um ihr Gesicht. Die modische Brille mit dem roten Rahmen bringt ihre leuchtend blauen Augen stark zur Geltung. Sie lächelt amüsiert und will gleich wissen: „Gibt's denn hier Bedienung? Mir wäre nach einem starken Kaffee!" Ein beflissenes „Ja klar" huscht über meine Lippen und ich winke der Kellnerin. „Möchtest du Kuchen dazu oder etwas anderes?" „Oh nein, danke, nur Kaffee bitte. Wir wollen ja auch nicht zu lang hierbleiben, oder?" Sie zwinkert mir zu und blickt mir tief in die Augen. ‚Na gut, dann gibt es für mich eben auch nur Kaffee. Ist doch klar …' Ich bestelle zwei Espresso, die auch prompt serviert werden.

Ich bin normalerweise auch sehr selbstsicher und weiß mich gut zu präsentieren. Aber diese Dame setzt mir gerade einen Spiegel vor, der mich ein wenig zum Nachdenken bringt. Also versuche ich noch ein bisschen Smalltalk, um nichts zu überstürzen und vielleicht doch noch hier die Oberhand zu gewinnen. Mal sehen… „Du hast echt coole Fotos ausgesucht, finde ich. Sie zeigen dich so wie du bist, sehr hübsch und elegant. Und der Chat mit dir ist spannend. Ich habe mich sehr auf unser Date gefreut!" „Oh, das Kompliment kann ich zurückgeben", „meint Ariane, „deine Fotos sind auch vielversprechend und ich muss sagen, ich bin nicht enttäuscht. Dein wuscheliges dunkles Haar und der Bart… etwas mehr als drei Tage würde ich schätzen… passt gut zu deinem südländischen Typ. Sag, bist du echt von hier?" Ich muss lachen, denn diese Frage habe ich schon öfter gehört. „Klar bin ich von da. Bin in München geboren und i sags glei – meine Eltern sind auch beide Einheimische." „Na dann bist du ihnen aber sehr gut gelungen" lacht sie und trinkt den letzten Schluck ihres Kaffees. „So, was wollen wir jetzt anstellen?" fügt sie nahtlos hinzu, „gehen wir zu dir oder zu mir?" ‚Ich hab mir schon gedacht, dass die Frau es eilig hat…' „Tja", muss ich da loswerden „bei mir ist es nicht so einfach. Ich wohne noch bei meinen Eltern. Ich weiß, das hätte ich vielleicht früher erwähnen sollen, aber auf Tinder wollte ich das net schreiben". „Oh, na dann müssen wir wohl drei Stationen mit der Straßenbahn fahren. Ich wohne nicht so weit weg von hier. Oder bist du mit dem Auto da?" „Nein, ein Auto habe ich nicht. Ist bis jetzt nicht notwendig. Mal sehen, vielleicht im nächsten Jahr", überspiele ich die nächste kleine Unsicherheit. Auf dem Weg zur Bahn prescht sie nach vorne: „Du wohnst noch bei Mami? Du bist doch schon 29. Was läuft da schief?" „Nichts läuft schief", rechtfertige ich mich „mir geht's gut zu Hause. Ich habe meine kleine Wohnung mit eigenem Zugang von außen und kann machen, was ich will. Nur mit Damen-besuchen ist es halt nicht so leicht, weil meine Mutter meistens zu Hause ist. Die kriegt dann alles mit." Dass ich wieder zu

Hause eingezogen bin, als ich mich von meiner Freundin getrennt habe, muss ich Ariane ja nicht erzählen. Ich werde das Gefühl nicht los, wir werden nicht alt miteinander.

Sie wohnt in einer kleinen Wohnung in einem Mietshaus. Ich weiß nur, dass das Vorzimmer recht klein und eng ist. Mehr habe ich nicht gesehen. Während die heiße Braut ins Schlafzimmer voraus geht, ruft sie mir zu: „Rechts hinten ist das Bad. Da kannst du dich schon mal bereit machen. Hast du Kondome mit?" Das war's! Leise schließe ich hinter mir die Tür, laufe die zwei Stockwerke hinunter und sehe zu, dass ich Land gewinne. Vielleicht schreibe ich ihr später eine Entschuldigung... oder auch nicht.

# Lydia
## 2.

„Wohin gehst du so aufgepimpt?" fragt mich Wolfgang, mein Zimmernachbar am Samstagabend, als ich die Wohnung gerade verlassen will. Der ist manchmal echt nervig, ständig wuselt er um mich rum. Hat wohl irgendwie ein Auge auf mich geworfen. Muss ihm mal sagen, dass ich ihn zwar nett finde, aber mehr auch nicht. Soll er es doch bei Lisa versuchen, der dritten in unserer WG, vielleicht hat er da mehr Erfolg. „Ich bin mit einem Kollegen verabredet, bin schon spät dran", antworte ich und dann nichts wie durch die Tür. Draußen kann ich wieder meinen Schritt auf normal ändern, denn ich hab Zeit genug. Drei Stationen mit der U1 bis zum Hauptbahnhof und dann noch ein Stück Fußweg, dann sollte ich rechtzeitig im Harry Klein ankommen, wenn sie grad öffnen. Sonst ist ja Techno nicht so mein Ding, aber am Donnerstag, als ich mich mit Frank im Büro unterhalten habe, hatte er vorgeschlagen, sich dort zu treffen. Vielleicht wird das ja ein cooler Abend, denn Frank ist ganz nett. Allerdings wird man sich dort kaum unterhalten können. ‚Guggn mer mal,' wie sie in meiner Heimat sagen.

Als ich bei Harry Klein ankomme, ist es noch nicht ganz elf und einige Leute warten schon vor der Tür. Frank ist nicht dabei. ‚Also der pünktlichste ist er schon mal nicht,' denke ich bei mir, da öffnen sie die Tür zum Club und ich gehe mit den anderen Wartenden hinein. Sofort werde ich von lauter Musik und Videos umschwirrt und ich setze mich erst mal an die Bar. „Was magst du trinken?" fragt der Barkeeper. „Einen Hugo bitte." ‚Das sollte als Einstieg passen. Weiß eh noch nicht wie lange ich bleiben werde.' Ich denke über Frank ein bisschen nach. Ich kenne ihn ja schon länger, aber erst am Donnerstag beim Meeting mit dem Team für die geplante

neue Fernsehsendung sind wir ein bisschen ins Gespräch gekommen. Genau genommen, danach. Denn
er fragte mich am Ende der Besprechung, ob er mit mir
noch etwas bereden könne und lud mich ein, am Auto-
maten schnell einen Kaffee zu trinken. Nach der Klä-
rung des dienstlichen Problems (das ich jetzt gar nicht
so dringend fand, das hätten wir meiner Meinung nach
auch per E-Mail oder telefonisch erledigen können),
fragte er mich, ob ich Lust hätte, mal mit ihm auszuge-
hen. „Wie wärs am Samstagabend bei Harry Klein?"
meinte er, als ich nicht sofort geantwortet hatte. Ein
bisschen überrumpelt sagte ich: „Das ist so ein Techno-
laden, oder?" „Ja, magst du das nicht?" „Techno, na ja.
Aber Harry Klein kenne ich nicht, dann lerne ich den
Schuppen und dich halt dort ein bisschen näher kennen.
Also abgemacht." Frank war sicher ein bisschen älter
als ich, sah gut aus und war charmant, wie ich bei diversen internen Besprechungen festgestellt hatte. Warum
sollte ich also nicht mal ein Date mit ihm haben? Wer
weiß, nachher ist er sogar netter als ich denke und wir
kommen uns näher …

Plötzlich steht er neben mir und begrüßt mich mit Küss-
chen rechts und links. Die Lautstärke der Musik ermög-
licht keine großen Dialoge, außer: „Na, wie geht's?"
„Gut, danke." Seine nächste Frage muss er zweimal
stellen, bevor ich ihn verstehe: „Gefällt es dir hier?" „Der
Club ist ganz nett, aber mir sind die Bässe zu laut."
„Willst du lieber woanders hin?" versucht er mir verständlich zu machen und ich schüttele nur den Kopf.
„Magst du tanzen?" „Ja, sicher, reden geht ja hier eh
schlecht." Also gehen wir zur Tanzfläche, auf der zu dieser frühen Stunde noch Platz ist. Frank scheint diese
Musik wirklich zu mögen, denn ich habe den Eindruck,
dass er sich schon nach kurzer Zeit von dem Sound
wegtragen lässt. Ich versuche das auch, aber mir will
das nicht so recht gelingen. Ich bin eher Fan von Classic

Rock oder Grunge, dieses elektronische Techno-ge-hämmer löst bei mir eher keine Ekstase aus wie bei manch anderen. Irgendwann ist Frank wieder auf der Erde angekommen und wir gehen zurück an die Bar. „Wollen wir mal nach draußen gehen?" fragt er. „Ja klar, da kann man besser reden." „Das auch, aber da kann ich eine rauchen." Oh, Minuspunkt. Rauchen ist nix für mich. Mein Onkel war vor einigen Jahren mit 56 an Lun-genkrebs gestorben, was bei mir immer noch nachhaltig dafür sorgte, dass ich weder selbst rauchen wollte noch Verständnis dafür habe, dass andere dem Laster frö-nen. Gegen Laster habe ich grundsätzlich nichts, aber Rauchen? Igitt!!!

Frank bietet mir draußen eine Zigarette an und ich schüttele nur den Kopf. Irgendwie hat mir das ein wenig die Laune verdorben. „Was ist mit dir?" fragt er. „Ach, nichts weiter, ich mag rauchen nicht." „Rauchen oder Raucher?" „Beides!" antworte ich wohl etwas zu schnell und mit Ablehnung in der Stimme. „Dann hab ich jetzt wohl schlechte Karten bei dir?" „Wieso, wofür hättest du denn gern gute Karten?" „Na ich dachte, wir haben ei-nen schönen Abend und vielleicht mehr." „Wie mehr? Wolltest du mich gleich abschleppen?" „Du gefällst mir sehr, aber ich kann auch geduldig sein." „Du meinst bis zum zweiten Date oder was?" „Nein, ich meine, wir soll-ten uns zuerst ein bisschen näher kennenlernen." „Ja, dann fang mal an mich kennenzulernen und erzähl auch was von dir." „Was interessiert dich denn?" „Würde gern wissen, ob du außer Rauchen noch andere Laster hast." „Na ja, ich trinke Alkohol, aber nicht dauernd, ich könnt sicher etwas mehr Sport machen, aber dazu bin ich oft zu faul und ich hätte gern eine feste Beziehung." „Be-trachtest du eine feste Beziehung als Laster?" „Nein, aber meinen Wunsch danach. Denn bisher haben die meisten Frauen, die ich kennen gelernt habe, das eher abgelehnt." „Vielleicht weil du gleich mit der Tür ins Haus fällst." „Ja und du, was wünschst du dir?" „Ich wünsch mir manchmal einen Mann, der mich nicht nur attraktiv, sondern auch anziehend und intelligent findet und der nicht nur mit mir ins Bett will, sondern mich respektiert und akzeptiert." „Und so jemand hast du noch nicht gefunden?" „Na ja, ich hatte vor einigen Jahren in Dresden mal eine Beziehung, die länger dauerte und bei der ich das Gefühl hatte, das könnte gut passen. Aber dann bin ich nach München umgezogen und er halt nicht, wir haben uns noch ein paar Mal gesehen, aber dann aus den Augen verloren. Und hier scheine ich bisher kein Glück zu haben." „Hm, verstehe. Denkst du wir sollten mal versuchen, wie das bei uns ist?" „Du, das geht mir jetzt zu schnell, wir gehen zum ersten Mal aus und da fragst du mich gleich sowas. Vielleicht ist das ja Deine Masche, um Frauen ins Bett zu kriegen." „Ja, klar, könnte man denken. Aber dann lass uns noch irgendwo was trinken, wo es leiser ist, wir reden ein bisschen und dann geht jeder nach Hause. Wie klingt das für dich?" „Das ist OK. Wo wollen wir hin?"

# Tina
## 3.

Heute ist so ein Samstagabend, an dem ich in meinen
vier Wänden nicht so zufrieden bin wie sonst. Eigentlich
liebe ich meine Wohnung auf der Eppendorfer Land-
straße im Hamburger Stadtteil Eppendorf. Ich lebe seit
drei Jahren hier und habe mir alles so eingerichtet, wie
ich mir das gewünscht habe. Der Verkäufer im Möbel-
haus Hamburg tut mir heute noch leid, wenn ich daran
denke, wie ich den gelöchert habe, bis ich alles so hatte,
wie ich es wollte. Ich habe sogar meinen Couchtisch
zweimal zurückgeschickt, weil er mir dann in der Kombination mit den anderen Möbeln doch nicht gefallen
hat. Der dritte ist nun das Herzstück des Wohnzimmers
mit seiner ausgefallenen Form. Er sieht aus wie ein großes halbes Ei in naturweißer Farbe, die gerade Oberfläche ist in verschiedenen Brauntönen gestrichen. Der
Tisch passt einfach traumhaft zu der orange-braunen
Eckcouch. Ich steh total auf Vintage Möbel. Manche
meiner Freunde meinen, ich hätte einen eher altmodi-
schen Geschmack mit meinen 27 Jahren. Aber das
sehe ich nicht so. Ich finde, das hat Stil und ich fühle
mich hier geborgen.

Aber heute plagen mich nach langer Zeit wieder einmal
Gedanken, die mich daran erinnern, dass dieses Ge-
borgenheitsgefühl täuscht. Vielmehr bin ich hier mutterseelenallein und grüble vor mich hin, was denn bei meinen Beziehungen falsch läuft. Ich hab einen tollen Job
und einen ansehnlichen Verdienst. Wenn ich den vielen
Komplimenten glauben darf, die ich bekomme, sehe ich
nicht übel aus. Für eine Steinbockfrau bin ich recht um-
gänglich, glaube ich wenigstens. Angeblich neige ich
ein wenig zum Klammern und Bevormunden, das
könnte sein. Aber vielleicht gibt es ja irgendwo jemand,

der auch seiner Partnerin gerne nah ist und der es vielleicht auch genießt, manchmal umsorgt zu werden. Es kann doch nicht immer so weitergehen mit diesen kurzen Episoden und Enttäuschungen.

Da fällt mir eine Liaison letzte Woche ein, die schon sehr witzig begann, sich dann aber nur als One-Night-Stand herausstellte. Ich bin in der Firma in verschiedenen WhatsApp Gruppen, die wir immer einrichten, wenn wir in einem gemeinsamen Projekt arbeiten. Letzte Woche war ich ausnahmsweise mit dem Auto auf dem Weg zur Arbeit, weil wir eine Konferenz mit dem ganzen Team und mehreren Vertretern des Kunden aus dem Projekt „TWINGO" hatten. Als Location hatte ich die Römitzer Mühle in Ratzeburg ausgesucht. Ich war also gegen 8:30 Uhr auf der A 24 auf dem Weg Richtung Ratzeburg. Kurz vor dem Kreuz Hamburg Ost plötzlich ein Stau. Und ein richtiger. Alle Autos stehen und nichts geht mehr. Ich nehme also mein Handy und schreibe in die WhatsApp Gruppe TWINGO:

*Moin, so ein Mist, stehe auf der*
*A 24 im Stau. Hoffe, ich schaffe*
*es noch pünktlich.*

Es dauert nicht lange, da schreibt Carsten aus der Gruppe, den ich nicht persönlich kenne, denn er arbeitet in unserem Büro in Düsseldorf:

> Ja toll, ich steh auch auf der
> A 24 im Stau. Da können wir
> die Konferenz ja von hier
> aus weiter vorbereiten.

*Carsten, das ist eine Idee. Wo*
*stehst du denn?*

> Kurz vor dem Kreuz Ham
> burg Ost

*Ich auch. Welches Auto fährst du?*

Einen flotten 3-er in Schwarz.

*Hihi, mit einem D vorne drauf?*

Ja genau.

*Ich fahre ein weißes Saab Cabrio.*

Das gibt's ja nicht, stehst du auf der rechten Spur? Dann schau mal in den Spiegel. Ich bin auf der linken ein wenig versetzt hinter dir.

*Hihi, das ist ja irre. So hab ich noch nie jemand kennengelernt. Bist du heut früh in Düsseldorf losgefahren?*

Ja, um halb 4 und bis Hamburg lief es einigermaßen gut. Wieso muss es jetzt auf den letzten 50 km noch zum Stau kommen? Weißt du, was da los ist?

*Nein, das Navi zeigt den Stau an, der scheint ein paar km lang zu sein, aber im Radio kam noch nichts.*

Da bewegt sich auf Carstens Spur der Verkehr ein wenig und er kommt direkt neben mich. Wir drehen die Fenster runter und unterhalten uns von Auto zu Auto. Ein blonder Vierziger mit Hornbrille lacht mich aus dem schwarzen BMW an und ruft: „Hallo Tina, nett dich hier kennenzulernen. Sollten wir jemals hier rauskommen, müssen wir das aber begießen. Das ist doch wirklich eine verrückte Art sich zum ersten Mal zu treffen." Bevor ich antworte schreibt Hans in der WhatsApp Gruppe:

*Hallo Tina und Carsten, ist euch was passiert?*

> Nein, alles paletti, wir stehen nur im Stau. Keine Ahnung wie lange noch.

Carsten sagt: „Woher kommst du?" „Aus Hamburg Eppendorf, ich bin erst zwanzig Minuten unterwegs und extra rechtzeitig losgefahren. Aber so was kann man ja nicht vorher planen." „Planen nicht, aber rechnen muss man auf unseren Autobahnen immer damit." Im NDR 2 kommt die Meldung: „Achtung auf der A 24 sind 2 km Stau, wegen eines Unfalls ist die Autobahn kurzzeitig gesperrt. Die Polizei hofft, die Autobahn bald wieder freigeben zu können." „Hast du die Verkehrsnachricht gehört, Carsten?" „Ja, frage mich was ,bald' bedeuten soll."

Wir haben uns noch ein Weilchen unterhalten und irgendwann löste sich das Ganze wie von selbst auf. Zur Konferenz kamen wir beide noch rechtzeitig und wir hatten schon im Auto verabredet, dass wir uns abends an der Hotelbar treffen wollten. Der erste Tag der Konferenz verlief zur Zufriedenheit der Kunden und nach dem Abendessen fuhr ich ins Hotel, weil die Veranstaltung am nächsten Tag fortgesetzt werden sollte. Carsten saß schon an der Bar und nach ein paar Cocktails landete ich in seinem Zimmer. Was dann folgte, war schön, er war sehr zärtlich und ich glaube ihm hat's auch gefallen. Aber am nächsten Tag schaute er mich kaum noch an. Hab während der Konferenz eine kurze WhatsApp direkt an ihn geschrieben, die er nicht mal beantwortet hat. Alle weiteren Nachrichten zwischen uns fanden wieder in der TWINGO Gruppe statt.

Das Erlebnis hat mir wieder mal gezeigt, dass man in der Firma besser nichts mit jemand anfangen sollte. Aber was kann ich tun? In meiner Trauerstimmung beschließe ich, mir ein Glas guten Rioja einzuschenken, mich auf meiner gemütlichen Couch in gedämpftem Licht der Stehlampe in eine Decke zu kuscheln und meine Freundin Klara in Glücksstadt anzurufen. Das tut sicher gut. Klara und ich sind mehr oder weniger miteinander aufgewachsen. Sie war die Nachbars-tochter und wir gingen zusammen zur Schule. Bis ich vor drei Jahren wegen der Arbeit den Wohnort wechselte, waren wir unzertrennlich, und auch jetzt sind wir noch füreinander da, wann immer die andere ruft. Und jetzt brauche ich sie einfach!

„Hallo Klara, …liebe Klara, hast du gerade Zeit oder wie sieht's aus?" frage ich in dem Tonfall, dass sie sofort die Alarmglocken läuten hören muss. Daher lautet die Antwort natürlich: „Klar, das ist schon in Ordnung. Wir gucken gerade ‚How I met your mother', aber das ist nicht so wichtig. Ich geh mit dir ins andere Zimmer." Ach ja, Klara lebt jetzt mit Kurt zusammen, daran habe ich eben gar nicht gedacht. Und ich weiß, dass sie diese Serie sehr gern ansieht. „Süße, was ist los? Dir geht's doch nicht gut. Das höre ich", stellt sie fest und dann lege ich gleich los: „Ach weißt du, Klara, eigentlich geht es mir doch gut. Ich habe alles, was ich brauche, ich bin gesund und im Job läuft es auch super. Mein Chef hat erst vor Kurzem Loblieder gesungen, wie froh er ist, dass er mich an seiner Seite hat. Aber dann gibt es so Momente wie jetzt gerade, wo mir bewusst wird, dass ich etwas versäume. Du hast deinen Kurt, fast alle meine Freundinnen haben Partner und wenn ich mit ihnen weg geh, komm ich mir vor wie das fünfte Rad am Wagen. Ich wollte heute gar nicht mit, als Jutta mich fragte, ob ich mit in ihren Club kommen möchte." Und dann erzähle ich noch von dem Erlebnis mit Carsten und sie lacht herzhaft über den ungewöhnlichen Weg des Kennenlernens. „Aber jetzt fühl ich mich wieder so allein. Irgendwie krieg ich es nicht hin, dass ich jemand kennenlerne, mit dem ich auch glücklich sein kann. Verstehst du… nicht für eine Nacht oder für ein paar Wochen… für immer."

Kurze Pause am anderen Ende der Leitung, dann meint Klara ganz euphorisch: „Tina, ich weiß ja nicht, wie du über sowas denkst, aber wie wär's, wenn du dich bei einer Dating Plattform anmeldest? Parship, Tinder oder sowas…" „Was, da wollen die Jungs doch sicher alle nur das eine. Du weißt doch, wie sie diese Apps oft nennen…". „Teilweise ist das wahrscheinlich so, aber ich kenne tatsächlich Paare, die haben sich über Tinder kennengelernt und sind heute miteinander glücklich." Diesmal Pause auf meiner Seite der Leitung. „Hm, vielleicht denke ich da mal drüber nach, aber ich kann mir nicht vorstellen, dass ich mich auf sowas einlasse", protestiere ich und frage nach, wie es denn ihr gerade so geht. Ich brauch jetzt unbedingt was Positives!

Nach anderthalb Stunden überfällt uns die Müdigkeit, zwei Folgen von ‚How I met your mother' hat Klara versäumt, aber es hat gutgetan, zu reden.

Schnell noch ins Bad und dann ab ins Bett. Decke über den Kopf und Augen zu…. für etwa zwei Minuten. Dann komme ich wieder hervor, schalte zuerst mein Nachtlicht ein, dann noch einmal mein Handy. Ich könnte doch… natürlich rein infohalber… gucken, wie das auf Tinder so läuft…

# Sven
## 4.

Nun sollte ich also heute mit der Redakteurin Stefanie von der ZEIT mit, um für ihren Artikel über Plastikmüll zu fotografieren. Kein schwieriger Job, aber einen Tag mit Stefanie unterwegs zu sein, war eine schöne Aussicht, sie ist Ende dreißig, also etwas älter als ich, aber sehr nett. Vielleicht kommen wir uns etwas näher.

Wir interviewen ein paar Firmenchefs, um herauszufinden, was sie sich dabei denken, alle möglichen Werbeartikel zu verschenken. Ob sie dabei auch den vielen Plastikmüll in den Weltmeeren im Auge haben? Kaum Unrechtsbewusstsein, einer sagt: „Irgendwas muss man den Leuten ja mitgeben. Was kann ich dafür, wenn die Kunden diese Artikel achtlos wegschmeißen?"

Abends sitze ich mit Stefanie im Español Picasso in der Nähe unserer Redaktion und bei ein paar Tapas unterhalten wir uns über ihr Thema. „Das war doch schlimm heute", sagt sie, „die verschleudern ihren Plastikkram unter ihren Kunden und denken sich gar nichts dabei. Wer braucht schon so'n Scheiß wie Knetbälle, Luftballons, Schlüsselanhängerfigürchen, Stofftiere, Jo-Jos, Kreisel und Handwärmer. Das fliegt doch bei nächster Gelegenheit in die Mülltonne." „In die Mülltonne geht ja noch, aber manches landet sicher auch direkt in der Elbe und schwimmt aufs Meer hinaus", antworte ich. „Ja genau, noch schlimmer. Und im Übrigen sind Werbegeschenke doch kleine Bestechungsversuche bei deren Kunden, oder? Frei nach dem Motto: Geschenke befeuern die Freundschaft." „Aber du freust dich auch, wenn du beim Bäcker zu Weihnachten einen Kalender bekommst, oder?" „Quatsch, wenn schon, dann soll er mir lieber was aus seinem Sortiment schenken statt irgendein kleines Plastikteil. Davon hab ich was. Wenn er mir zum Beispiel ein Brot gibt, was ich sonst nicht kaufe oder ein paar Rundstücke. Damit kann ich was anfangen und vielleicht kauf ich die dann beim nächsten Mal." „Oder hier im Restaurant gibt's meist am Ende noch einen Schnaps, wie heißt der noch?" „Hierbas meinst du?" „Ja genau. Das können wir gebrauchen und das ist auch ein bisschen Kundenbindung."

So plaudern wir noch weiter und beim Rioja kommt Stefanie so richtig in Fahrt. ‚Uih, ob die im Bett auch so aufdreht?' frage ich mich zwischendurch, wenn sie wieder vehement für ein Thema eintritt. Bei der zweiten Flasche versuche ich dann einen kleinen Coup: „Bist du auch sonst so aggressiv oder hast du auch weiche Seiten?" „Wie weiche Seiten? Meinst du beim Sex? Da musst du meinen Mann fragen." „Ich dachte, ich könnte das selbst herausfinden." „Spinnst du. Was soll ich mit einem so jungen Hüpfer anfangen? Du bist mir viel zu schnell." „Das käm auf einen Versuch an." „Baggerst du mich grad an?" „Ja, ich find dich richtig geil und deine vehemente Art, sich für Themen einzusetzen, macht mich echt an. Würde wirklich gern wissen, wie du im Bett bist. Hast du noch was vor oder wollen wir mal zu mir fahren und das ausprobieren?" „Hey, Sven, nu mal langsam mit die jungen Pferde. Ich glaub du trinkst jetzt mal besser einen Kaffee, damit du wieder auf den Boden kommst." „Warum, bin grad genauso in Fahrt wie du und würd gern mit dir eine kleine sportliche Runde bei mir zu Hause drehen." „Herr Ober, zahlen bitte."

Das war wohl nix, sie zahlt und rauscht davon. Ja dann muss ich wohl allein nach Hause gehen. Aber ich schreib mal eben an Manuela, ob sie heut Abend noch Zeit für mich hat.

„Hey Süße, hast du Lust,
noch zu mir zu kommen?

Nach ein paar Minuten kommt ihre Antwort per WhatsApp:

*Nö, heut nicht, zieh mir grad die dritte Folge von den Simpsons rein. Morgen vielleicht.*

Sehr schade. OK, dann morgen Abend um 8 bei mir?

*Ja, ok. Bis dann.*

HERZ FÜR AUTOREN A HEART FOR AUTHORS À L'ÉCOUTE DES AUTEURS MIA KAPΔIA ΓIA ΣYΓ
ΦΟΡΙΑ FÖR FÖRFATTARE UN CORAZÓN POR LOS AUTORES YAZARLARIMIZA GÖNÜL VERELIM S
DORE PER AUTORI ET HJERTE FOR FORFATTERE EEN HART VOOR SCHRIJVERS TEMOS OS AU
PRÖNKÉRT SERCE DLA AUTORÓW EIN HERZ FÜR AUTOREN A HEART FOR AUTHORS À L'ÉCC
ΓΑÇÃΟ ВСЕЙ ДУШОЙ К АВТОРАМ ETT HJÄRTA FÖR FÖRFATTARE À LA ESCUCHA DE LOS AUT
EURS MIA KAPΔIA ΓIA ΣYΓΡΑΦΕΙΣ UN CUORE PER AUTORI ET HJERTE FOR FORFATTERE EEI
ARLARIMIZA G        E            NKÉRT SERCE DLA AUTORÓW EIN HERZ F
SCHRIJ  S      S                 D ВСЕЙ ДУШОЙ К АВТОРАМ ETT HJÄRTA F

# Die Autoren

2019 beschließen Eva Vieh und HAJO Müller, die
sich über das Spielen im Internet kennen- und
lieben gelernt haben, ihre Liebesgeschichte in Form
eines autobiografischen Romans zu veröffentlichen:
„Wörterliebe". Beflügelt durch dessen Erfolg,
entdecken die beiden ihre Leidenschaft für das
Schreiben. Es folgen weitere Bücher wie z. B.
der Roman „Quadriga-Liebe", dessen Handlung
komplett fiktiv ist. Die Kurzgeschichtensammlung
„König Frosch" ist ein faszinierendes Kaleidoskop
von dem unergründlichen Wunder, wie Menschen
aufeinandertreffen und zueinanderfinden. Das
Besondere: Das österreichisch-deutsche Autorenduo
unter dem Pseudonym JOVE VILLER bleibt seinem
Ansatz treu und entwickelt seine Geschichten
gemeinsam, schreibt aber abwechselnd. Damit werden
den Lesern unterschiedliche Perspektiven auf die
verschiedenen Ereignisse offeriert und die Emotionen
der Protagonisten werden jeweils aus weiblicher und
aus männlicher Sicht transportiert.

# Der Verlag

## *Wer aufhört besser zu werden, hat aufgehört gut zu sein!*

Basierend auf diesem Motto ist es dem novum Verlag ein Anliegen, neue Manuskripte aufzuspüren, zu veröffentlichen und deren Autoren langfristig zu fördern. Mittlerweile gilt der 1997 gegründete und mehrfach prämierte Verlag als Spezialist für Neuautoren in Deutschland, Österreich und der Schweiz.

**Für jedes neue Manuskript wird innerhalb weniger Wochen eine kostenfreie, unverbindliche Lektorats-Prüfung erstellt.**

Weitere Informationen zum Verlag und seinen Büchern finden Sie im Internet unter:

www.novumverlag.com

Jove Viller

# wörter-liebe
# wörter-diebe

ISBN 978-3-99107-394-9
492 Seiten

„wörter-liebe" ist die Liebesgeschichte von Max und Leni,
die sich beim Wordox-Spielen übers Internet kennen- und
lieben lernen. Ihre Treffen an vielen Orten führen zu einem
emotionalen Auf und Ab der beiden. Kann das gut gehen?

Jove Viller

# Quadriga-Liebe

ISBN 978-3-99131-123-2
430 Seiten

Eine Liebesgeschichte vier junger Leute, die sich auf
unterschiedlichen Wegen kennen und lieben lernen. Nach einer
Geburtstagsparty einer Freundin werden ihre Beziehungen auf
eine harte Probe gestellt. Wird die Quadriga bestehen bleiben?

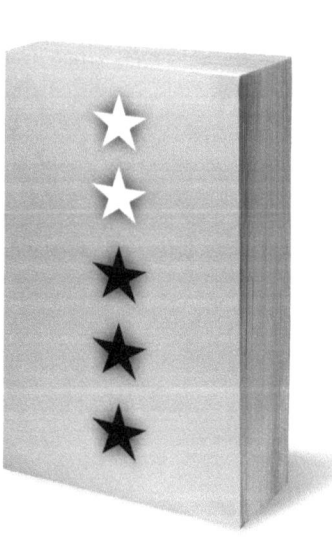